书　丹飞 著　中

藏　➡　有

你 走 过 的 路

河南文艺出版社
·郑州·

图书在版编目（CIP）数据

书中藏有你走过的路/丹飞著. --郑州:河南文艺出
版社,2024.1

ISBN 978-7-5559-1568-3

Ⅰ.①书… Ⅱ.①丹… Ⅲ.①散文集－中国－当代
Ⅳ.①I267

中国国家版本馆CIP数据核字(2023)第172434号

策　　划	杨　莉			
责任编辑	穆安庆			
责任校对	赵红宙			
装帧设计	张　萌			

出版发行	河南文艺出版社	印　　张	21	
社　　址	郑州市郑东新区祥盛街27号C座5楼	字　　数	306 000	
承印单位	河南瑞之光印刷股份有限公司	版　　次	2024年1月第1版	
经销单位	新华书店	印　　次	2024年1月第1次印刷	
开　　本	700毫米×1000毫米　1/16	定　　价	70.00元	

目 录

做出版这些年

一本书的诞生

作家印象

书中都是丹飞走过的路

安波舜

　　我与丹飞相识很久。我们是隔桌同事、文学同道、灵魂挚友。记得第一次与丹飞相见，是在千岛湖畔的一家酒店。那时，丹飞在上海贝塔斯曼图书俱乐部工作，我应贝塔斯曼图书俱乐部的邀请，去给他们编辑讲课。贝塔斯曼图书俱乐部的美女编辑很多，但比美女编辑还要出脱的是一脸清秀、目光热烈的丹飞。他逮住一个提问的机会，便言简意赅地复述出一个个故事，问我这样的故事是否畅销，为什么。这样的提问，准确专业，一语中的，其中难能可贵的是能够提炼出文学故事的艺术内涵。这样的提问自然让我印象深刻。事后，我打听他是学什么专业的，才知道他毕业于清华大学，学水利水电建筑工程的。因为酷爱文学，又读了编辑学和中国现当代文学专业，是文学硕士。从那一刻起，我认定丹飞一定会成长为业内翘楚，是不可多得的人才。出版业内大都是文科毕业，受传统文化熏陶和体制约束，理性思维较差。判断一个故事和一部书的时候，通常是用含混不清的语系和语态去形容另一个语系和语态，从虚到虚。而丹飞是用理科生追问源代码和底层逻辑的方法，去追问一个故事和书感动人激动人的泪点和触点，从物到物。这与我的思维模式和判断逻辑非常一致，心中暗想，如果能和丹飞合作，海水也能变成火焰！果然，丹飞辗转了几个公司，出任总编辑，十几年后踏着《后宫·甄嬛传》等大批优质 IP 的品牌地毯，披着诗人、作家和著名出版策划人的光环，与我来到同一家 IP 公司，真的成了隔桌同事，干成了不少大事。

我一向对诗人尊敬有加，但现实中却敬而远之。诗人的神经比较敏感，不知道哪句话哪件事会让诗人动感情或动肝火。不能走得太近，尤其是不能做朋友，更遑论做同事。诗人是人，还是神，有时候真的很难拿捏。所以，和诗人做朋友很难，做同事更难。丹飞是诗人。尤其是丹飞的诗意和气质不仅写在脸上，有时还穿在身上，拎在手里。他的衣服，他的挂件，他的提包，永远都是出人意料的夸张，彰显着他的个性和取向。他走过的楼道，几小时之后还有香水的味道。有时候，编辑下属无所适从，不知道该把他当成领导还是模特，是该板着脸，还是献上职场的笑。但是，我喜欢丹飞的个性，毕竟真正的文学家心里都有一团火。我做不到他那样的张扬和外溢，但我欣赏和包容。事实上，办公室里淡淡的香水，似乎是丹飞禅定的檀香，一旦进入工作状态，丹飞的效率和才华绝对是大神级的。那时，为了将《狼图腾》的故事重置，适合好莱坞动画片的要求，我们需要一个电影故事叙事文本和英文的PPT，我写完了故事梗概，按流程需要一个美编设计，还需要一个中译英的翻译。但请了几个设计和美国的译者都不理想，结果丹飞一个人把活全揽了。他熟练地操作设计软件，简洁合理地分配着文字与图像，把该突出的元素突出，把该淡化的淡化。尤其是英文的表达，据美国一位专栏作家说，不仅准确，而且很有艺术魅力。丹飞是一个非典型的有数理逻辑的文学天才。

我和丹飞还是灵魂挚友。十几年过去了，我和丹飞各奔东西。偶见丹飞，他又当了奶爸。一直以为他还在从事编辑出版。他的诗，他的文集，他的歌曲从未间断，不时在朋友圈里刷新，在报刊上绽放。及至见了面，才知道他真正干的是一份高薪高冷、令人骄傲的企业管理咨询工作。但他从未炫耀，依然以文学的面目在物欲横流的社会里，表达着美和善；以诗人的纯粹和恣意，以赠人玫瑰、手留余香的编辑策划，在一篇篇的文字里，留下自己致敬文学和艺术的背影……我与他惺惺相惜！至今，在我们偶尔隔空交流的微信里，触摸的依然是锻造世界真和善的肌体，碰撞的依然是叙事艺术里孤独与美的灵魂！

所以，我愿为本书作序，把一个完整的丹飞介绍给你。这本书，也有你走过的路。

安波舜，曾任春风文艺出版社总编辑、长江文艺出版社北京图书中心主编、大望创作中心主编，策划代表作包括享誉新时期文学史的"布老虎丛书"，深刻影响世纪初中国企业家、畅销全球的超级畅销书《狼图腾》。近期潜心创作《少年狼》系列，矢志打造超级儿童文学 IP。

敢闯新路的文学"创客"

解志熙

　　我不知道"创客"这个词眼下还流行不，但我记得它确实曾是一个热词，在新世纪的第一个十年间是相当流行的，那也正是我初识丹飞的时候。最近我看了丹飞这本自述其 20 年来出版策划工作的文集《书中藏有你走过的路》，觉得重新起用"创客"这个词来概括我对丹飞的总体印象，也许是最适当的——查查网络流行词汇的解释，说"创客"是指勇于创新、努力将自己的创意变为现实的人。丹飞不正是一个善于选择、敢闯新路的文学"创客"吗?

　　丹飞天生就是一个不循规蹈矩、不走寻常路的人。他 1993 年以优异的成绩被保送清华大学水利水电工程系水利水电建筑工程专业，同时辅修法学，研修心理学。显然，身为工科生的丹飞对人文学科有着广泛的兴趣，他随后更发现自己最大的兴趣在文学方面，于是在"工科优胜"的清华，他做出了非同寻常的选择——转向文学：先在 1999 年离开工作一年的水利行业，重回清华大学，读人文学院编辑学第二学位，主要授课人之一徐葆耕先生恰是 20 世纪 60 年代伊始毕业于清华水利系却留任清华教中国革命史，后来成为著名编剧、复建清华文科的主要负责人，他开办的"编双"班（科技编辑专业）为爱好文学的清华学生打开了文学之门，如丹飞所说的——

　　某种意义上，编双存续的那些年连缀起了清华的"文脉"，乃因入读编双的学生来自理工为主的各系，这种半路出家的选择如果要给一个理由，只能是出于对文学的真爱。徐葆耕老师成了我们的主要授课老师之一。他的写作课也是我最爱上的课，因为离文学（创作）最近。（见丹飞《我在清华遇到的八个人》，引自《清华校友通讯》2019 年第 1 期）

由此丹飞获得了双学位和学业优秀奖学金等数种清华大学奖学金、江苏《少年文艺》少年创作奖、北京市高校优秀毕业生荣誉称号。2001 年丹飞又以学业第一的成绩保送清华中文系攻读中国现当代文学专业硕士研究生，其间获得清华大学综合优秀奖学金、学术新秀提名奖，学业仍是第一，一个文学研究者的路正等待着年轻的丹飞。

我认识丹飞就在这个时候——那时我调入清华不久，正赶上丹飞那个班新研究生入学。这些同学大多是各重点高校推荐免试来的，在诸学子中丹飞是真正的"老清华"，他对外来的同学热心相助，绝无傲骄之态，而当同学们争选"著名"导师的时候，丹飞又厚道地礼让着同学，并不在意导师名头的大小。在专业学习上，丹飞更展现了多方面的才华。他修过蓝棣之、格非、罗钢等老师的课程，写的课程论文都颇有自己的心得。记得他给我的一份课程论文，是用形式主义美学手法解读著名现代诗人卞之琳诗作《尺八》，显示出敏锐的艺术感受力。与此同时，丹飞在创作上更表现出敏捷的才思，常有清新的诗歌、美妙的散文发表，且出版了自己的诗集，还编选出版了《清华九十年美文选》等十几本书。那时我忝任中文学科的带头人，与研究生们接触较多，亲眼见证了丹飞在学术和文学上的成长，留下深刻的印象，确信他在学术上一定会有更大的发展。

让我惊讶的是丹飞随后又一次做出了出人意料的选择。本来，以丹飞的才气和能力，是不难完成硕士学位论文顺利毕业并进一步深造，从而成为一位专业的文学研究者的。这也是老师们的一致期待。可就在临近毕业之际，丹飞却毅然决定以文学创作和文学内容市场化为志业，决然放弃了毕业论文的写作，而转身进入出版业，从事文化创意工作，以便更好发挥自己的创作才华。这在丹飞是深思熟虑的决定，老师们当然很惋惜，但劝告无效，只能尊重他的选择。

事实证明，丹飞的这一次选择是非常成功的转身和转型，从此他在文学出版、文化创意产业里如鱼得水，做得风生水起：先是在 2004 年进入贝塔斯曼亚洲出版公司工作，表现很出色，并且积累了经验；做编辑 26 个月后转任磨铁总编辑，后又担任漫友副总编辑、大望创作中心副总、中文在线 17K 小说网副总经理、凤凰壹力总编辑、奈目艺术空间总经理、大美教育投资总监、艾特副总裁……迅速成为文化创意行业的著名独立策划人，做出了不俗的成绩。

第一个方面的显著成绩，就是丹飞作为富有金点子的创意策划人，在引进外来文化产品、促进众多网络作家与出版传媒的合作中，充分发挥出善于出谋划策且善于沟通协调的中间人作用，有力地推动了文化交流与创意产业的发展。诸如对美国著名作家罗伯特·詹姆斯·沃勒的"廊桥三部曲"终结篇《高原上的探戈》、爱尔兰顶流作家约翰·班维尔 2005 年布克奖获奖作品《海》等欧美重要作品之引进，对《后宫·甄嬛传》从网络连载小说到出版实体图书之后进一步出售影视改编版权、实现影视化的华丽转身之推动，以及协助安波舜对《狼图腾》除院线电影之外全版权资产出售之策划……就是其中的荦荦大者。

第二个方面的成绩，乃是丹飞个人创作的起飞。20 多年来，丹飞在繁忙的学习工作之余，并未忘记个人的文学创作梦，而尽可能忙里偷闲，写作不辍，创获也不小。丹飞迄今业已出版诗集《五月的流响》《那时美丽女子》《我是数过一万朵雪花的人》、小说集《下一站爱情左转》及儿童读物多种，并且还有好几部中篇、长篇小说及散文集有待出版，委实是成绩斐然，尤其是其新诗自成格调、情思隽永，赢得了评论界的好评和诸多文学奖。

第三个方面的成绩，就是丹飞作为文化创意产业中人，对网络文学和文化创意产业做出了诸多亲切的观察、内行的评论和冷静的分析——这些就集中体现在本书所收集的文章中。我高兴地看到，在这些文章中，丹飞充分发挥了他的文学素养和文化眼界，所以议论纵横，颇多切中之论。我尤其欣赏的是丹飞作为网络文学和创意产业的热闹场中人，却常有冷静的乃至冷峻的批判性反思，这是殊为难得的。比如，丹飞准确地指出，得益于网络的发达，文学网站四处开花，大大降低了文学的"市场"准入门槛和人为的文人圈子限制，使更多人可以自由进入文学生产和文学市场，大大地解放了文学的生产力，使文学写作变得更为自由，从而显示出不同于纸媒文学出版界的特别活力和魅力；但丹飞也敏锐地意识到，网络文学的最大问题是容易类型化、同质化，容易形成跟风趋同的现象，因此他也反复提醒写作者、策划者、出版者尤其是作为文学内容漫长"长尾"的影视动画游戏业主脑们把重心放在内容的用心创新和人性的深入开掘上，谆谆告诫同行们——

我所谓独立策划人、作家（影视改编权）经纪人、写作者、词曲作家、微电影网络剧出品人、视频节目主持人身份，无不围绕着"内容"二字。影视总的体量虽然逐年在攀新高，与实业、网络公司、游戏公司、新媒体企业的体量或盈利能力不可比，尽管如此，各业态还在削尖脑袋往里钻，乃由于影视的聚光灯效应和传播效果、品牌影响力的放大效应。我经纪成功的数十个影视剧改编权，以及我与其他书人融合若干其他业态合伙投资的"大望"孵化的《狼图腾》动画电影及全版权取得的成功，以我的切肤之感，文化创意产业的精髓就是"内容产业"，而内容产业的CPU无疑是文本——书。"书人"的重要性就此浮出水面。（见本书中的《当我们谈论好书，我们在谈论什么》一文）

在热衷造势、花样翻新的网络文学和文化创意产业，这是难能可贵的清醒之论。在我看来，丹飞对网络文学作品、文化创意产业、出版界走向和书店业、独立策划人等新兴职业的观察和分析，无疑会成为将来研究近20年来文学史和文化史的重要参考文献。至少对长期局限于校园的我等书斋学人来说，读了这些文字的确增长了许多见识，开阔了自己的文学视野。我乐于承认，读这些文章让我感到，那个聪明过人的弟子丹飞又回来了。

丹飞是个重感情的人。他为了文化创意活动而走南闯北，心里还是忘不掉北京、忘不掉清华园。在 2011 年的一篇文章中，丹飞深情地诉说道——

> 北京我是要回去的，但促成我返京的一定是个上佳的契机。我返京的目的也是对北京冬天的眷恋，对北京金秋的向往，顺便把北京的春夏给爱了。从 1707 年即已建园的清华园，迄今已有 304 岁，清华也刚刚度过自己的百岁校庆……我在清华求学十年，其间学了水工建筑本科、法学（辅修）、编辑出版双学位、现当代文学硕士（学历），职业的源头活水即来源于那里，最好的青春留在了那里，因此感情匪浅。离北京近一点儿，离清华近一点儿，更多是心理"归位"的需要。（见本书中的《独立策划人：手可以伸多远》一文）

自那之后又是十年过去了，在外闯荡的丹飞事业有成，却迟迟未能北归。我与丹飞也是阔别许久之后，才在 2021 年 10 月的一天重会于北京。在那前一天我接到丹飞的电话，说他最近到北京出差，想见我一面。次日我们就在清华东门的一家咖啡店见面了，我欣喜地发现丹飞不同于那个在校时清瘦温文的书生形象，给人格外健壮开朗、生机勃勃之感，但人还是那么谦和有情有礼。我们随意闲话往事，突然丹飞笑着对我说："解老师，我这次见您，其实是因为偶然在网上看到有人说您当年'坑'了一个研究生，让他没能完成论文拿到学位，失去了好出路，人生被'毁掉'了。我想您一定纳闷自己到底'坑'了哪个学生，说不定为此而不安呢，我这次来就是要亲口告诉您，那个据说被您'坑'了的无名氏，指的就是我。但是解老师，您不要有什么不安，其实包括您在内的老师们对我都挺好的，没有任何老师'坑'过我。至于我放弃写论文、转行做出版、搞创作，那是我反复思考后的决定。我想让您亲眼看看，我的人生挺好，没有毁掉。"我其实并不介意那些闲话，但还是感谢丹飞的宽慰，更欣慰丹飞的事业有成，打心里为他高兴，相信他的事业一定会更上一层楼。

那么，祝贺丹飞事业更有成，也欢迎丹飞随时归来——即使一时不能回京工作，也能抽空回自己的文化老家看一看、回自己的母校清华园转一转。

2023 年 2 月 9 日草于清华园聊寄堂

（解志熙，清华大学中文系教授、博士生导师，中国现当代文学学科带头人。）

做出版这些年

我做出版这些年[*]

　　大一那年闻一多的《一句话》（及《发现》《祈祷》），在我心里种下了出版的种子。那一次在清华已形成传统的作文比赛中，尽管赵立生教授强调诗歌例外，但我还是写了一首长诗，最后教授们还是破例给了奖，我也因此得了在清华的两个奖和第一笔奖学金。然而终于与出版沾边是1998年我开始大量写作诗歌时起，第二年，我编选了自己第一部诗集，出版前，当时的吉林省政府副秘书长、如今的吉林省总工会主席兼省人大常委会副主任包秦教授（副业是红学家）写了三首律诗，清华党委副书记胡显章教授则题了字，诗刊社"青春诗会"发起人、著名诗人王燕生先生则作了序，三美并妍，可以说是莫大荣耀。除了中考我参加了考试，小考、高考、双学位、研究生四个关口我都是免试保送，我后来从吉林省防汛办岗位上保送回清华念编辑出版双学位，不知道与这一荣耀是否有些关联。2000年，我接到时任清华中文系系主任的徐葆耕教授布置的任务，为清华九十年校庆编选一本文集，于是便有了《清华九十年美文选》的诞生。这应该算作我出版生涯的正式发端。记得某年我随解志熙教授去探望病中的季羡林教授，书里收了他早年一篇散文。季先生说，荣列其中，心内忐忑。我至今仍未卸去《清华文刊》社长头衔，该刊历史上

＊ 本文首发《出版广角》2012年第1期丹飞专栏"见好不收"。

仅有的三期用的都是季先生题签。徐葆耕教授同时是金鸡奖剧作家及"清华学派"主要的阐释者，由王瑶教授提出、经徐葆耕等学者阐释之后，"清华学派"始显出脉络。徐教授于去年年初位列仙班，享年73岁——我无论如何想不到十年前当他在全校大课妙论中西，在小班小灶讲解我的习作时已是花甲高龄。思及间接扶我走上出版之路的其中一位引路人再无相见之日，怅惘唏嘘。

直接教益于我日后以出版为业的当是我念编双时的班主任孙传耀教授。他以一己之力撑起名震业内的清华编辑出版专业（另一叫法是科技出版），十几年哺养了清华文脉，可惜在清华梳理专业大潮中终告不保，据说改制成"人文实验班"。也许有一天清华也像如今发掘清华国学研究院那样，重新接续断了的编辑出版血脉。我至今收获的最高荣誉——北京市高校优秀毕业生称号也是在编辑出版双学位毕业时获得，多少宣示了我做出版的"命定"。影响了二十余届清华学子的早年的诗评家、后期的"症候式分析"专家蓝棣之教授对我的文学道路也有着不可忽视的影响，他也是我修编辑出版双学位时的导师。在他的课堂上，我做的读书札记《弗洛伊德〈精神分析引论〉的178条札记》受到他和一些散文、小说作家的推重，我实在想不通一篇摘引如何能在学者和创作者中间取得共鸣。我在蓝教授课堂写下的论文《愁人的兽物：沈从文以至亲为题的三篇小说读解》至今仍是我深爱的几篇论文之一。我引以为傲的另两篇论文《行走的花朵：冯至、邵洵美诗〈蛇〉的读解》和散佚了的《读卞之琳〈尺八〉》都是在解志熙教授课堂上完成的。他们是我在文本细读和形式分析上所做的努力，这样的训练无疑让我在做策划中受益。我在孙宝寅、杨民、罗钢、张玲霞、孙殷望、刘勇（格非）、赵丽明、旷新年、葛兆光、汪晖、孟悦、刘禾、王中忱、胡钰诸先生课堂上的收益也多多少少渗透在我的事业中。

2004年，春风文艺出版社的王平编辑给我打气说，国有、民营各家都安不下我这尊"神"，唯一适合我的只有贝塔斯曼。那时我还只是清华中文系研究生，同时担任编辑出版双学位一百多名同学的班主任。提供给我贝塔斯曼招聘信息的是我当时的学生赖佐夫。4月，贝塔斯曼中国总经理潘燕女士到京面试了我，随即通知我到贝塔斯曼书友会做采购编辑。后来听说贝塔斯曼高层看到我长长七页 5 号字表格式简历后就做出了录用决定。我想应该是我的条理化和编辑出版成绩打动了他们。我那时已经展露出后来媒体说的"三分钟定生死"的本事，以千字文或百字文推动过《可爱的骨头》《瑞典火柴》《尼古拉的遗嘱》《天使走过人间》等畅销书的热销，市场感觉有了，也让全国出版商认识了我。半年后，转为贝塔斯曼亚洲出版公司策划编辑，创"红木马"品牌。这一段以引进欧美文学大师的作品为主，操作过《高原上的探戈》《趣味门萨》《一分钟道歉》等畅销书并引进了约翰·班维尔、伊恩·麦克尤恩、尼古拉斯·埃文斯、尼尔·乔丹、马修·雷利、阿曼达·海明威、杰弗里·阿彻、尼古拉斯·斯帕克斯等名家的重要作品。原创方面则推出了甘薇、匡匡、连谏、菊开那夜、辛唐米娜、吴虹飞、阿闻、陈世迪、林采宜等作家笔涉思想、情感、社会的处女作或重要作品。

2006 年 6 月，贝塔斯曼用为我开家公司挽留我。我去意已决，到磨铁与漆峻泓、沈浩波组成"铁三角"，自此开启磨铁的黄金时代。我在磨铁总编辑任上操作的《明朝那些事儿》《盗墓笔记》《后宫·甄嬛传》《心中有鬼》《漫画兔的玩笑（自杀）》《盛开》等畅销书开启了若干畅销书门类，至少在草根说史、盗墓小说、架空言情、悬疑小说、绘本漫画、作文若干方向是开创者或拓出了新路。以至于常有媒体和作者、读者将《鬼吹灯》也归入我名下，直到我独立门户时请天下霸唱主编《吹灯录》，这个虚名才算坐实。从贝塔斯曼到磨铁，我从编辑一跃而为总编辑，且果实累累，风生水起，至今被许多同业及后来者目为传奇。如果不是我想在知识体系中加入动漫板块，光是漫友通过猎头提供给我的根本性的年薪提升是不能说服我毅然离开磨铁的。

2007 年 5 月，我到漫友任副总编辑，创"红人馆"品牌，操作的《戒嗔的白粥馆》《政协委员》《交易》《七年之痒》《婆婆媳妇那些事》《青囊尸衣》等畅销书在生活禅、80 后官场文学、70 后婚恋婆媳小说、名家新作（如蔡志忠、梁晓声、贾平凹、余秋雨、铁凝、都梁等名家新作或名作翻新）等方向画出了版图。蔡志忠、梁晓声、敖幼祥、郑钧诸大家因此与我缔结了友谊。漫友捧出的畅销漫画家敖幼祥因我的斡旋，与漫友签订十年长约，也蔚为年度事件。此间我还将郭敬明的《小时代》、郑钧的《摇滚藏獒》纳入金龙奖。《戒嗔的白粥馆》因为蔡志忠先生的推荐在台湾的圆神出版社出版了繁体版，蔡先生还写了专序，画了禅味尽出的"小和尚"。繁体版《小和尚的白粥馆》在台湾大卖，远超曾在大陆大热的一大批名家草根。

我在兼任一段时间金椰雨林品牌总监之后，与漫友挥别。明星化、媒体化、感受式的运作方式赢得业界认同。2009 年 5 月，我做起了独立策划人和作家经纪人，出版《婚姻门》《幸福的事》《婚姻方程式》《谁动了情》等大量小说之外，重新焕发草根说史第二春，16 卷本《世界历史有一套》领衔，23 卷本《历史中国》、20 卷本《历史从头读到尾》、8 卷本《世界传》、8 卷本《二战秘史》、7 卷本《快读历史》、6 卷本《知识简史》、4 卷本《民国大牛们》、4 卷本《陪你到历朝看风景》、3 卷本《睁眼看历史》《加密的历史》等随后。图书上多数贴上"多来多米"品牌。这些年《后宫·甄嬛传》《婚姻门》《婚姻扣》《娶我为妻》《杀八方》《房比天大》《草莽》《荡寇》《货币家族》《大烟帮》《七年之痒》《婆婆媳妇那些事》等作品与影视结缘。我在清华期间就兼做过编导、公关、商业企划，如今也少量策划些晚会、活动、赛事、音乐、电视节目，明眼人可以看到，这些"走神"动作都在明里暗里指向出版。我赴任磨铁前，"布老虎之父"、操作了《狼图腾》的金牌策划人安波舜先生曾力邀我加盟长江文艺北京中心充任副总编辑，若我未答应磨铁之聘，我的出版之路就是另一番景象了。路有多条，脚只能选择一条走下去，这就是缺憾美的魅惑，这就是人生。不时有人宣称我的经历充满了幸运和巧合。这要留待玄学和命理学去解答。我知道的是，如果幸运和巧合总是垂青于某人，那么就不是幸运和巧合可以解释得了的了。广东电视台拍摄的纪录片《丹飞的穿行》获 2008—2009 年度中国纪录片十优（短片），台里筹划拍个续集，在答应拍摄之前，我得等待一个契机。

网络文学+，+什么？怎么+*

　　"网络文学+"一方面是政策制定（对网络文学实践的归纳总结和适度预见）和从业者共谋的时髦和策略——并被网络文学消费者广泛接受和深度消费、反刍、反哺。另一方面又在中国大地上切切实实地发生发展着，风起云涌，又暗流滋长。语义层面，"网络文学+"是"互联网+"句式的合理移用；语用层面，"网络文学+"进行得如火如荼，其边界或说"'+什么'媒介"尽管已近乎穷尽，其维度或说"'+什么'IP"和"怎么+"却永无穷尽之时。笔者结合自身浸淫近20年、专职从业14年的网络文学生产、运作经历，简笔建构"一个人的网络文学史"，就网络文学+什么、怎么+，以期形成某种程度的"洞见"，发现和勾画网络文学的边界和内在的现实和可能性，并启发业界和读者诸君思考。

序章　文学是什么？"镜子"抑或"鞋子"

　　谈论文学的本质在这个时代多少有些不合时宜。问题的核心是，任何事情穷究到底，开枝散叶，溯本求源，必然会摸到树干直至树根，好比著名的人生

---

　　* 本文首发《科技与出版》2018 年第 10 期"特别策划"栏目，被《人大复印报刊资料》（《出版工作》）索引收录。

三问——我是谁？我从哪里来？我要到哪里去？必然会问到本质。追问本质太重要了，文学的本质决定了文学的功能，并最终决定文学的路向和命运。借用找笔者写电影《翻译家》的"顽童"型企业家裘冲先生的口头禅，这种追问叫"找根"。

找文学的"根"，这让笔者想起在正式踏足网络文学或文学产业之前的2001年的一档节目。因为1999年重返清华念完编辑出版学双学位后保研，边治中国现当代文学边被破格委任为首次对外招生的编辑出版学双学位班一百多人的班主任，中国教育电视台的一档节目找到笔者，希望笔者带队参加一档知识竞技节目。近水楼台，笔者自然从所带学生中选出数人组队参与。节目开题就是"文学是什么"。不出意外，文坛"宿将"组成的评委们点赞北大队，因为他们给出了标准答案——镜子。而笔者的学生们给出的答案是"鞋子"。

文学的"镜子"说实在不新鲜，其远端就有古罗马西塞罗的"人生的镜子"说，达·芬奇（论画）、塞万提斯、莎士比亚、"英国小说之父"（司各特语）亨利·菲尔丁、列宁也有相关表述。在中国，南宋严羽论诗有"盛唐诸人唯在兴趣，羚羊挂角，无迹可求。故其妙处，透彻玲珑，不可凑泊，如空中之音，相中之色，水中之月，镜中之象，言有尽而意无穷"的美学主张。明朝谢榛延续此论，称"诗有可解、不可解、不必解，若水月镜花，勿泥其迹可也"。文学的"生活的再现"说固然不差，但由此上升为标准答案，目为文学的本质，如此论者盘踞文坛挥舞大棒，就有些让人替中国文学的未来担忧了。

好在文学IP化、产业化、"文学+"的崛起和勃兴正是以固守一隅的"文学老干部"的边缘化和"失乐园"为表征。甚至可以说，这个"独孤求败"因而"高处不胜寒"的小插曲无意中成了笔者文学之路的一个转捩点，决定了笔者在路的起点就与文坛相"望"于江湖，走了一条野路子——笔者至今与一般意义上的"文坛"的交集只在做了梁晓声《政协委员》等小说、都梁《百年往事》等文学剧本，帮出版社老书新做贾平凹、余秋雨、文坛总舵主铁凝的散文，请曹文轩挂名总策划《文昌》，自己的诗歌和小说作品在"严肃文学"期刊发表等有限的几个小切口——也构成了本文遥远的缘起和回响。相较于"镜子说",笔者更认同心理分析学派创始人西格蒙德·弗洛伊德的判断。他在《精神分析引论》中说:"艺术家利用艺术返回现实。"他认为艺术是创作者对"昼梦"(白日梦)、"幻想的观念"的"润饰""加工"和"处理",所谓"他知道如何润饰他的昼梦,使失去个人的色彩,而为他人共同欣赏;他又知道如何加以充分修改……他又有一种神秘的才能,能处理特殊的材料,直到忠实地表示出幻想的观念……"

"鞋子说"也许更顺应"网络文学+"时代:所谓鞋子合不合脚只有脚知道。如何检验好的文学或者说时代需要的文学,就看文学作品(鞋子)是否为文学生产、消费链各环节(脚)所需,这种需求可以外化为文学的变现能力,更多的是内化为文学创作者、其他生产者、传播者、消费者深层次的心理需求。

消费升级倒逼产业升级,文学从三要素到六要素

笔者对作家、编剧和部分影视公司老总"讲经"时,常提及文学三要素——人物、故事、语言。笔者曾在手机上写过给作家、编剧的"写作课",如今看来不算过时,照录如下:

一是每个角色类型化充分,每个角色都出彩,每个角色都(对推进故事情节)有用,没有一个废角色;

二是故事吸引人,设扣解扣,让人一直追看,欲罢不能;

三是塑造人物、讲故事需要恰当的能勾人阅读欲的语言。

这三方面是小说的三大支柱。

而要写出改编成影视后能成大热现象剧/片的长篇小说,还要做到:

一、讲究基本的逻辑但不拘泥于逻辑,小说/影视只需要遵循艺术逻

辑。如《琅琊榜》《花千骨》《欢乐颂》等武侠、奇幻、古言、都市言情等（基本上所有畅销小说、大热剧/片都如此）的人设和情节推进。如《欢乐颂》中，安迪获得的待遇，故事"讲不下去了"，立马安排一个角色出点事，轮流出现问题、解决问题，一个长篇/一个剧就成了。

二、角色、情节、桥段要有新意但又不是要百分百新意。故事母题有限，从古至今的文学作品百试不爽，常用常新。对于懒人，一个捷径是对现有大热国产剧/片、美剧、韩剧及其他国大热剧角色、情节、桥段的合理借用、改装使用、拆分组合，实现应用层面的新意，不要掉进"创新"的坑里出不来。

三、要会读心，读读者和观众的心，具体来说就是以90后为主体，适当兼顾其他代际。让"自来水"在微信、微博上主动转发、评论、私聊、点赞、吐槽，效果好于花几千万几个亿的"炒作"。因此，必须写出角色、情节、桥段的"痛点"、槽点。角色的多元化（如《欢乐颂》中白富美安迪、曲筱绡，草根樊胜美、邱莹莹、关雎儿（隐形官二代），同学、师兄，高富帅奇点、包奕凡、谭宗明，等等；他们的社会属性、性格、富法穷法、为人处世截然不同）、每个角色的成长性（如《欢乐颂》中奇点表面是万能暖男关键时刻变怂，女主安迪的心理、家庭之痛，樊胜美由伪装到撕去伪装），有角色、情节、桥段被读者/观众爱、粉、追捧，有角色、情节、桥段被读者/观众骂、吐槽，就成功了。手段是有时迎合读者/观众的预期，有时故意不满足读者/观众胃口（如《欢乐颂》让安迪选奇点，偏不选谭、包）。

这一课强调文学三要素的同时，贩卖了方法论、"成功学"。从中至少可以解析出：文学的创作术、生产术、消费术。文学要素增加两环：生产和消费。文学写心，又怎能不秉持万变不离其宗——精神内核？大众认知上有一个概念约略与精神内核同义反复——世界观、人生观、价值观这三观。当内容产业的"守门人"——立法者、决策者——高举"三观正"大旗，难免让观者动容——产生天生的应激性生理反应。然具体到文学产品，举凡图书、电影、电视剧、网络剧、动画、游戏……"三观"不正的产品必然行之不远。不信参详那些在全民圈层造成现象级影响力的爆款产品，无不"三观"正，绝无例外。至此，文学六要素浮出水面：精神内核、人物、故事、语言、生产、消费。笔者17年前提出的"鞋子说"即强调了文学的正反馈功能。这一正反馈功能包含了文学创作者、文学生产者、文学消费者的共谋和同构。文学消费者的反刍间接或直接反哺文学创作和文学生产，并最终左右文学"创作—生产—消费—传播"链条的走向。文学现状的丰富和多元决定了人物、故事、语言三要素已经不足以支撑文学表达及阐释体系。精神内核、生产、消费要素的引入既是现实吁求，也是策略，更是工具本身。

言及文学生产，不能不提"限娱令"。限娱令一方面拨正影视行业若干乱象，另一方面又给影视生态带来多层面的震荡和冲击。戴着镣铐跳舞是宇宙法则，没有绝对的自由，只有限制的、部分的自由，具体到艺术领域，更是真理。"法则"的形成，为艺术得以生发保驾护航，也是艺术生发的副产品。在自律和他律的前提下，影视业在更能提振人心的若干题材上精耕细作，精品力作的出货率也许会更高——不能拍《摄影机不能停！》，可以拍《摔跤吧！爸爸》啊。消费升级倒逼文学生产——含创作和生产两极。本质上，文学创作是文学生产的源头；实操上，文学创作与文学生产又没办法二元割裂，交融、互动、相互补益和建构成为文学生产的现实图景——升级，形成良性循环的合理闭环。传播学的"KISS法则"颇有意味。越简单粗暴，越直接，越不用受众群体过脑的信息越能得到最强有力的传播。所谓Keep it simple & stupid（让事情变得傻傻的简单）。这也是符合人体大脑构造和认知心理学的，文字、符号、画面、声音、影像等任意信号、信息的重复，会强化人群和个体认知。所以一个怪象是，我们一边强调作品如何"烧脑"，一边被大众吐槽在"秀智商下限"。国内学者喜欢讲述斯拉沃热·齐泽克的一个段子。齐泽克被视为拉康学统继承人和"黑格尔式的思想家",致力打通弗洛伊德、康德精神分析理论和马克思主义哲学,是长期在法国任教的斯洛文尼亚籍学术明星,他曾带着幼子经过一个报亭,父子二人都被一张海报吸引,只不过齐泽克感兴趣的是骑在哈雷摩托上的美女,他的儿子感兴趣的是美女胯下的哈雷摩托。文学生产和文学消费者的认知偏差总有一条肉眼可见的鸿沟。

网络文学+,"影动游"是终极大杀器吗

某种程度上,院线电影、电视剧(近来也称"台播剧")、网络剧(时兴称"剧集""超级网剧""超级剧集")、网络大电影(简称"网大")、动画电影、动画长片(或称"长篇动画")、真人动画电影、真人动画长片、网络游戏(简称"网游")、终端游戏(简称"端游")、页面游戏(简称"页游")、影视动画游戏衍生品(也称"周边")、其他文化创意产品(简称"文创产品")、话剧、舞台剧、舞剧、音乐剧、特技和后期制作公司——有时也算上角色扮演(Cosplay)、视频节目、再生视频、漫画、绘本、基于影视动画游戏及其周边的体验园、产业园、特色小镇构建的文化旅游地产(简称"文旅")——与简称"文创""文创产业"的文化创意产业同义复指,其核心板块可概称为"影视动游"或"影动游"。由于"网大"尚处于"狗血""雷人""山寨""十八线""草台"段位,未能爆出不管是市场层面还是艺术层面的任何爆款产品,短期内也看不到翻身的可能;本土动画尽管出现了市场封神的《大圣归来》、获得市场成功和艺术口碑的《大鱼海棠》、通过动画长片及周边的培育出现的喜羊羊、熊出没系列爆款动画品牌,一度破本土电影票房纪录的真人动画《捉妖记》(动画元素在该产品成功因素中占比几何是个未知数),但本土动画仍将长期在按播放平台和播出分钟数拿政府补贴圈钱养懒的低空徘徊;话剧、舞台剧、舞剧、音乐剧的成功又是小概率事件,"影动游"的核心缩窄为真正有市场抗压能力并因此有搏出生天可能的院线电影、

电视剧、网络剧和（网络）游戏。

与数字阅读（含电子书）从纸质图书到以手机、电脑、Kindle（一种电子阅读器）为代表的纸书阅读器（"电纸书"）等终端显示器，有声书（曾称"听书"，如今一般通称"音频"）从文字到语音传播介质的一级转化（笔者称之为"翻译"或"转译"）不同，院线电影、电视剧、网络剧、（网络）游戏存在从传播介质到传播内容、表现手法的多级转化、"转译"和跃迁，即内容和形式的再生和创生，因此其 IP 转化的权利称为"改编权"。不得不注意的另一个维度是，依托中国移动的咪咕有着毋庸置疑的国企背景和国企基因，其身影见于多类别主流和新媒体传播领域。因为含着金汤匙出生，视频业务板块已经可以介入世界杯转播这类一线流量业务。而因其电子阅读基于庞大用户群获得的市场占有量俨然成为规则制定者，他们近期出台了严苛的版权方合作资格认定规则（内称"接入流程"），版权采购业务由内容部门转为由法务部接手。"新政"出台半年，此前负责版权采购业务的某"小编"称很多机构吐槽过该接入流程，原有对接的机构只成功接入一家。以音频切入市场的蜻蜓 FM 在喜马拉雅和重资本背景的企鹅 FM 的版图上稳扎稳打，杀出一条血路，已完成多轮巨额融资。在多行业自我唱衰的背景下，"网络文学+"似乎呈现出一片利益蓝海——现状可喜，前景可见，回报可观，长尾可期，通过利益"全民"利益业态。作为文创"鄙视链条"最底端的纸质图书出版发行业，年年都有人唱衰，图书业从业者和作者也带头唱衰，却仍有大批新生力量持续涌入，图书公司的数量和规模不降反升，不少公司的日子过得有滋有味。如磨铁、漫友等先后引入多轮投资，新经典、博集、先锋、联动、壹力、含章等老牌出版机构或长于国外经典引进，或精于放大头部内容效应，或有影视策划、图文书、经典名著、连锁书店等增项，都各有各的"杀器"。一方面，纸质图书总体在衰落；另一方面，纸质图书又永远不会消亡，不排除会出现短期回温甚至在未来某个节点逆势反弹的可能。一方面，图书公司及国有出版企业担负着出版这一古老的文明传承行当的"执火者"角色；另一方面，图书公司及国有出版企业又向我等 IP 经纪人、版权经纪平台输血——部分版权来源。之所以加以"部分"修饰，以笔者个人而言，笔者仅有不足一成的 IP 来自出版的"反哺"；笔者从 2007 年卖给郑晓龙导演《后宫·甄嬛传》影视改编权起，11 年间售出的 70 余个影视游 IP 中，超过半数 IP 远在出版之前已经售出，正由《鬼吹灯之寻龙诀》美术设计师徐天华担纲美术设计的超级剧集《白泽图》、谍战剧《牺牲者》、婚恋剧《婚姻扣》等多部小说甚至在还差几万字才完结之时就售出了影视改编权；而在出版后卖出影视改编权的《匈奴王密咒》《婚姻门》《娶我为妻》《房比天大》《我想结婚了》《第 101 次逃婚》《兰陵缭乱》《84 号公路》《杀八方》《楼兰绘梦》《老少爷们儿拿起枪》《草莽》《荡寇》《寻龙记》《爱神的黑白羽翼》《我的国》等 IP，很难说纸质图书的出版在其中起到了多少作用。如今我掌握近千个 IP，IP 池每月都有增补，其中包括共青团中央和腾讯合办的 Next Idea 全国大学生文化创意大赛（麦然，青年编剧一等奖）、全国大学生征文比赛（欧阳德彬，首奖）、一等奖新浪原创文学大赛（阿闻，最佳长篇小说奖；千里烟，一等奖）、搜狐原创文学大赛（翁想想，一等奖）等重要赛事的魁首。不难看出，现实题材、红色题材、幻想文学构成笔者个人 IP 版图的三极。尽管这是一句"一本正经的胡说八道"或"正确的废话"，但还是得说："网络文学+"尽管上游来自选题、创作（或可加上纸质图书出版），下游延展到依托影动游生长起来的周边、文旅的长尾，影动游这个可口"红烧中段"仍将长期是"网络文学+"的终极大杀器。这个事实真令人伤感。

被"超级 IP"和"大数据"驱赶的影视业

一个时期内，影视业者言必称《余罪》《白夜追凶》，是《余罪》《白夜追凶》《无证之罪》等网络剧的爆红、《延禧攻略》"吊打"《如懿传》的必然余波。反观台播剧，尽管不少电视剧频频抛出挑战人类认知常识的"迷之数据"，《楚乔传》《扶摇》《莽荒纪》《武动乾坤》《斗破苍穹》等"超级 IP"

冠冕头上的光芒因此暧昧不明。良知蒙尘构不成影视业的主流，台播剧不一定优于网播剧，网播剧不一定劣于台播剧却已成为事实。其中，创建之初对标You Tube却最终办成了中国版Netflix（美国奈飞公司）的爱奇艺、优酷、腾讯领头的视频平台功不可没——视频平台经过几轮洗牌，大浪淘沙，形成了如今爱、优、腾（戏称"哎哟疼"）三足鼎立的局面——动摇和补充了院线发行、电视台分发的影视发行、传播柱基。好莱坞面临的是将影片投入院线"赌命"还是卖给Netflix圈钱的二元选择，同样，本土视频平台至少在电视剧领域已经尝了鲜，视频平台基于互联网和移动互联网用户的观剧习惯（以及由此带来的"小剧场"、横幅、角标、贴片等花样翻新的图文或富媒体广告收入）做底，在与电视台分别发行电视卫星频道（原"一剧四星"改为"一剧两星"后，唯有进入江苏、浙江、湖南、东方、北京五大卫视中的一家或两家首播，一部剧才有成为爆款剧甚至仅仅是收回成本的可能）和网络平台的常规打法下，多了与卫视竞争"独播"权的底气，卫视、视频网站联播和网站独播两种打法竞价，本着价高者得的商业规则，部分电视剧有了甩掉卫视而交由视频网站独家首播的可能。

《如懿传》起点更高，有前作《甄嬛传》的金字招牌打底，理应"吊打"口碑欠佳的"于正剧"《延禧攻略》而不是相反。孰知于正此番从创作者身份抽离出来，担任总策划和总制片人，祭出连服、化、道都被封推的精工细作。配色都能被网民追捧归类为"莫兰迪色"，更有专业画者纠正说压根没有莫兰迪色什么事，而是清初就确定下来的服饰配色体系。

相较而言，尽管亦演亦导的导演汪俊有过执导封神之作《苍穹之昂》的成绩单，同样是拍清宫戏，同样是与《延禧攻略》一样拍摄乾隆的后宫，《如懿传》的成色与《甄嬛传》《延禧攻略》或汪俊自己的名作《苍穹之昂》相比稍显逊色。另以故事的呈现、选角和演员的演技论，《延》的成功在每个角色都各得其所，无一人掉链子，影像流与影像流之间产生了流动和勾连效应，推波助澜，追云逐月，有机地融合成一部相对自洽的影像作品——笔者是提出聂远演技炸裂在前半段的"润"、后半段的"枯"的第一人；被网民追捧的神演技"继后"撕破脸、"尔晴"瞪眼是该剧不多的演技败笔，网民诟病的"璎珞""傅恒"的"面瘫""性冷"式表演恰恰是角色本身赋予的个性和做派；惜乎《延禧攻略》之得正是《如懿传》之失，包括笔者欣赏的周迅、张丰毅在内的主演、配角、群演的个体演绎、角色互动与角色之间存在的"隔"如此扎眼，台词也因为经由角色之口说出成了大片"水词"。演技也是有传染效应的，要么如《甄嬛传》《苍穹之昴》《延禧攻略》一样带上山，要么如《如懿传》一样带进沟，就连老戏骨张丰毅也不能幸免，演帝王也演成了"霸王"范儿。

迷信"超级IP"和"大数据"是影视圈的一股汹汹潮流，及至发现原作作者、编剧、导演、演员、班底、类型的"大数据"不是万灵药，"超级IP"的倒掉有如推翻了多米诺骨牌，人们这才会恍然悟到"超级IP"不一定靠谱，"大数据"是数字游戏，影视艺术是个案的艺术，没法类比，没法类推，必须如郑晓龙导演等电影人一样下苦功夫、笨功夫的真理。

被简称为"网生"的网络生态特点、被简称为"网感"的互联网传播特性是文学传播和文学消费的倒逼，但如果小说创作、影视创作以"网生""网感"为保命符咒，就失却了小说、影视艺术的本真，可谓忘了来路，也终将迷失归途。何时审慎看待这一对伪概念，文本和内容本身而不是"超级IP"和"大数据"构成注意力经济的主旨和归依，才标志着网络文学产业真正成熟。

+什么？怎么+？作品IP和创作者IP

在谈论"网络文学+"+什么和怎么+之前，有必要对IP进行正本清源，厘清IP的内涵和外延。IP是Intellectual Property的缩写，字面意思是智力劳动成果所有权，一般称为知识产权。包括著作权（版权）、专利权、专有技术权等创造性成果权利和商标权、商号权、服务标记、货源标记、原产地名称等识别性标志权。知识产权是"私权"的一种，赋予创造人在一定时期内的独占权，如著作权的署名权为永久，著作权的授权使用和获得报酬权延续到创造人死后五十年——这个年限也称为版权保护期。出版界有一个怪象：每年都有出版社或民营出版公司拉出名人清单，处心积虑地算计哪个作家的作品几月几日超过版权保护期，那样就可以不经著作权继承人授权、不用支付版权使用费，随意使用其作品（此类图书则叫公版书）。殊不知，老赵这么想，隔壁老王也是这么想的，不是传承人类智慧成果的冲动而是省去稿费或版税的贪欲造成了公版书的泛滥。网络文学、影动游业所称 IP 一般指拥有著作权的相关智力成果，即文学作品、影视动画游戏等作品（整体或部分内容，更严苛的版权保护还包括作品名称、角色和剧情的衍生、延展、再创作、改编权）自动产生的无形资产相关权利，含人身权利（精神权利，如署名权、发表权、修改权等）和财产权利（经济权利，即获得报酬权）。是以利用金庸武侠人物创作的"同人小说"《此间的少年》、《宫锁连城》与《梅花烙》故事架构、人物关系和人物功能的相似，引发了版权战。

作品作为 IP 自不待言，作家、编剧、导演、主演、制片人等主要创作者的续作、同人作品、后续同类作品甚至任意后续作品因此沾了已取得市场或口碑、艺术、奖项等成功的前作的光，也在情理之中。创作者作为 IP 其来有自，只不过在网络文学爆发式成长阶段得以"发现"、昌明和利用。南派三叔、天下霸唱、流潋紫、唐家三少、天蚕土豆、猫腻、我吃西红柿等起家于网络的一批作者，占据了 IP 时代的半壁江山，某种程度上，正是网络文学促生了"IP 剧""大 IP"概念的成形。流潋紫以小说、剧本的著作权作价参股，南派三叔、天下霸唱小说、编剧之外深度参与制片，江南则早早以"运动员"（作者）兼裁判员（世界观统摄、IP 运作）身份介入 IP 名利场，网络文学自创生之时起就注定了会搅动一池春水。收割市场的同时，每个人的内心深处还都蹲伏着两只小兽，一只叫体制化（如匪我思存、蒋胜男当上省级作协副主席或网络作协副主席，当年明月当上处级干部），一只叫经典化（如安妮宝贝等人向《收获》等文学期刊的靠拢，几乎所有网络作家都有诺奖、茅奖、鲁奖情结）。然而对于网络文学产业群的从业者来说，+什么和怎么+，现下的"网络文学+"业态虽多元立体，却远未穷尽可能性，想要到达边界，探路和试错没有穷时。武断一点说，网络文学可以+一切内容、形式、信息和能量存在与延展的任何维度和形态，网链上的任意一极（级）或一环或一域，传播和交互和反馈、读取、写入、敲除方式。约百年前的前代"文青"和"网络作家"鲁迅说："无穷的远方，无数的人们，都和我有关。"相似的判断依然成立："无穷的远方，无数的人们，都和'网络文学+'有关。""网络文学+"的未来会怎样？充满可能性又几无悬念。

　　网络文学的主题虽富，或为共情，或为奇观，最大的要旨乃在人性；类型文学的富矿和同质化是同一枚硬币的两面，细究起来每个IP都无外乎权、钱、美的对垒——"打怪升级"升的是权位，"王子灰姑娘"反转的是"钱"途命运，"杰克苏""玛丽苏"苏的是美的移置、倾斜；借用"乡"的概念，不外"异乡""望乡""在乡"三端。异、望、在的"乡"可能是现实图景，也可能是心灵图景；人物行动和故事进程的第一推动力是美（孔子说的色）与好（孔子说的德）的角力，构建文学的共同想象，在现实和心灵困境下用美来解救真、好被囚之困。广为我国影视从业者推崇的《摔跤吧！爸爸》的淬炼之旅也许提供了一条似曾相识的"新"路，据说写这部电影的并非职业编剧，她看到报纸上一则新闻，于是到故事发生地蹲点了六个月，为了三万来字的剧本，花了两年半时间。这个年方24岁的印度姑娘所做的不就是我国老文学工作者、影视工作者习用的"采风""踩景""田野调查"和"体验生活"吗？艺术反映生活的同时也要高于生活，借用弗洛伊德的说法，艺术还必须实现"生活中所不能满足的欲望的代替满足"。网文常说的"YY"近似于弗洛伊德所说的"代替满足"，但后者无疑正面得多，也就有更强的指向性和实操的指导性。世界很公平，谁用了心，谁的心用在正路上，必将回报以果实。我们需要做的是重新捡起丢掉的用心，不把媚俗和眼前的利益放在首位，只关注讲好故事，写好人物，凸显那些即使置于暗处也会兀自发光的精神内核。"仿佛是想走异路，逃异地，去寻求别样的人们。"（鲁迅《呐喊》自序）"网络文学+"的未来也许就在有"别样的人们"所在的"异路""异地"这种别样的远方。

结语　"网络文学+"，"终极"出路也许在于做减法

实际上，"网络文学+"方兴未艾的同时，不乏"醒客"报以辩证的审视。《甄嬛传》总发行人曹平对笔者表示，她和郑晓龙导演挑选 IP 的标准从来都不是各大文学网站上拿数据、流量和粉丝说话的"头部 IP"，他们只看内容。更进一步，她认为仅仅在网文状态或者仅仅到了纸质图书出版阶段，一部小说还构不成 IP。只有当经过精密的设计、改装，变成部分受众人群甚至全民喜闻乐见的影视动画游戏作品，传播度和影响力的广度和深度形成从量变到质变级别的升级，才可称之为 IP。在内容端，以笔者的操作手法为例，除非在被笔者发现之前作品已在网络上发表、传播，笔者一般都会选择影视化、纸质图书出版先行，电子和音频降格为营销手法，附带小额变现。此举基于笔者对网文市场的基本判断：（1）精神内核要么缺失要么不入流；（2）同质化严重；（3）注水成为下意识，当然也是谋生手段，无法想象一个动辄百万言的口水文通篇都是干货；（4）抄袭门槛低。一个好的题材和创意公开，无异于向嗅觉灵敏的文抄公们敞开大脑和钱袋。驱使抄袭的力量表面看是作者，更多是文学生产各链条的暗示和明示，甚至有人别有用心地宣称作者在抄袭排行榜上独占鳌头"省了宣发费用"。德国汉学家顾彬对于中国文学的判断同样适用于网络文学："但即便只是描绘画面，很多中国当代小说家笔下的画面也是千篇一律，多一个不多，少一个不少——根本无关紧要。他们毫无节制。""把语言的熟练程度和精神上的追求排除在好作品的判断标准之外。"顾彬认为，好的长篇小说必须"拥有一流的、创新的语言以及深刻的思想和寻找独特形式的

能力"。"正是商业利益和对娱乐功能片刻不停的需求，决定了文学的命运。"一针见血。

与世间事一样，起作用的是减法不是加法。"网络文学+"行当环节繁多，彼此相应相扣，你折半我折半，结果不是50分加50分得100分，而是5折乘5折成了2.5折，环环折扣最终得到的是断崖式崩坏。古斯塔夫·勒庞在传播学名作《乌合之众》中断论："人一到群体中，智商就严重降低，为了获得认同，个体愿意抛弃是非，用智商去换取那份让人倍感安全的归属感。"如何引领大众而不是去曲意迎合大众，"网络文学+"大潮裹挟下的每个行当、每个群体和个体都应保持警醒。当然，影动游有个现象应该引起注意：大量创作者、生产者花大力气砸重金在宏大场面、特技特效的渲染上，以主创核心导演为例，不去努力讲好故事，洞明人性，以为靠"奇观"一技便可以收割受众，从导演降格为动作导演或特效导演、特技导演。讲不好故事，不能通过影像语言烛照忍常人所不能忍、为常人所不能为的人性，黄金比例、中国风、水墨美学、暴力美学等影像美学、电影法则用得越神乎其技越坏事——"网络文学+"归根结底要+人性和故事，而不是任何层面的炫技。夜阑听"鞋"的诸位不妨耐心期待郑晓龙、曹平等一大批真正耐得住寂寞的"别样的人们"，如同期待17年前笔者设定的那只"鞋子"，在你不经意间掉到地板上。在别的创作者被资本和效益或者仅仅是急功近利的"三观"驱使年出数作的大背景下，他们舍得投入数年磨出一部大众叫好又可以传之后世的好作品，这样的苦心孤诣可以不是爆款，但一定是精品。"网络文学+"最应该+的正是这样的精品，正是这样只问耕耘的"傻子"。毫无疑问，这样的耕耘者最终收获更多。有趣的是，我们本意在苦苦追问"网络文学+"出路何在，最终找到的"终极"解决之道是创意创新和工匠精神，而创意创新意味着对"注水""大路货""行活"说不，工匠精神意味着对粗制滥造、"60分万岁"、"流量至上"的彻底摒弃，而其实质恰恰是走窄门、做减法。

屏读时代的网络文学+：魅与祛魅*

被视为互联网预言家的凯文·凯利在著作《必然》一书中预言了人类未来的 12 个必然趋势，其中第四个就是屏读。网络文学自诞生之时起就与"屏"结下不解之缘——"屏"是网络文学生产的工具和载体，也是网络文学生产升级、网络文学消费和消费升级的载体和工具。因此，谈论网络文学+必然要谈到屏读。随着技术和人类认知方式的革故鼎新，屏读的泛化成为生活方式直至成为生活本身，屏读时代尽显网络文学+之魅，同时，也给网络文学+祛魅。

屏读时代网络文学+之魅

互联网圈喜欢炮制造富神话。同时，互联网圈也热衷于造神。具体到中国企业家更是如此。除了屡屡天价拍得"巴菲特晚餐"，还乐于造另一尊神。被他们封为互联网预言家、世界互联网教父、硅谷精神之父、未来学家的 Kelvin Kelly，中译名凯文·凯利，人们习惯叫他 KK。KK 创办了第一届黑客大会，他的著作《必然》《失控》《科技想要什么》《技术元素》《新经济规则》被中

---

* 本文首发《出版广角》2018 年第 23 期 "新观察" 栏目。

国人奉为圭臬。其中在《必然》一书中，KK 指出了未来社会的 12 个必然趋势：形成（Becoming）。KK 模拟乌托邦造了一个词叫进托邦（Protobia），进托邦是一种进步、进程中的状态，变化和升级成为常态。知化（Cognifying）。未来是人工智能和算法主导的世界。流动（Flowing）。媒体、媒介的即时性提上日程，媒体叫作流媒体，人们处在信息流中，对可靠性、互动性、差异化、个性化等提出更高要求。屏读（Screening）。屏无所不在，你能接触到的一切信息、你与外界发生互联的一切手段都要借助于屏。使用（Accessing）。对于日常生活中的大部分事物，使用权的重要性远远超过拥有权。共享（Sharing）。共享是大势所趋，在共享的过程中分享者获得分享感——虚拟的或真实的满足感。过滤（Filtering）。过滤方式改变信息的到达率，也改变了信息本身。重混（Remixing）。KK 认为未来重要的文化产品和媒介将是重混重镇。互动（Interacting）。虚拟现实产生的强大的存在感和身体感。追踪（Tracking）。一切行为都是可以被数据化的，因此轨迹也是可以被追踪的。提问（Questioning）。最好的问题不是能够得到答案的问题。开始（Beginning）。人类共谋创生超级人工智能，与人类形成复杂的依存关系。

有意思的是，KK 在谈未来，可他预测的 12 个方面却像是网络文学+在中国不断迭代升级的现实图景：网络文学诞生于边界模糊或者说无边界的互联网中，自诞生之日起就不会消亡，原创作者赋予其最初的生命形态，粉丝的介入，纸质、电子、音频、话剧、舞台剧、影视、动漫、游戏、周边等（为表述方便，以下合称"文学生产端"）的生产和消费全程处于"流动"中，该行为存在的基础是"共享"和"互动"，其交互的手段无一不是"屏读"，而经过文学生产消费链条的层层"过滤"决定了一部网络文学作品可以迭代到哪个圈层，这个过程就是对"元作品"的重写、改写、"重混"，其发生学轨迹是可以无限"追踪"的，决定了其有始无终，一直在"形成"。2000 年前后就有人在网上贩卖"写作机"，输入文类（含架空、穿越）、年代等若干关键词，就能自动"生成"一篇小说或其他文体。被媒体爆出抄袭百部甚至两百部作品以上的作者不乏其人，再次印证了"人工智能"和"算法"早在中国网络文学界诞生和实践了多年。当然，正常的网络文学创作是最大化利用人工智能和算法成果为写作导航、纠偏，是合理"知化"，而不是"写作机"式的抄袭。人工智能和人类认知的跃迁将不断产生新的算法，"提问"无处不在，边界不断消融，过程不断重启，没有终极态，只有中间态，甚至永远都处于"开始"态。因此，坊间时不时有人宣称，网络文学+乃至互联网+的未来看中国。网络文学+之魅如此盛大，是真相还是烟幕弹？

网络文学+的兴起和勃兴发生在改革开放 40 年的后半程

新华社（2017 年 8 月 14 日）称截至 2016 年年底，中国网络文学用户规模已达 3.33 亿，中国网络文学市场规模已达 90 亿元，并引用国家新闻出版广电总局数字出版司司长张毅君在首届网络文学+大会上的讲话说："国内 40 家主要网络文学网站提供的作品已达 1400 余万种，并有日均超过 1.5 亿文字量的更新。支撑上述数字的写作者超过 1300 万，其中相对稳定的签约作者已近 60 万人。"到了 2018 年第二届网络文学+大会，张毅君此时的身份是中国音像与数字出版协会第一副理事长，他主持发布了《2017 年中国网络文学发展报告》，宣布到 2018 年中国网络文学用户已破 4 亿。网络文学驻站作者已达 1400 万人，签约作者达 68 万人，其中 47% 的签约作者是全职写作。2017 年网络文学市场营收轻松跨过百亿大关，达 129.2 亿元。这一成绩的获得一方面来自以手机为主的终端阅读的蓬勃发展，更仰仗于网络文学向音频、图书、电影、电视剧、游戏、动漫产业输血产生的强大造血功能。因此，从某种意义上说，网络文学+之魅的存在是不争的事实。

另一无可辩驳的事实是，网络文学的兴起直至发展壮大成超百亿产业的网络文学+，这一历程刚好与改革开放 40 年的后半程重合。因此在改革开放 40 年的大背景下来谈论网络文学+有着天然的合理性。马克斯·韦伯将合理性区分为价值合理性（或称价值理性）和工具合理性（或称工具理性）。正是依托互联网技术尤其是移动互联网技术的革命性的跃迁这一工具理性，网络文学在"后20年"从创生到如今的俨然执文化创意产业牛耳的态势才成为可能。如果梳理网络文学生长的工具理性土壤，可以大致勾勒出这么几个重要的时间节点：（1）视窗系统的诞生，真正实现"所见即所得"，这一变革对于网络文学不啻人类登月之于人类探索星外和外星文明的意义；（2）手机的诞生和普及，铺垫了网络文学消费的工具基础；（3）以苹果为代表的智能手机取代"老人机"，为网络文学的消费铺上了信息高速公路；（4）脸书、推特、微博、微信的发明和爆发式发展，使得"互联网精神"即扁平化、即时、交互、分享真正成为现实——无独有偶，互联网精神的提炼没能跳出KK圈定的12条预测；（5）"流动"的技术升级对网络文学提出了更多要求，吁求多层次立体化全方位的娱乐功能的实现，从而引发"影动游"顺势（市）狂飙，逆势（市）也能狂飙；（6）抖音等自我展示型社交软件的出现，通过对"影动游"为主的文创产品的个性化解构，给创作者制造了人人皆作家、编剧、导演、词曲作者、演员等的虚幻满足感。

作为对改革开放40年成果和网络文学20年历程的回应，笔者发起成立了丹飞文学奖。创立丹飞文学奖，基于今年是改革开放40周年和恢复高考40周年、网络文学兴起20周年，作为改革开放和高考的受益者，以十多年文创内容产业的从业心得而言，2018年市场在收紧，市场又在扩大，机遇向来和风险并存，愚夫只看到风险，弄潮儿才会掠过风险捕捉到机遇。40年是改革开放的转捩点，不妨视作新经济心态、新商业规则的元年；网络文学20周年恰好又是被数据华丽包裹的"大IP"撕碎假面击碎泡沫，还IP市场以内容的元年。以个人从业经验而言，《明朝那些事儿》《盗墓笔记》《后宫·甄嬛传》《政协委员》《百年往事》等数百本图书运作，《甄嬛传》开启了我的70多个影视IP经纪成绩，孵化《狼图腾》全资产包，担任院线电影《翻译家》、电视剧《大唐悬镜录》编剧，对于IP运作有着切身感受。丹飞文学奖主题词是

"讲好中国故事"，英文主题词是 Stories We Tell Define Who We Are，意思是"每一个选择决定了我们是谁"，这一奖项的设立也是对自己出版从业 14 年、IP 从业 11 年的一个小小的回顾——今年也是笔者本科毕业 20 周年。如果从笔者 1998 年编选自己第一部诗集及随后编选《清华九十年美文选》及课余大量创作、汇编、编辑、出版自己十多部作品和多部合集的经历算，笔者投身编辑出版工作已经 20 年。设立这一奖项旨在发现、孵化和培育未来中国内容市场和 IP 市场的生力军，在其萌芽和横空出世的前夕做出预判，给予精神或物质上的奖掖，进行整个 IP 生命周期方向性、策略性、实操层面的指导和把控，以发挥内容生产者的源头——作家和编剧——及其文化产品的市场化、IP 化，打通内容生产的上下游，践行强大的内容造血功能，为中国内容市场和 IP 市场贡献多层次的元 IP、次生 IP 和 IP 矩阵，给内容生产者点赞加油，推动其实现内容创富。入围及决选、获奖作品须秉持正面的世界观、人生观、价值观，对读者、观众等内容消费者具备相当的正向提振作用。作品思想性、文学性（艺术性）、市场性不可偏废，思想性是底线，文学性（艺术性）是基本要求，市场性是目的和手段。该奖面向全球以中文或英文创作的作家和编剧，征选体裁为长篇小说和影视剧本。不因参评者性别、年龄、国别、地域、信仰、创作语种（限中、英文）和文类作评选倾斜。每年举办一届，定于来年清华大学校庆日（4 月最后一个星期天）揭晓、颁奖，设丹飞文学奖（大奖）一名，"丹飞文学奖·读者之选"奖若干名。《出版广角》慧眼识珠，主动牵头发起支持，并在积极磋商与丹飞文学奖进行线上线下多方合作的可能。截至本文结稿之时，已确定中央广播电视总台《文化十分》、广东广播电视台马志丹工作室、《科技与出版》《出版广角》为支持媒体。马志丹工作室摄制过关于笔者的《有一种青春叫丹飞》《中国父亲》等五部纪录片并获得若干国际国内奖项，为笔者独家签约作家矩阵摄制的首部纪录片《小万工，好姑娘光芒万丈》也已于 2018 年 11 月 9 日在广东卫视首播。

　　值得玩味的是，海量解构者的解构演绎量变引起质变，个性解构的无限拓本不幸再一次掉入从众的坑里，最终众声喧哗成了异口同声千人一面。因为从众至少可以免予对自我偏离"主流"的恐惧。移动互联网再一次印证了个性化不过是从众的表象。可以说，网络文学+——网络文学及其背靠的"影动游"文创大产业直接受益于（移动）互联网技术，并驱动后者通过技术革新实现产品和服务迭代，以迎合和引领网络文学+产业链的现实、内在乃至潜在的前瞻性的隐性需求。就工具理性而言，国内还没有文创产业从业者达到过李安的高度，我们是技术成熟之后去迎合，李安是为了达到更好的艺术表现力和艺术体验效果，去激发技术革命，甚至专门"发明"了市面上没有的装备组合构建"电影技术实验室"。

可以想见，互联网科技的每一个革命性的进步，必将引燃网络文学+革命性的爆发。以刚刚结束的第五届世界互联网大会发布的15项领先科技成果为例，微信小程序商业模式创新、华为昇腾310芯片、蚂蚁金服自主可控的金融级商用区块链平台、破解信息孤岛的接口高效互操作技术与燕云DaaS系统、Amazon SageMaker、360安全大脑——分布式智能网络安全防御系统、智能供应链技术服务平台、Apollo自动驾驶开放平台、Arm China AI Platform Zhouyi、特斯拉智能售后服务、supET工业互联网平台、全球首款全集成5G新空口毫米波及6GHz以下射频模组、清华微电子所CPU硬件安全动态监测管控技术、Azure Sphere——基于微控制器的物联网安全解决方案、小米面向智能家居的人工智能开放平台对（移动）互联网技术提供了更安全、更可靠、更迅捷、更"懒惰"（智能化）的解决之道。这些成果对于网络文学+的作用有的直接而具体，大多数是貌似不相干的间接作用。尽管未收入15项成果，但据说打动了KK的清华系研发的柔性屏等技术对网络文学+的"屏读"特性的延展和光大可能显得更为直观。

屏读时代的网络文学+祛魅：来自从业者和观察者的八个误区

一个相悖的现象是，网络文学+产业一边是"入坑"从业者、作品数量、IP 开发程度、体量不断冲顶，一边是各种唱衰对网络文学+进行祛魅。这种唱衰来自两个层面：一个可以原谅的层面是各类以文娱观察为己任——其实是为现实中的饭碗和网络中的虚拟满足感的微博、公众号、自媒体大 V。大家博的是眼球经济，玩的就是捕风捉影，网络传播语不惊人死不休，他们唱衰甚至唱死网络文学+都不足为奇。另一个不可原谅的唱衰来自网络文学+从业者自身。做出版的动辄轻叹纸书已死，做影视的则是有关管理部门的一纸被解读出带有倾向性的文件、具体类型网络文学+产品的一个滑铁卢或热门人物搅乱的一池春水带起的一阵风刮来，都会感冒发烧甚至自断双臂。文化自信在部分网络文学+从业者那儿成了文化不自信或不太自信。

笔者概括梳理文创产业的八个误区，一一剖解，以引发同业和研究者思考和进一步深研：误区一：纸书已死；误区二：大数据为王；误区三：大 IP 为王；误区四：古装已死；误区五：男频已死；误区六：只（能）拍现实题材；误区七：照虎画猫；误区八：网络文学+（影视业）的春天/寒冬来了。

这里的纸书指纸质出版物，即通常意义上的图书，不是几年前曾热闹过一阵的"电纸书"。宣告纸书已死这事一点都不新鲜，至少从笔者 2004 年进入出版业时起年年都有人唱这种论调，唱了 15 年，出版业非但没死，还活得好好的，只是偶尔要经历一些或大或小的波动、震动或阵痛，长此以往，其实还有活得更好的趋势。目前，纸书业条件反射下的选择是向他业态跨界、融合，把手伸到别人锅里——文学生产链条的中游、下游去，比如最便捷的向漫画领域渗透，以及几乎每家出版社都会搞的数字出版事业部或数字出版公司，激活原先名存实亡的网络，个别出版社和民营出版公司、书店资本合作，谋求业务堆叠，甚至插足国外地产业（如凤凰出版）、影视投资（如中南博集、凤凰联动）等看起来更光鲜的行业。这种开枝散叶式的业务拓宽无可厚非。需要注意的问题的另一个层面是，他们做到了外面彩旗飘飘，家中红旗不倒——出版本业依然在坚守耕作。随着人工智能和算法技术的升级，哪怕到了我的动画合作者，曾获共青团中央和腾讯主办的 Next Idea 最佳原创 IP 奖，莫言先生题过书名的"恐龙人"的创作者麦然在书中所称的"人""智能人"（还有"恐龙人""外星人"）共处的未来世界，号称人类最古老的三大职业之一的出版业必然不死。因为铅字崇拜与生本能、死本能、爱本能等本能一样，是人类的原发性冲动。手持纸书和人体机能高度节能的未来式的屏读相比，多了历史纵深感和所谓"墨香"。

笔者多次提到具体到文创产业或网络文学+产业，大数据和大 IP 是一对伪概念。某种程度上，作品 IP 和经纪、作、编、导、演、制、宣、发等创作者 IP 的过往业绩具备一定程度的定性意义，近几年连连冒出一些以做内容产业大数据分析的公司，将具体的影视项目分解成网络数据、出版销售数据、类型、故事核、主演阵容、导演等指标，逐项"打分"，在一个项目还只是一个概念之时就可以大言不惭地以此预判其若如此这般"码"内容和阵容，几年后成品项目的生死。匪夷所思的是，这种简单粗暴混干加蛮干的做法还博得相当一部分影视公司的好感——有需求就有市场，若无用户买单，"大数据"公司也就不会跟风抢上，甚至还能谋求重大资本青睐直至上市。即使是未与大数据公司合作的影视公司，在内部原创小说、剧本构思或剧本评估阶段，也一样习惯性地采用分项打分制。本就是创意立身的影视业，不在创意创新和内容上下功夫，却在指标、打分的庙前"求上上签"，能不被自己人和外人唱衰吗？这种对于数据的依赖表面上是政策支持、由巨无霸企业主导的大数据技术的方兴未艾，本质上是思想上的懒和内心上的惧，懒得在内容上打磨、下苦功，毕竟打分轻巧太多，打印一张表格，分分钟打完分，统分平均，结论就出来了；惧怕担当，深得酱缸文化精髓——外人在进入公司履职前是人才，进了公司，任多大咖位多大能耐只是一票；"自己人"谁比谁强多少呢？一人一票。哪怕是拿最低薪酬的小虾米，只要被赋予打分权，就是一票，外人再能耐，不是自己人，意见只是意见，仅供参考，并不作数。对大数据、大 IP、打分制的痴迷意在照猫画虎，只是真的践行下来，照虎画成了猫的可能性更大。

《武动乾坤》《回到明朝当王爷》《莽荒纪》《唐砖》等"头部 IP"败北，刺激到个别以服务行业自居的自媒体偏激棒喝："怎么改？怎么改都是死！怎么做？别做了！"这里的"改"和"做"都是指网络文学的影视改编，具体到以上 IP 即由网络文学改编为电视剧、网络剧。论者以为所谓男频 IP 容易掉进本意是男女通吃、原著粉和影视剧粉通吃，结果却是男不情女不愿、原著粉和影视剧粉两边不买账的巨坑，两头不讨好，因为要承担巨大风险，所以建议中小公司"老老实实扎根女性市场"。实际上，蟹有蟹道，虾有虾道。红色题材、现实题材、大女主戏再霸屏，玄幻、古装、大男主戏一样永远有市场。笔者如今的主业是 IP 经纪，聚焦影视，出版、电子、音频、繁体等是附带。自 2007 年郑晓龙导演一个电话从我这儿买去《后宫·甄嬛传》的改编权起，笔者经纪了 70 余个影视游 IP。2013—2014 年，笔者、安波舜先生与几个著名投资人一起成立了一家五人合伙的 IP 孵化公司，安总和笔者分任日常经营的"一把手"和"二把手"，成绩就是将《狼图腾》除图书和真人电影之外的所有版权孵化成全资产包成功售出。就在多家大大小小的影视公司告知笔者他们公司"只敢要现实题材 IP"的同时，我刚签下来一周的一部作品售出了影视剧改编权，题材就是古装，第一步是要打造一部大型历史正剧。数家影视公司也正在评估我的若干玄幻、科幻、神话题材 IP。去年起，应资方要求，笔者也编剧了一部民国题材的院线电影和一部大型古装电视剧。《战狼 2》的逆袭，《我不是药神》的爆款，就有人呼喊影视的春天来了。一纸文件或一点败绩，就有人号叫影视的寒冬来了。你说网络文学+的春天来了还是寒冬来了？一城一池的得失代表不了网络文学+的大势。网络文学+和影视业从来就没有春天，也没有寒冬，或者说，四季轮转，才是网络文学+的常态。春江水暖，着眼点和着力点在内容的从业者才会先知。

结语　网络文学+的霸屏之战：屏为王还是内容为王

当马斯克等人创造的登月、登火星工具逐渐成为现实并向平民化推进之后，定价权不再是工具制造商和提供商，而是工具的用户。同理，当技术的革新成为现实，引领和倒逼网络文学+自我革命，以回应和推动技术变得更好更人性（更人性的一面是更冷血。随着技术的级数跃迁，行业的清洗、换血甚至淘汰整个行业而由新生行业替代的频率和烈度也将急剧加大），你是建更多的屏，霸占更多的屏，还是深耕内容，以对人心人性的深刻洞察，以对故事表达、接受美学的创意创新，构筑内容竞争的高坝，在瞬息"流动"的屏读时代，打赢你的一场局地战争，少输一场局地战争？——少输就是赢。扁平化、共享性成为低配的网络文学+的未来时态，没有人能一人独吞蛋糕，或者说已经没有人会蠢到想一人独吞。去争论屏为王还是内容为王已经没有必要性，与"重混"的屏最契合的内容没有最佳态，一直在"形成"，一切只是"开始"。

扫码领取
★ 作者问答
★ 行业洞察
★ 读者沙龙

实体书店是否可为？如何可为[*]

实体书店倒闭大潮从来就没有落幕过。然而，2014 年 4 月 8 日，位于北京黄金地段的三联韬奋书店试营业，同月 23 日正式开业。一时之间实体书店的春天似乎呼之欲出。本文梳理关于该店的新闻尤其是三联书店母公司中国出版集团公司官网新闻发现，一切躁动在当年戛然而止。如果"24 小时不打烊"一招鲜没法吃遍天，究竟有什么高招能救实体书店于水火？本文作者作为出版业和影视业的老兵，从自己多年的观察和心得出发，抛砖引玉。

人为什么读书？"知识这东西是最大的财富，对人来说。有时间我就来，所以几乎是天天来，15 年、16 年了，充实自己的内心。活这一辈子不能糊里糊涂。由于这个社会又这么复杂，活着挺难的。所以说在自己死之前，能够知道这个世界是怎么回事，知道什么是美。不能糊里糊涂的，整天就除了吃喝玩乐不会别的，这个我觉着活得太没什么价值，人生也没什么意义。得寻找人生的意义和价值……"一个在三联韬奋 24 小时书店读闲书的老人对着三集纪录片《书声——北京阅读考》（以下简称《书声》）的镜头一番自剖，似乎扇了

---

* 本文首发《科技与出版》2017 年第 7 期"特别策划"栏目，被《人大复印报刊资料》（《出版业》）全文转载、索引收录，被《新华文摘》转载，被评为《科技与出版》2017 年度高影响力论文。

为实体书店忧的我们一记响亮的耳光：谁说没人读书？谁说实体书店会倒闭？没见这个头发白光了的八旬老人悟得这么透！另一方面，失去童趣，失去少年的快乐时光，失去青春期的飞扬恣肆，穷父辈半生积蓄，毕孩子二十余年之功，只做一件事——读书。而读书的结果却是——长大以后不再读书——不管是网传的中国人年均读书 0.7 本、中国新闻出版研究院院长魏玉山所称的 4.5 本，"中国高校传媒联盟"问卷调查显示的 100 所高校 30% 校内不再有实体书店，78.57% 的高校书店主营教辅类，还是《书声》引述的 2016 年 48% 的国人年阅读量在 10 本以上，73% 的国人阅读量在 5 本以上，或者亚马逊中国 2017 年全民阅读报告针对 14000 个样本得出的 56% 受访者年度阅读数量超过 10 本，85% 的受访者会同时读纸质书和电子书，78% 的受访者会通过社交平台分享与阅读有关的内容，"统计数据"都无法涂抹掉世人"中国人不读书"的标签，中华全国工商联合会书业商会 2015 年数据显示过去十年近五成民营书店倒闭，汹涌的书店"倒闭潮"再为这一标签反复施以浓墨重彩。号称读书改变命运，读书的因种下的却是不读书的果，堪称这个时代最大的喜剧。

"互联网+"一出，所有行业都受到不同程度的冲击。没有电子等版权变现的"三产"助攻，作为"夕阳产业"的出版业的末端——销售端，实体书店受到的冲击可谓最大。网络书店和手机阅读、听书三剑合璧，直杀得出版业人仰马翻。这其中，听书实现了传播介质的转换，与整个出版链条"为敌"；手机阅读站在出版机构、实体书店的对立面，手机阅读一方面和网络书店抢实体书的营收，另一方面网络书店销售的电子书也为手机阅读提供了一部分资源；一般意义上谈论实体书店的"狼"指的是网络书店。"互联网+""移动互联网+""物联网""大数据""云""AI""VI"时代，实体书店有存在必要吗？实体书店的命运就是必朽甚至是速朽吗？实体书店该向何处去？换言之，实体书店是否可为？如何可为？

一、网络媒体观察：官媒上的三联书店

提到实体书店，抛开诚品书店不谈，人们头个想到的就是 24 小时不打烊的三联韬奋书店。有一段三联书店像是给书店业和读书界打了针鸡血，仿佛一个三联书店宣告了纸质图书和实体书店的新生。时至今日，24 小时营业仍然是三联人牢牢戴在头上不愿摘下的冠冕，称此举是"浪漫主义色彩"，"每当夜幕降临，有这样一个地方，会给读书人点上一盏长明灯。24 小时不打烊的标志像是一座灯塔，成为三联书店最重要的标志"。三联书店总经理樊希安坦承是受到诚品书店启发，他在《书声》中说："我觉得这是我这一辈子做的最有价值的一件事情。"提到圣彼得堡的 24 小时书店，一时兴起，用河南话"再现"俄罗斯人发音，回应他 24 小时书店"冬天行不行"的疑问："冬天也好，冬天冷，我们这儿冷，屋里暖和，外面冷，来的人更多。"三联书店人开 24 小时书店原只是出于羡慕台湾诚品同行，又考察过俄罗斯的 24 小时书店，解决了北京天气和台北不一样，北京开 24 小时书店"冬天行不行"即冬天有没有市场的困惑，才决定开店。开店之后才逐步形成"重塑价值"的情感或者说理念脉络。

三联书店总编辑翟德芳对《羊城晚报》称："去年（2014 年）三联书店销售实洋达 2.8 亿元，五年来都在增长的快车道上。"翟德芳称实体书店回暖乃因：一是读者对电子购物的新鲜感过了，买了还要等快递，好书又常常缺货，而实体书店即买即走更方便；二是网络书店钱烧完了，以前网上商城靠图书打折来扩大网店流量，贴钱打折是为了给网店做广告，打折聚人气，赔本赚吆喝；三是出版社减少了给网店的折扣力度；四是实体书店也做出了相应转型，大型书店注重体验式阅读，小书店突出个性化特点，读者忠诚度上升也是自然的。（黄宙辉　吴大海　王超凡　闻香：《实体书店有回暖趋势，实体书店逆流而上大有可为》）《人民日报》则对三联书店的"增长快车道"做了定

量说明：2014 年营业额接近翻番。《法制晚报》则说得更明确："书店进入不打烊模式初期，每晚的平均销售额就达到 2.87 万元，同时提高了白天的销售额。目前，书店日均营业额约 7 万元，较不打烊之前提高了 4 万元。2014 年，三联书店盈利增长 110%。"三联书店副总经理、北京三联韬奋书店总经理张作珍在《书声》里说："我们开了 24 小时（书店）之后，我们这销售是逆势而上，我们销售收入已经增长了 70%，当然这个书店有销售就有利润，我们的利润增长了 110%。"

三联韬奋书店果然形成了一种模式，可以媲美诚品了吗？蹊跷的是，如上这些漂亮的数据戛然而止于开业当年。我们选取三联书店的母公司中国出版集团公司的官网做一番观察，在其搜索栏输入"三联书店"，得出结果共一屏，30 条。该站 2010 年 10 月 12 日转发《深圳商报》文章《谁肯像台湾诚品书店一样连亏 15 年不放弃》，文中提及广州最早开业的一家三联书店因为承担不起场租费用于 7 月底关张，北京美术馆东街三联韬奋书店——也就是笔者开篇论及的三联 24 小时书店——缩减三分之一面积，让位给咖啡馆。而这一瘦身还是在母公司三联书店逐年减租的背景下发生的。2014 年，仅仅发了"24 小时营业"一招就克敌制胜了？若如此，大可推广到全国，拯救所有实体书店，不就是 24 小时吗！不行三班倒！

也许曾经辉煌如三联，也到了变革的时候了。

二、实体书店最大的危机是扔不掉"卖情怀"这根拐杖

本质上仅仅是行为艺术的"30 天就倒闭书店"的发起人坚果的话直指实体书店的七寸："整个中国只剩下两家书店，一家叫新华书店，另一家叫快要倒闭书店。"深圳旧天堂书店老板阿飞认为书店是有倒闭的，但饭店倒闭得更多，"凭什么书店就不能倒闭？"（豆瓣阅读雅君：《这些人把日常生活玩出了花》）饭店倒闭我们"无感"，实体书店倒闭我们喊痛，说明我们潜意识里认

为实体书店是需要被保护的弱者。饭店倒闭了没关系，饭店老板可以择地重起炉灶开新店或者干脆改行，没了这家店，作为食客，咱嘴巴和心里不舒坦一会儿，换家店吃就是了；实体书店倒闭了，我们会脑补店主和店员们垂头丧气的孤单背影，我们一边感叹读书风气日下，一边抓起手中须臾不离的手机立此存照，写几行忘得差不多的中文秀自己的忧思。我们感叹书店的倒闭，是在心底哀叹那个嗜书如命的自己渐行渐远而至行将不在了，却不思变不图变，依然故我，实体书店倒闭一家，又倒闭一家，不读书的自己照例还是不读书的自己。

新华书店为什么不愁倒闭？因为其出身，新华书店是国有。出身决定了民营书店和新华书店命运的截然不同。让民营书店糟心的场租对于新华书店根本不是问题，一般而言，新华书店用的是"自家"场子，国有重资产，国有对国有，钱不钱的好说。新华书店还有民营书店不具备的两大优势：货源和账期。出版社也是国有的，国有的出版社喜欢供货给同样国有的新华书店，账期什么的，也都好说，因此压款多年的事常有，账面一样好看，没收回来的这些款叫"应收款"，也是资产。在出版社眼里，新华书店的钱"不会跑"，因为在国有口袋里，不怕。民营书店的款要比新华书店结得早，现金流自然受到掣肘。新华书店的心理优势到了民营书店这里成了心理恐慌，怕入不敷出，怕付不出场租和人工费用，还怕场租到期翻天大涨价。

前述提到的中国出版集团公司官网转载的《深圳商报》"不放弃"一文放言："办书店赚钱吗？几乎所有人的回答都是 No。台湾诚品也不例外，开办 21 年，赔了 15 年。而且卖书一年的营业额只占台湾诚品经营的三成，卖书几乎没有多少利润，这早已不是什么行业机密了……"当然，"几乎没有多少利润"这个"不是什么行业机密"的说法并不是说"卖书"完全没有利润。按办书店不赚钱的逻辑，实体书店的存在完全是圣人所为，完全是人间奇迹。只是商业逻辑遵循的是：不符合商业逻辑的，就没有存在的必要，至少没有长期存在、大规模存在的必要。

出于对下情的捕捉，国家出台了补贴政策。与影视圈一样，各实体书店争抢补贴。中国出版集团公司官网拿同网于三联韬奋书店试营业次日即2014年4月9日转载的《人民日报》文章所载数字来说，书店"已经获得中央财政100万元的实体书店专项扶持资金，国家还免征实体书店图书批发、零售环节增值税，所以资金上不会有大的缺口……开办24小时书店，并不着眼于盈利，而更多的是追求社会效益，同时扩大三联书店的品牌影响力"。同样拿到了专项扶持资金的字里行间书店也挣扎在生死线边缘，全国二十来家实体店盈利的不过一两家。和三联韬奋书店一样，哈尔滨的果戈里书店是国有资产，场租压力相对较小。字里行间书店尽管是公私合营，实际运营方是民营，没有房产支撑，场租压力要大很多，他们解决的办法是与商厦谈情怀，获得的店面基本都是减租、少租好地段。神奇的是，大家都在靠"情怀"养活书店。这就好比辟谷者长期不进食，靠"吞气"和信念活着，相当不可思议。2012年房地产商张宝全一则"为支持中国实体书店，全国所有红树林度假世界，凡客房在1000至5000间的，将免费提供200平方米商铺给中国书店商开书店，欢迎全国书店商向三亚湾红树林度假世界报名申请"的"免费开书店"微博激起满屏热泪，多少眼眶被情怀溅湿。

实体书店业如果有存在一个"三联模式"的话，那么还可存在理想国模式、商务印书馆模式、中信模式、浙少模式、安波舜模式、最世模式、一个模式，当然，也有理由存在当当模式、亚马逊模式、京东模式、天猫模式、阿里巴巴模式、腾讯模式、苹果模式——如果他们都开实体书店的话。这些模式存在的基础是积累了足够的品牌影响力，品牌可以为实体书店带来"变现"能力。相较三联模式、理想国模式，最世模式、一个模式似乎更有胜算，因为后者的粉丝更"死忠"，更盲目。而相较最世模式、一个模式，腾讯模式胜算必然更大，因为后者的用户数庞大得多，以及背靠资本的力量。话到这里不妨说破：实体书店最大的危机是无力破执，是扔不掉"情怀"这根拐杖。情怀适合放在心里，落实在手上、脚上的应该是品牌、粉丝、资本和盈利模式或盈利能力。单向街北京蓝色港湾店因为付不起房租撤店引发的文化名人和读者、商人挺身"救店"潮最终让该店有了安身之所,品牌的变现魅力可见一斑。

三、实体书店向"生活空间"转化,是退而求其次的苟且还是向书店本质的回归

提到"好"书店,20 世纪 90 年代有读书记忆的人脑子里会冒出一串店名:风入松书店,第三极书局,季风书园,光合作用书店,万圣书园,雕刻时光书店,贝塔斯曼书友会……这里面有的还在存续,比如万圣书园,就以经营断版书为旗,业务没有嚣张到想要去纳斯达克敲钟的地步,却也办得有声有色;有的着眼全球市场,改变在华业务范围,比如贝塔斯曼,以实体连锁书店加网站,助力"主荐书"这张销售王牌的贝塔斯曼书友会,以及以外版引进书的策划出版为主,兼及原创图书的贝塔斯曼亚洲出版公司,同步退出中国,中国业务方向调整为娱乐版权授权、高端物流、政府关系等方面,盈利状况远超当年主打图书业务,每年预算指标核心是"明年预计亏损不超过 N 元"的当年;更多书店已经只具备"史"的意义,如果不写当代中国"书店史",再过若干年,已经没有多少人能够记得起这些曾经在各个城市屹立如文化地标和精神高标的名店了。书店是什么?书店的"魂"在哪里?大浪淘沙,这些曾经烜赫一时或尚在苦苦支撑的名店都算得上好书店,因为各有各的魂在:要么张扬"国学",要么主打学术书团结学人和有学术阅读口味的大学生,要么以国际化操盘手法期望本土化,要么以"类诚品"风格令人耳目一新……

这些明日黄花深耕店魂的耐力说到底还是不如实体书店界头号扛把子——菲茨杰拉德、庞德、乔伊斯、海明威、亨利·米勒、金斯堡、凯鲁亚克们的莎士比亚书店。另一家有人情味的马克斯与科恩书店虽已关张,运气比风入松等关张书店好一些,以《查令十字街 84 号》一书成名(后又有了电影)。实体书店与任何业态一样,其魂说到底还是人。书店经营者、店员与书店、与书、与读者的关联,才是驱动一家书店的内驱力和核心竞争力。我们习惯于言说德

国人重细节，细节是魔鬼，言说日本人"以命相抵"的"匠人"精神，却又止于言说，并不落实在手上、脚上、眼上、心上——轮到自己手边的事业、职业，又活成了"差不多"先生和"就这样"小姐。归根结底还是太"自爱"，对自己的事业（书店）、伙伴（店主、店长、店员）、商品（图书）的爱不够。说是自爱客气了，这种爱的本质是自轻自贱，看轻看贱自己作为职业人、作为人的身份。很多人好奇为什么我 2004 年 4 月还没从清华毕业就去贝塔斯曼上班，才在书友会做了半年采购编辑，去亚洲出版公司做了一年半策划编辑，2006 年 6 月跳个槽就成了磨铁总编辑。他们不知道我两年零一个月的编辑生涯从来就没把自己当过编辑，我给自己的定位是做到行业最高、行业最好，或者说因为我在做编辑的第一天就有做总编辑的心、按对顶级总编辑的要求来自我成长，立意不一样，居心不一样，成就不一样也就在情理之中了。举一个小例子：我曾随同事去首尔和台北出差，我不知道济州岛、普吉岛、101、淡水长什么样，但我了解首尔和台北多家风格各异的出版社的目光如何在书架和员工微笑的脸上移动，在台北几夜，我就看过诚品敦南路店几夜的夜色。贝塔斯曼曾借去杭州一处山庄度假之机请著名出版人安波舜讲课。我借机向他请教《高原上的探戈》一书的封面方案，并表达了希望合适的时机与他共事、向他学习的愿望。安总建议我选择后来图书面市时采用的方案，也陪同我做了一档电视台读书节目，但没有答应我拜师的请求，称我在做和他同样的事。因此，后来听说我要去磨铁履新，他希望我改弦更张，改去他所在的长江文艺北京中心和他搭手做副总编。这一"请求"持续了多年，直到他发起成立大望创作中心并力邀我加盟，我们和另几个股东一道共同运作了《狼图腾》院线电影之外的全版权资产包，此事告一段落后他又动念请我。所谓因果说的就是起心、动念、作为。所以人们景仰安波舜，景仰沈昌文、董秀玉、杨葵、刘瑞琳、吴清友、刘苏里、严博非。有莎士比亚书店珠玉在前，有诚品书店的活样本，内地实体书店开始"走心"了，广州 1200 书店向莎士比亚书店致敬，给背包客提供书店免费住宿服务。南京先锋书店是书店也是图书馆，由停车场改造而成，店长钱晓华的话很鸡血："一个好书店应该提供空间和视野，培养城市的人文主义精神。先锋是个使城市里的人有梦的地方。"一个小小的用心，贴身感受过的背包客、听说过的你我心里都会咯噔一下，这是心灵鸡汤的力量，更是用心的力量。

实际上，一些民营实体书店早就开始思考书店的活路问题。如今已经没有几家实体书店一门心思只卖书了，再小的店面也会有多业态。我在北京时楼下商业街就有一家"有禾里"书店，卖简体书，也卖台版书，更卖咖啡和各种书店、"文创店"常见的记事本、笔具、布袋、花瓶等各色产品。我因为不喜欢受约束，在有禾里买了十几本其他书店不大能见到的大尺码本子，就因为那些本子够素——没有任何图案花饰或各种惊人之语的警句，没有画线，更没有格子，连针孔线都没有。以艺术书和外版书经营为特色的佩吉（Page One）书店的蛋糕房也是发烧友级别，佩吉的提拉米苏和五洲大酒店有得一比。北京三里屯南街的老书虫书店主要收入来自餐饮。咖啡和会员制是每家字里行间实体书店的标配，多家店还加入了读书会等功能模块。有的店还分设了亲子主题区。在寸土寸金的北京华贸则加入了素食、中式服装、茶道、古琴、沉香主题。果戈里书店则是靠精工细作，西餐牛排是一绝，每周都有的音乐会、油画沙龙、电影分享会、无所不包的艺术工坊、名媛读书会、书店婚礼仪态款款地分插于"最美书店"的书香画影之间，堪称对书店空间做到了教科书级别的合理利用。单向空间则贴靠其创始人背景，打思想、文化生活公共空间牌。

倒在前行路上的书店给出的教训是：光有魂还不够，做事不如做势头。在不远的未来，苦守着"书"一途的实体书店，日子都不会好过。世界上最古老的两大职业，一是妓者，一是记者。这两者存世如此之久，说明了人类的两大本质需求：前者反映了人类的官能愉悦需求，后者反映了人类增长见闻、启发新知或者说八卦的需求。实体书店向何处去？也许可以从人类的这两大"内需"取经、取径：书店存在的意义在哪里？是否能满足人们增长见闻、启发新知、八卦、官能享受的需求可能决定了实体书店是否能活好甚至降格以求，仅仅是活着——或许还应该加上熟人社会交流、交际及陌生人交流、交际的功能。因此，一场实体书店的功能革命势在必行，书店的价值绝对不是"卖书的"，而是能够协助人类实现身心愉悦功能的集合体。因此"诚品生活"天生比各类书店、书城、书园、书屋有前瞻性，有生命力。樊希安在《书声》中提到诚品书店"给大家提供购书的场所，也提供一个比较服务的场所"。话糙理不糙，樊总把动词和名词词性的"服务"用作形容词，还加了比较级，他用"服务"概括心目中的理想书店诚品除了"购书"功能之外的所有功能，同时还说明他意识到了哪怕是领先如诚品，也仍然有提升的空间。这个"服务"可以理解为我所说的功能和用心、"魂"。夸张一点说，只有基于书，又绝不止步于书，实体书店向生活空间转型，集合了声、光、电、AI、VI及任何未来可能出现的技术，全方位满足人们广见闻、得新知、启心智、娱乐、交际、参与、分享、口腹之欲等一应眼、耳、鼻、舌、身、意需求的未来型"书店"才可能活到下一个黎明。这是实体书店存活的必由之路。很互联网+不是吗？其实只是从另一个角度说明了殊途同归，"互联网+"只不过捕捉到了这个时代的人性人心特点并加以提炼，再安上了一个听着新奇炫酷的名词而已。

网络写作：文学的撒欢与阵痛*

我无意去勾勒榕树下网络作家群的崛起如何宣告网络文学的发轫，也无意去摩挲以天涯社区为代表的网络发表阵地如何深切地酝酿了网络文学的暖春和盛夏。如果说安妮宝贝、李寻欢等第一代网络作家对中国网络文学有开山意义，慕容雪村、当年明月、天下霸唱、南派三叔、何马等人承前接力，勃发出的生气则已深刻改变了当代写作格局。余华、莫言、格非、梁晓声、王安忆等代表的"严肃文学"或说"传统文学"（先锋作家隐其锋芒之后也成了经典作家），都梁、王海鸰、六六、邹静之等代表的影视文学，郭敬明、韩寒、饶雪漫等代表的青春文学（其中坚为新概念作家群），当年明月、天下霸唱等代表的网络文学，四股力量基本构成了当下中国文学的全部——不是全部也是绝对主流。而随着前三股力量的网络化，网络文学一脉空前壮大，以至于人们谈及当下的中国文学，习惯用传统文学和网络文学作二元划分。这一划分的标尺即写作方式是否网络化。

而实质上网络文学或网络写作是个似是而非的概念，唯有在线写作是货真价实的"网络写作"：打开网络上的可视化视窗，事先不打草稿，更不做备份，一个字一个字敲进去，敲得差不多了，张贴发表。至于攒了几万字，贴一

---

* 本文首发《书香两岸》2010 年 9—10 月合刊丹飞专栏。

阵，再攒几万字，再贴一阵，甚或写完了全稿一截一截张贴，造成"在线写作"错觉的写作都是伪网络写作，其本质与传统意义上的写作无异。这当中既有着旁观者不清的情境存在——误以为文章只要在网络中出现就是网络文学，更是非网络作家向网络的靠拢和"投诚"。而大众认为的传统文学和网络文学，考量的标尺已经简化为网络发表是否在实体图书出版之前，在前，则为网络文学。

网络的出现对于写作来说，最大的意义在于：

其一，发表瓶颈的取缔，发表平台的泛化。网络出现之前，发表作品的主阵地是报纸、杂志、图书，发表的意义扩大之后，广播、电视、电影、话剧、舞剧、相声、小品、歌曲等也纳入其中。这其中任一平台都设置了相当高的门槛。网络来了，在符合互联网法规的前提下，网络发表已成零门槛、零瓶颈，也正因此，"全民写作"才成为可能。

其二，作家走下神坛，写作成了"有话就说，有屁就放"。网络的出现，破解了笼罩在"作家"头上的光环，作家的严肃性被消解了，写作成了情绪宣泄、事件记录、言论发表这种与吃喝拉撒一般再正常不过的小节。

其三，反馈机制的零阻断、即时性。网络的这个特性，以改变人际关系的方式改变了人的社会性。表现在网络文学上，则是深刻引发了写作方式的变革。正是在这个意义上，我们才说网络是一场革命。网络的发表和修改结果、他人的反应和回馈以点击和回帖的方式即时呈现在网络上。零阻断的网络模式，一切所见即所得。哪怕事前审查机制引入网络，造成暂时性的所见非所得，敏感的发帖、回帖甚至会被屏蔽处理，在整体上而言，零阻断、即时性、所见即所得仍然是网络影响人类生活的先天利器。

其四，即时性带来的互动性，形成"楼主"与其他"盖楼"者之间的深度共谋。因为回帖者的即时性回馈，"楼主"应对质疑甚至对自己的思想、言论进行二度创作是常有的事。民谚说，谎言说一百遍就成了真理，人的社会性决定多少有从众的趋势，很少有"楼主"强大到不管不顾回帖者形形色色诸如商榷、相左、敌对的回馈。对自我的二次或多次修改，是网络带给人类的最深刻的革命。网络互动性之彻底，在参与者自愿自觉，空间、时间、身份不受约束，数量空前庞大，回馈无所顾忌方面，全面超越传统的面对面集会、讨论、研讨方式。多地政府邀网民网上议政，排除作秀的成分，这一做法无疑能最彻底地网罗百姓智慧，也能借助和网民的互动实现对市民的解惑和解压功能。

网络写作仿如文学的撒欢，也有阵痛。发表瓶颈的取缔造成了发表的虚假荣光，从而诱发网络发表层级性的形成，传统媒体的话语霸权到了网络这里并无二致。只是网络创造方式，网络行使话语权的方式也就格外丰富，几达全方位，无孔不入，首页推荐，做专题，开专页，飘红，加精，置顶，弹出窗口，关键词，等等，"推荐"成了行使网络霸权的舟楫，版面、位置、文图声色呈现方式、语气、力度的不同，决定了网络的话语霸权。网络写作"有话就说"的特质将网络文学推上虚假繁荣的局面，各路神通八仙过海。文不对题、文不配题的"标题党"，营造高点击高回帖假象的"五毛党""点击机"，都在幻想以假乱真，一招制敌，正儿八经写作的也难免鱼龙混杂。网络反馈的即时性使得帖子的"优劣"立现，判断的一个尺度就是点击率和回帖数，或者再加上星级和回帖的拥推程度。

另一可以代替或超越拥推度的就是争议性，在网络传播的效果上，多数情况，争议性大的帖子"优"于拥推程度高的帖子。这些热帖和争议帖到达一定阈值，也会成为网络及报纸杂志和广播电视的热门报道对象，出版实体书、改编为影视等"落地"行为发生的概率一般来说也比默默无闻的帖子大。除专职以网络收费阅读模式生财的作者之外，"落地"生金是网络作家的梦想，出版实体书又是最重要和最主要的"落地"梦——在写作的功利性目的上，网络文学与传统文学殊途同归。

部分传统文学作家选择"网络写作"（严格说应是网络发表）的原意也是期求传播的广度和速度，稿子炒成网络热帖，自己炒成网络红人，从而获得成名的满足感，获得更多利好机会，是这部分传统文学作家也是所有网络作家的共同梦想。不乏作家从与网民的互动中获得创意，查漏补缺，触发作品往正路上走。如上都无可厚非。怕就怕在网络便捷神速的互动性拨动作者不甚强大的神经，在听令进行自我修改的过程中迷失了"我"。我对此有个不宣之秘：对作品生杀予夺，作者可以听我的，不必听网民的。因为我是最专业的读者，最负责的网民。

让文学成为文学，再谈市场和创新[*]

　　"寻找青春网络文学的市场创新模式"，林琳给我命的题非常专业。我今天的发言其实只要辨析清楚这个题目就算圆满完成任务。我想和大家一起认识几个名词，个别时候我会对这些名词进行配对分析。

一、青春文学

　　我们国家的文学带有鲜明的代际特征。这个代际不是以文学创作者也就是我们说的作者的出生年代来划分，而是按照作者的"创作时代"划分。我们简单说说新时期以来文学的代际特征。

　　20世纪80年代以前，可以说是纯文学时代，这个代际文学的余脉一直延续了下来，当年活跃的作家现在基本上也都是纯文学作家，很有"文学操守"，与后来的青春文学、网络文学互相不对付、不顺眼、互相叫板的也是这部分作家，及与作家存在某种程度的"寄生"关系的文学评论家。当然，极有文学梦想的新兴作者也有为数不多的陆陆续续加入纯文学行列。纯文学也可以称作严肃文学。只有在相对于青春文学和网络文学来谈论时，纯文学才可以

---

　　[*]　本文为丹飞在《羊城晚报》"青春网络文学论坛"上的发言稿，原题为《创新是条狗》。

叫作传统文学。但"传统文学"这个叫法不科学，因为后来被我们归入纯文学阵营的实验文本、先锋文学等文学流派其本质是反传统文学的。

20世纪90年代，则进入青春文学时代。青春文学最重要的起源是校园文学。因此，我们有时候也会把青春文学称作青春校园文学。因为青春文学最主流的作者、最主要的题材都来自校园。一般都将郁秀的《花季雨季》算作青春文学的开端——所谓开端、拐点、高峰都是以作者和作品的旗帜性、标志性而言，抓住一点不及其余——而真正让青春文学形成气候并大行其道的是新概念作文。韩寒、郭敬明的影响力从世纪初持续到现在，他们的地位已经定格，水泼不进雷打不动了。值得注意的是秦文君、孙云晓等成人作者也创作了大量影响极大的青春文学，秦文君和"花衣裳"写作组合的饶雪漫一度也是另一派的青春文学旗手——青春题材，成人写作。饶雪漫至今大旗不倒，扛起了"言情女王"这面大旗。

二、网络文学

与鼎盛时期的青春文学同时兴起的还有网络文学，标志性的开山作品则是痞子蔡的《第一次的亲密接触》，他那句"太平洋里的水"一直鼓荡着爱情萌动男女的心。泰戈尔的名篇《世界上最远的距离》被痞子蔡引用后读者甚至以为痞子蔡就是原创者。就像郭敬明的粉丝认为三毛的《梦里花落知多少》是抄袭郭敬明一样。初创时期网络文学的特点在于网络化语言、网络化表达法，以及网络化情节，比如网上聊天、交网友见网友、网恋等。"榕树下"网络作家群安妮宝贝、李寻欢等曾经盛极一时，安妮宝贝的地位一直未被动摇，发展到后来有向纯文学靠拢的意图。李寻欢成了知名图书策划人。发展到现在，网络文学的内涵已经发生了根本性的改变。从当初的情节、语言网络化演变成现在的"网络写作"——也就是说，初期是形式创新，如今是工具革命：作品首发于网络，甚至直接在网络上写作，有的作者根本不在本地机上备份。

如今的网络文学，题材的丰富性、写法的宽容性、衍生的可能性绝非青春文学和纯文学可比。奇幻文学、（新）武侠文学、穿越架空文学、盗墓小说、白话历史等蔚然成风，基于纯文学大类又由网络生发出婚恋伦理小说、职场小说、财经小说、官场小说等众多类别的类型文学。《明朝那些事儿》《鬼吹灯》《盗墓笔记》《藏地密码》等旗帜性作品甚至构成了一个小小的产业链。《鬼吹灯》《后宫·甄嬛传》等作品的海外版权和影视版权、游戏版权交易所得颇丰。

从网络文学兴起之初起，就有纯文学作家陆续介入网络写作，如今更有为数不少的纯文学作家选择在网络试水自己的作品。但早期成名的作家对网络还是有着提防心理，不愿意在网络上首发作品，文学期刊、实体书出版还是他们的第一选择。除少数几个"旗手"和"类旗手"作者，青春文学作者则已经习惯于将网络作为作品的首发阵地。通过网络检验作品的"人气"，从而招徕出版人的关注是各类作者的共同选择。

当然，林子大了，什么鸟都有，网络文学兴盛，一种类型文学烂遍一条街的进程也会加速，这"功劳"一方面与作者主动地和下意识地跟风有关，更大程度上是由出版人和网络收费阅读网站以利益诱使导致。这是整个文学生产消费群体的悲哀。

纯文学与网络文学之争从来就没有停息。除了"工具"即发表（首发）渠道的不同，纯文学相对更为自我，网络文学的怀抱则打得开一些，这也是两者的根本分野。从读者角度我们知道，很显然，开放的视角、开放的怀抱肯定胜出——至少讨读者欢心。纯文学阵营对网络文学的另一重大质疑是网络文学粗制滥造，没深度，没艺术性，而事实上，网络文学中不乏深沉之作。比如《鬼吹灯》，走的是文化深挖、玄幻探险路线，创造了属于作者自己的博大精深的叙事空间，文化积淀深，内涵丰富，甚至可以说是包罗万象，情节波诡云谲，想象奇伟瑰丽，运用东方想象，盘活东方文化，激活西方文类。这个努力没有几个纯文学作家会去做，做了也没几个能做得到。排除穿越、架空等大家习惯归入青春文学、言情文学的 YY 文学，网络文学没有多少伤风叹月和少年意气，一改青春读物市场的莺莺燕燕之气，许多作品充盈着中华文明中内含的阳刚之气，读来内力充盈，格外提气。

与这个时代同时并存、兴起的还有主要起源于 20 世纪 80 年代的影视文学、明星文学。影视文学、明星文学从诞生之日起就一直文脉不断，贯穿于所有文学流程中。明星文学可以算是"公开化的私写作"，多数时候我们用"名人传记"来概括。其边界比较模糊，与纯文学、青春文学、网络文学这些文学大类都贴不上。影视文学则存在不断换血的过程，但就像肌体一样，每一个换血不可能做到滴血不剩，换的只是一部分血，这样影视文学的滋养就同时来自三种文学类型，并行不悖，各有佳作。之所以谈到影视文学，是因为我们在后面还会讲到。

三、文学产业化

我们先来简单说说什么叫产业，什么叫产业化。

产业一般指具有某种同一属性、可以按照某种统一标准划分的企业或组织的集合。

产业化一般指具有同一属性、按照统一标准划分的企业或组织集合成社会普遍认可的规模和程度，通过量变实现质变。

产业化的目的是形成规模效应，进而建成健全产业链。构成产业链某一链条的产业、企业或组织、个人基于一定的技术含量，依据特定的逻辑关系形成链条式关联。

激活产业链的是上下游之间的价值交换，拿什么来交换呢？有价值的玩意儿——信息、媒介、产品或服务。信息也可以当作特殊意义的产品，媒介或者说是中介可以归入服务，因此拿来交换的可以概称为产品和服务。

在实现产业化之前先要实现市场化，市场化形象化地说就是买和卖，买什么、怎么买，卖什么、怎么卖，这里面的文章大，不同选择产生不同效果，获得不同效益。

那么文学产业化有哪些可为呢？我们从产品和服务两方面来分析。

文学产品的起点是文学作品，作品在没有商品化、市场化之前不能叫产品，只能算作文学产品的原材料。由作品到产品的转换形态有哪些呢？经过声光电等技术手段，可以形成文字类图书、漫画绘本、手机书、电纸书、网络收费阅读、广播剧、话剧、舞剧、电影、电视剧、动画、游戏等多产品形态。

服务层面则诞生投资、制片、策划、营销、发行、编剧、导演、演员、替身、经纪、中介、灯光、烟火、声效、配音、作词作曲、演唱、特技、特效、设计、原画、动画、美工美术、摄影摄像、剪辑、后期等门类繁多的岗位、企业甚至产业。每一环节都完成一定程度的价值附加，有价值就值得交换。

文学产业化就在以上所述的产品形态和服务形态中得以实现。

四、市场创新和模式创新

创新是一个时髦词。随着国家由资源密集型社会向技术密集型社会转型，一个产业链、一个行业、一个企业、一个项目、一个团队、某个个人有没有技术含量、有多少技术含量就很重要了。什么样的人和事物算是有技术含量呢？全面或部分达到甚至超过同类标准就有技术含量。全面达标或超标就叫全才、通才、通用型人才。全面达标或超标的企业则叫全能型企业。大家能够想得到，"全能"型企业是多么不可思议。但全都会基本意味着全都不会，因为极有可能什么都做不专。社会分工日益精细化，将某条产业链上的一些细小链条做专做精已经很不容易。对于企业道理大家明白，对于个人就没那么清醒，人们往往容易用全才、通才标准来要求自己、要求别人。

眼下，人们热衷于给宠物狗扎上辫子穿上西装皮鞋或花衣绣花鞋，给烈性犬套上金链子，还以为这就是创新。画蛇添足，雕弓易断。狗存在的意义是做一条合格的狗，撒娇就撒到主人心软得要化掉，打猎、牧羊、搜救就称职出活，导盲、购物则当好主人的眼和手。创新不是从 50 分做到 200 分，而是从 100 分做到 101 分。

回到青春网络文学市场创新这个话题上，其实只有一句话：让文学成为文学，再谈市场和创新。

扫码领取
★ 作者问答
★ 行业洞察
★ 读者沙龙

未来十年出版热门职业预测*

预测，且一预就是十年，搞得我像半仙。书市不可预测，具有绝对正确性。在绝对的罅隙，衍生了可以预测的相对可能——少点儿耳塞目盲，虽非半仙，对出版业进行一番热门职业预测是可以做到的。或者说，未来新兴热门职业衍生于而今的现实土壤，从当下出版态势可以看出端倪。有心看，就能看个正着。且随我从现有出版体系到未来出版版图的裂变轨迹来看。

内容提供商，多半是作者（著作权人），也有出版社或民营出版公司、民营书商（下通称"民营公司"）炮制的集体作品、"职务作品"。另一个现实是，文学网站扮演了实质意义上的内容提供商角色，天涯、猫扑、起点、中文在线、铁血、逐浪、新浪、搜狐、腾讯、红袖添香、晋江等文学站点或站点内的文学（原创）板块在过去十年为出版业承担了输血功能。它们是这一时期的版权代理人。只是这一角色尚未得到定位，一方面是天涯、猫扑等品质优良的网站对版权几乎没有掌控力，其作为内容提供商的价值是公开、免费的传播平台，尽管没有"主观故意"，但毫无疑问，它们充当了连接作者和出版方的桥梁和纽带。正是在这个意义上，我多次阐明对于网络文学的出版潮流乃至近十年的出版业界，天涯社区功不可没，在文学网站及门户网站的文学（原创）

---

* 首发《书香两岸》2011 年第 5 期丹飞专栏。

板块当中，毫无疑义，天涯社区对于出版业的贡献首屈一指。另一批站点依赖以电子版权或简体版权一口"吃掉"作者其他所有版权的霸王合同，成功攻城略地，吃掉作者从其他既成权利中分利的权利。

当前出版的绝症有四：跟风，盗版，隐瞒版税，霸王合同。跟风不可控，真的一声令下，寒风萧瑟，对跟风的"化疗"只会对出版业肌体带来无情伤害。跟风之症由市场自动调节就好了，市场的自清理机能能够部分地规避跟风的恶果，甚至不需要血管里流"道德血液"——尽管受伤的是原创精神和原创内容提供商，但放眼海内，别无他法。盗版本来可治，但人们习惯治标不治本，逮着个小盗版书店、书车就额手称庆，不知道背后的盗版盗印者才是源头，问题是要顺藤摸到盗版盗印两个母瓜，靠出版方之力根本不可能完成任务，须有工商、公安协同作战——现有情境下，出版方有能耐做到一军令三军行吗？相比对盗版商的同仇敌忾，投资方隐瞒版税对于作者等内容提供商来说则是有苦说不出，知道疼，但不知道哪儿疼，从投资方内部或印刷厂的根上进行印量取证无异于痴人说梦，前者是堡垒，从内部攻破的概率难过中彩票，后者是利益同盟和责任同盟，利益不可损，责任不可担，瓦解的可能也是近乎零。部分文学站点的霸王合同则一刀"去势"，作者其他收益从根上被断了念想。当慕容雪村、韩寒等作者联手出版投资方义正词严地问责李彦宏的百度文库，就出现了啼笑皆非的效果，好比一肝癌、胃癌、肺癌、皮肤癌患者拎着伤痕累累的肝问罪胃：你为什么要癌变！

渠道为王和内容为王在商界一直打个不停。对于出版来说，渠道的重要性自不待言，发行渠道的通畅与否直接决定了一社一司一地一国的出版阅读境况。当渠道日益上升到框架和模式意义，举国站在同一水平线上，核心竞争力就是内容了。今天的内容提供商在未来十年至少演变为策划人、内容设计师、版权代理人、线人、经纪人、作者这么几个职业。策划人角色在此前的出版业界一直存在，但作为一个特定职业明确单列出来，则要在未来十年里得以实现。文学网站仍然充当版权代理人角色，未来可以预见的是，作为对文学网站的补充，职业版权代理人大量涌现，他们中的强势者直接瓜分掉文学网站的羹汤。另有一个特殊群体充当作者等内容提供商和投资方之间的线人作用，他们只需要"卖信息"即可，不需要参与版权代理或版权交易，因其牵线成功，从投资方取酬。当下不为人所知，但在未来十年绝对热门的职业是内容设计师，这一职业甚至从根上动摇策划人的地位，因为现有策划人所知所作所为内容设计师都在做，且多了现有策划人通常未做的命题、教战职能，说白了就是告诉作者写什么、怎么写，本人旗下百余核心签约作家中已有不少人享受了我的"内容设计"。专业内容设计师可以做到的是定位精准，投合各级市场所需。内容设计师的重要性至少在我的出版实践中将会逐一呈现出来。作家经纪人对作者进行合理包装，代表作者的权益，代替作者与上游的策划人、内容设计师，中游的版权代理人、线人及下游的投资方、出版方打交道，好的经纪人则一人打通关，一举行使上中游职能，策划人、内容设计师、版权代理人、线人、经纪人多重身份一身兼。本人就在这么做，且扮演这一角色有年，颇有成效，也颇有心得。

出版方。法定的出版方只能是国有文化企业——出版社，民营公司掌握"书号权"的烟幕弹一年一年放，但兑现之日还遥不可期。更重要的是，哪怕"书号权"下放到民营公司，面上来看也只是形式上的更新，本质上仍有个书号审查、发放机构在那儿把着，只不过原来是一个个出版社，到时候成了一地一地的新闻出版管理部门。这样的"升级换代"失去的是出版社放号时期的机动灵活，得到的是各级新闻出版管理部门放号的集权和不易变通。因此，很多不明就里的民营从业者手舞足蹈鼓瑟吹笙欢庆的"书号权"其实是魔术师手里的道具，不能因为从大变活人升级到了大变火车，就认定魔术师不是魔术师。书号权的审判权握在一个个出版社手里转变成握在各地新闻出版管理部门手里，到底是民营的春天还是民营的冬天，则还两说。

投资方，民营公司作为出版投资方是"活力在民营"最直接的活力之源，参与投资或全资使得民营公司获得了在出版事务中的话语权。原有的民营公司与出版社的合作关系随聚随散，一家民营公司对多家出版社、一家出版社对多家民营公司是常态。随着出版社公司化改制的步伐，民营公司与出版社成了捆绑关系，参与投资、参股，恋爱关系获颁合法同居许可证，投入合力，利益分享。民营公司作为投资方，必然投资印刷，其合法地位的获得则由出版社以"委托印刷"方式赋予承印厂。

发行方。与出版方相同的境遇是，法定的发行方也只能是出版社。民营公司获得的"出版方"资格是伪资格，民营公司获得的"发行方"资格则由出版社以"委托发行"的方式赋予。

封面设计师。设计外包给平面设计公司、工作室是施行多年的"行规"。更早发端且与设计外包并行的是出版社和民营公司"养"设计，在机构内部安排美编或设置专人负责设计图书封面及书签、明信片、笔记本、海报、易拉宝等衍生品和宣传品。这一职业将会壮大为平面设计师、声讯视效设计师、媒介设计师、陈列师、声优、模特等职业，以适应媒介多样化、传播升级的变局。值得一提的是，摆书、堆书这种"纯体力活"也会成长为技术活，作为"装置艺术"与模特的"行为艺术"、造型艺术并驾齐驱。

营销专员。信奉话不怕说大、忽悠多了也就信以为真了的今天，营销、宣传的作用基本成为出版社和民营公司的共识。越来越多出版社安排专人从事营销工作，更有民营公司设置了经理甚至总监职位给营销人员。未来十年，这一职业将会分化，细化为媒体经理（公关）、炒手、买手、危机公关、政府公关、活动托、水军几大职业门类。其中多类职业已在当前出版实践中显出雏形，在不久的将来将会定型为细分职业。随着出版业竞争的加剧，尤其是出版蛋糕越做越大，职业细分的必要性和重要性将日益凸显。与之相关的则是职业讨债人和版权律师的出现，律师行当中其他行业的经济官司、民事官司、刑事官司都好打，找个懂得出版官司的版权律师则不容易，这一状况将在出版业态成熟、版权保护健全的未来得以改观。对于脱逃欠款的投资方、渠道商，讨债人应运而生。

　　基于出版各链条还会衍生出教师爷——职业规划师、业务培训师、分析师。重理论轻实践的高校编辑出版专业做不到的事可以交给出版教师爷来办。目前，开卷和某些媒体的读书栏目承担了分析师的部分职能。

　　有一句"黑话"说，用钱能够解决的问题都不算问题。未来十年，可以改说成用人能解决的问题都不算问题。在"人"的因素活跃、"人"起主导地位的众多未来职业中，可以看到作家经纪人的强大背影浮出水面，此一职业甚至可以统括诸多以人为"本"的一众职业。尽管我在这么做，我也不会认为统摄是大势所趋，细分、新兴才是大趋势。一口吃遍天下非人力所为，何况人力有差异。正是个体差异性造就了这个色彩斑斓的多维世界。你且看，随着热门职业的踊跃建树，"活力在民营"的说法将会被"活力在个人"取代。

独立策划人：手可以伸多远*

　　我做独立策划人两年有余。在出版这条路上经历贝塔斯曼书友会采购、贝塔斯曼出版策划、磨铁总编辑、漫友副总编辑几站，出版行当的职业经理人生涯没过千帆也差不了多少。当走出漫友之时，到一家图书企业做高级打工仔这事在我的字典里算是成了过去时。不妨对两者进行一番比对，这样好理解我为何不做职业经理人而乐意做个独立策划人。前者的优势是稳定，按月取酬，按年提成；劣势是只能为一家企业谋事。后者的劣势是不够稳定，策划版税的结算时间基本与作者版税结算时间同步，缺少定性，加上我好说话，不会去刻意催促合作方，就会有一两个月无收，收一次可能来个十几万几十万的局面。优势是合作方的数量没有上限，操作的项目从理论上讲也没有上限，对于我这种只要有需要就有好策划的"金脑"，这个优势能够最大化地实现我的智能产出，不浪费或少浪费智慧、青春和生命。收益方面，做职业经理人年收入再高也有限，独立策划人身份能折腾到什么份儿上一看能耐，二无可限量，因此也就格外诱人。

　　通常意义上的独立策划人即不依托于某机构的策划人，职责是负责为合作方策划选题。我的"势力范围"更大一些，或者说我在摸索独立策划人能做

* 本文以《网络时代北京不再是文脉独占地》为题首发 2011 年 5 月 20 日《中国图书商报》。

到什么份儿上。我在《未来十年出版热门职业预测》一文中这样勾画出版行业职业版图的裂变轨迹：以内容提供商、出版方、投资方、发行方、封面设计师、营销专员组成的粗放型职业，在未来十年将细分为策划人、版权代理人、内容设计师、经纪人、出版方、投资方、发行方、平面设计师、声讯视效设计师、媒介设计师、陈列师、声优、模特、媒体经理（公关）、炒手、买手、危机公关、政府公关、活动托、水军、版权律师、讨债人、职业规划师、业务培训师、分析师等行当。独立策划人的手可以伸多远？我的手至少伸到了策划人、版权代理人、内容设计师、经纪人、设计指导、媒体、炒手、危机公关诸领域。

我在正式进入出版界之前也可以算作独立策划人，为出版社和民营公司策划和实施选题。学生"编书"是清华、北大、人大的风气。我那时是策划兼具体实施，做了《清华九十年美文选》及其他多种大学读本、名人传记、女性主义 MOOK（杂志型图书）、幼教读物。我的一首长诗《我们期待所有响亮的日子》被曹文轩教授选入《21世纪中国文学大系》，被吉林省选为中考作文考题，被十数届中学生在高考模拟考试等大小考试、习题中咀嚼，许多孩子因此爱上了这首诗，除了在朗诵会上频繁唱诵，还成为一些孩子的励志诗，伴随了他们的青春成长。这就是出版之魅。我做独立策划人的得意之处还在"命题作文"，即前面说到的"内容设计师"身份，命题、设定人物、划定情节、斧正讲述心态语态语言、遴选最佳写作者，顶端优势因此变成现实。考古学、历史学大家李学勤教授总顾问的"新二十四史""历史中国"丛书，横跨历史、社科、文化、虚构领域的大型丛书"东方西方"，多类别多方向的热门小说，都是我命题的产物。

都说做书就应该坐镇北京，因为北京有文脉有氛围。贝塔斯曼时期我在上海，漫友时期我在广州——我的职业生涯证明，不在北京，一样可以风生水起，文脉和氛围没那么唬人。而今做独立出版人，合作方在天南地北，作者更是五湖四海，远的已在国门之外。网络时代的优点是便捷性，世界因此变小了，因为有网络，有电话。需要沟通洽谈，没什么不能通过网络或电话解决的。因此，人人争说的北京优势论在我这儿不成立，我做我这块工作方方面面毫无空间阻滞感。北京我是要回去的，但促成我返京的一定是个上佳的契机。我返京的目的也是对北京冬天的眷恋，对北京金秋的向往，顺便把北京的春夏给爱了。从 1707 年即已建园的清华园，迄今已有 304 岁，清华也刚刚度过自己的百岁校庆。陈梦雷主编我国最大类书、世界最大百科全书《古今图书集成》即在此园孕育、诞生。而今清华园是康熙朝所建皇家园林中唯一的幸存者，康熙御笔"熙春"仍然留存在工字厅内，讲述着文化之魅。我在清华求学十年，其间学了水工建筑本科、法学（辅修）、编辑出版双学位、现当代文学硕士，职业的源头活水即来源于那里，最好的青春留在了那里，因此感情匪浅。离北京近一点儿，离清华近一点儿，更多是心理"归位"的需要。

阅读是一场冒险：众筹一例*

达沃斯"2001年全球未来领袖"赵民、全国青联委员周一夫、全国金融青联委员徐军、北京文化局副局长张颐武、原盛大文学CEO侯小强、中国科协—清华科普中心主任刘兵、九三学社广东省委常委张广奎、京东金融高级总监王琳、国际金融理财师李笑棠、华尔街投行分析员胡艳、华为全球技术服务部前干部部长胡赛雄、中国出版传媒商报社社长兼总编辑孙月沐、《出版广角》执行主编朱京玮、《三联生活周刊》《经济观察报》前主笔陆新之、新华社经济信息编辑部信息研究室主任田发伟、中央电视台新闻中心社会部记者柴志先、中国文字著作权协会总干事张洪波、无休影视总裁罗丽莎、出版人兼文学评论家单占生、书业战略专家三石引领200人推荐团联合力荐。

阅读是一场冒险，因为可能遭遇一声叹息，也可能遭遇未遇之境、未经之美。《股战》无疑是后者。股民能从中读出"知我者也"的"同情"之慨，非股民能从中认出沉迷造富梦的身边人，个中滋味发人深思。

——赵民（正略集团董事长、正略咨询创始人，达沃斯世界经济论坛"2001年全球未来领袖"，美中关系全国委员会第一届"美中杰出青年"）

---

* 本文为丹飞全盘策划、撰写、实施图书众筹实操案例，有心人实操中可资参照。实操中配图选用丹飞老友、著名CG（计算机图形）高手依恒画作，本书从略。

静观《股战》风云，体验股海浮沉。仿如走过千山万水、名山大川的行者，穿越了牛熊周期的投资者历经各种跌宕起伏、喜怒哀乐，早已放下输赢，笑对人生。

——徐军（金融战略与并购专家，全国金融青联委员，瞭望智库特约研究员）

股票价值和企业未来的现金流正相关，企业未来的现金流又和企业未来的不确定性风险正相关。股市孕育机会，股市惊涛骇浪，股市属于有梦想、有担当、反常规思维的人。

——胡赛雄（华为全球技术服务部前干部部长、后备干部系主任、企业管理哲学编委会负责人和主要撰写人之一）

股市起起落落，人生载浮载沉，《股战》展现了资本鏖战中各种战法和人性百态，读罢久久无法释卷。

——王玥（KeyLogic 公司总裁，组织创新和人才发展专家，《财经时报》《环球企业家》《中国财富》等多家财经媒体特约撰稿人）

投资者最大的敌人是贪婪之心，所以说投资者在股市的较量，实际上是内心与贪婪的抗争。唯有那些时刻保持冷静，在市场波动时不改初心的投资者能够最后获胜。

——田发伟（新华社经济信息编辑部信息研究室主任）

我在抗战胜利受降地芷江，你在哪里？

我是《股战》作者道行无疆。我的另一重身份是媒体人，在日本投降地芷江做电视、视频工作，眼下的工作重心围绕纪念抗日战争胜利 70 周年。《股战》是我的长篇处女作，受到民间各路英豪的肯定，我始料未及。拙作能够得到昆明、芷江等生养我、成就我的父老朋友，许多未曾谋面的上班族、公务员、大佬们的赏识，超过 200 人愿意联合推荐拙作，我诚惶诚恐。来到众筹第一网众筹网，是为了检验大家对我的支持到底有多大。我将竭尽全力回馈大家对我的信任、对我的爱护。

我已收获 200+ 份沉甸甸的支持，还可以收获更多吗？

这是我第一次发起众筹。众筹的目的是把我的处女作风光地"嫁"出去，大家的支持就是《股战》最好的嫁妆。

《股战》的故事可以这么概括：股市来了！不管你是扑进股海，还是站在岸上，都改变不了一个事实：全民炒股时代已经来临。在这个时代，不管你是不是股民，已经很难不被股市的大浪溅湿。因为那个看曲线、盯走势、跟行情当饭的"股疯子"，可能就是你爱的和爱你的人：爸妈，爱人，闺密，同事……《股战》讲的就是一群意乱情迷的"正常人"如何奋不顾身地或心不甘情不愿地沦为"股疯子"：散户魏军和他的散户兵团，深不可测的京城八爷，翻云覆雨的黎叔，"霸道总裁"庄家上官青云，女神双娇吕菲菲和格妮雅·黎……这里有您可能闻所未闻的股斗秘辛，也有您倍感亲切的人情世故。

您看，股市真的与您有关，比如，拙作的众筹就不管不顾地"溅湿"了您。

我的心不大，就筹 20 万。我要做的就是为大家提供尽可能贴心贴肺的回报，让您觉得筹有所值。

实操图片（略）说明：

1. 股市走势图那神秘的微笑。

2. 爸爸级股民搭上养老金，希望给子女挣回金山银山。

3. 爷爷、姥爷级股民，指望借炒股给孙女外孙女添一件漂亮的嫁妆。

4. 妈妈阿姨级股民，小赚了一笔，"心法"偷偷告诉男闺密。

5. 散户魏军不是一个人在战斗，他的背后有庞大的亲戚、朋友、同学、同事、邻居、球友、酒友……关系人群。

6. "霸道总裁"上官青云有张辨识度极高的脸：有钱就是任性。

7. 吕菲菲，当女神遭遇爱情。

8. 绝杀 VS 狂野——双面娇娃混血女神格妮雅·黎。

9. 每一个女孩都有一个男神等着去守护。

我相信每一个梦想都有未来。我的梦想由你成全。

建议月收入在 1 万元以下的小伙伴选择前四档参与众筹。第五档是专为你们的大 BOSS 设计的，因此手痒想选这档的小伙伴请自觉到大 BOSS 路过的地段蹲守，告诉他来下单，这样你既可以听股经，又在大 BOSS 心中留下了会花钱、花好钱的霸道印象。众筹所得全部用于《股战》（附送别册"跑赢股市的168 条黄金法则"）的出版和推广。同时希望本书的出版，为根据本书拍摄的电影和电视剧保驾护航。而这一切，全仰仗您的众筹参与。

如您支持我，将得到以下回报：

支持 ¥40 获得：

1. 《股战》1 本；

2. 受邀参与同城读者见面会 1 次（此项回报时间根据读者见面会日程调整）。

支持 ¥100 获得：

1. 《股战》4 本；

2. 受邀参与同城读者见面会 1 次（此项回报时间根据读者见面会日程调整）。

支持 ¥200 获得：

1.《股战》8 本；

2. 受邀参与同城读者见面会 1 次（此项回报时间根据读者见面会日程调整）；

3. 与作者共进晚餐的机会 1 次（此项回报时间根据读者见面会日程调整；共餐为 AA 制，同次共餐人数不多于 10 人）。

支持 ¥500 获得：

1.《股战》20 本；

2. 受邀参与同城读者见面会 1 次（此项回报时间根据读者见面会日程调整）；

3. 与作者共进晚餐的机会 1 次（此项回报时间根据读者见面会日程调整，共餐为 AA 制，同次共餐人数不多于 3 人）；

4. 与作者一对一约谈机会 1 次（此项回报时间根据读者见面会日程调整，时长为 60—90 分钟）。

支持 ¥10000 获得：

1.《股战》100 本；

2. 邀请作者到所属企业讲演的机会 1 次（此项回报时间由支持人与被支持人协商）；

3. 与作者共进晚餐的机会 3 次（此项回报时间同上，餐费由邀请企业承担，共餐人数由支持人与被支持人协商）；

4. 与被支持人指定对象一对一、一对多约谈机会 3 次（此项回报时间同上，单次时长为 90—120 分钟）。

无私支持：

选择"无私支持"可以支持任意金额，您可根据自己的意愿和财力支持（从已经支持的情况来看，支持几千、几百的居多，也有支持几十的）。

任何人都可重复多次参与众筹，支持同一档或不同档。不用注册，只要手机接收验证码即可完成众筹支持，简单便捷。系统提供微信、支付宝、信用卡三种支付方式。

选择以上￥40、￥100、￥200、￥500、￥10000、无私支持等任意一档，您都可获得在书中列名的机会。￥10000及以上支持的个人或团体可获500字以内介绍加照片展示的特别待遇。

200+豪华推荐团同声力荐：

（以下略去200余位知名推荐者名单）

经销商会议议什么[*]

"会中会"与"寡头会"各有长短

内容为王？渠道为王？以营利为目的的各门类各工种举起的大旗不外这两面。出版业当然也不例外。有人在抱头，在两面旗帜底下苦思；有人扛起一面旗子一竿子插到底。"内容为王"和"渠道为王"说出来的都是局部的真理。一条道走到黑的大多尝到了甜头。内容与渠道，一个是产品承载体，一个是产品通路，少了谁出版物都走不完从生产到消费这一链条。出版这碗饭不好吃，上有高压线需要警醒，下有造血能力疲弱的缺陷。半路也会杀出形形色色的盗版行径，出版同类题材扎堆，创新不会，有样学样大家都会，一招出来了，从选题、制作、营销等来个内容、形式全方位扒下来套用。出版各环节中，渠道也许是还没来得及遭受"扒"手彻底荼毒的最后一块领地。

经销商会议在渠道战略中具有战略意义，稍有规模的出版商每年都会定期不定期做几场经销商见面会。除了借全国范围的书市或出版物交流会之机搞"会中会"，规模稍大的出版商还会绕开各种展会专题召集全国范围的经销商

＊ 本文首发 2007 年 9 月 7 日《中国图书商报》。

或发行区域（片区）经销商见面会。"会中会"的优势在于无须兴师动众，因地制宜，参会经销商实地消化就好；劣势在于经销商参会，事务繁忙，光各出版商举办的名目繁多的"会中会"就让经销商应接不暇，勉强到会，难免产生走马观花的效果。"寡头会"的优势是火力集中，各地经销商奔着同一个目标而来，会议的效果会好很多，只是以一家之力吸引众多经销商也非易事。

谁能把"服务为王"做实谁就是赢家

经销商会议议什么？不外发行政策公开、核心产品营销和新品发布。经销商会议的核心议题是出版物的营销，同时情感上加深出版商与经销商的黏度，物质上对优良经销商进行激励。经销商会议能有多大作为？答案恐怕得从出版商身上找。殊不知，"内容为王"和"渠道为王"的大旗之下，其实飘扬着另一面大旗：服务为王。传统的经销商会议从形式到内容已经很难突破，个别出版商做的个别"创新"之举，往往看戏的多，捧场的少，看点多过卖点，买卖做成了白吃喝。如果说经销商会议想有所突破，只能是在服务上下功夫。

从"内容为王""渠道为王"向"服务为王"转向，体现在经销商会议上有以下几点可以借鉴。

服务是一种意识

最本质的是培育服务意识。服务意识四个字念起来容易做起来难。说说容易，做到实处不容易。服务意识是一种心态。对于大多数靠自己双手打天下的出版商来说，心态的转变不是一朝一夕能够完成的。"聪明"的出版商会把服务意识当工具，尽管内心深处可能不买这四个字的账，面子上却做足了，这样的出版商当然能够达到预期的效果。像我一样"笨"一点的出版商会死心塌地地贯彻服务意识，这种意识发自内心，形于举手投足。

服务是一门艺术

经销商会议不妨从出版商（产品）唱主角转向由经销商唱主角。会议议题设置举例：1. 重奖经销商；2. 经销商营销策略培训；3. 恳谈：我们能够为您提供哪些服务；4. 请您为我公司（社）产品战略把脉；5. 五星评议：请您评议五家选题（营销、销售）出色的出版商、五个值得借鉴的营销高招、五个我公司（社）有待提升的战略战术短板。

服务需要回炉、反刍

任何举措如果只停留在决策层面，等于零。任何举措如果做到执行层面，已经成功了一半。只有决策先行，执行到位，再加上贯彻施行完备的反馈机制，才算告捷。以上述议题设置为例，从以上方面做出相应的跟踪、反馈，并由此调整后期服务策略势在必行：1. 得到重奖的经销商业绩是否更突出，对同行是否有标杆和促进作用？如何安抚未受重奖的经销商的情绪，鞭策其提升业绩？2. 培训的效果怎样？营销策略有效性、可操作性如何？3. 恳谈会上对经销商做出的服务承诺兑现了多少？不能兑现以及兑现不到位之处是否可以补齐，甚至需要以及如何取得经销商的理解并做出相应的弥补措施？4. 出版商和经销商看待产品战略的角度有差异，如何合理利用这种差异而不至于流于形式或以经销商的意见代替自己的思考？5. 其他同行的高招对我公司（社）是否适用？适用的招数我公司（社）用得怎样？经过经销商把脉，我公司（社）的短板是否变成了长板？是否因此产生了新的短板？

服务是一项综合工程，谁能把"服务为王"做实，谁就是赢家。

小微文化企业投融资困局怎么破[*]

一、小微文化企业的界定和分类

在界定何为小微文化企业之前，必须要界定何为文化产业。文化产业的官方定义是以"文化创意"为核心，通过技术的介入和产业化的方式制造、营销不同形态的文化产品的行业。国家对于文化产业的发展不可谓不重视。我们来看一组事件：早在 2002 年 11 月，党的十六大报告明确提出了发展中国文化产业的战略构想；2003 年，文化部先后在上海交通大学、北京大学等高校设立"国家文化产业创新与发展研究基地"；2004 年年初，教育部首次在高校中设立"文化产业管理"本科专业，学制四年，学生毕业后颁发管理学学士学位；2005 年 4 月，教育部论证确定了全国开设"文化产业管理"的本科自学考试。从"务虚"层面的战略构想，到务实层面的人才梯队建设、人力资源配备，党和政府及政府职能部门在顺应文化产业发展方面需要有意识布局。

2011 年 6 月 18 日，工业和信息化部、国家统计局、国家发展和改革委员会、财政部等四部委为贯彻落实《中华人民共和国中小企业促进法》和《国

---

* 本文首发《科技与出版》2016 年第 8 期"专稿"栏目，被《人大复印报刊资料》(《文化创意产业》) 索引收录。

务院关于进一步促进中小企业发展的若干意见》（国发［2009］36号），发布了《中小企业划型标准规定》。该规定将文化产业归在"其他未列明行业"。《中小企业划型标准规定》明确指出"中小企业划分为中型、小型、微型三种类型，具体标准根据企业从业人员、营业收入、资产总额等指标，结合行业特点制定"（《中小企业划型标准规定》第二条）。但在具体的"各行业划型标准"（《中小企业划型标准规定》第四条）中，企业划型的标准落实为从业人员这一项。文化产业规模具体框定为："从业人员300人以下的为中小微型企业。其中，从业人员100人及以上的为中型企业；从业人员10人及以上、100人以下的为小型企业；从业人员10人以下的为微型企业。"这么来说，从业人员在100人以下的文化企业就是小微文化企业。

国家统计局将以下8类列为"文化产业"：（1）新闻服务；（2）出版发行和版权服务；（3）广播、电视、电影服务；（4）文化艺术服务；（5）网络文化服务；（6）文化休闲娱乐服务；（7）其他文化服务；（8）文化用品、设备及相关文化产品的服务。顾名思义，文化企业就是经过国家工商注册认证，从事以上8类合法经营活动的企业。不难发现，这8个类别的中心词和落脚点是"服务"。换言之，文化产业、文化企业生产、发行/销售的文化产品、文化商品也被归入服务范畴。这一定性也就使得文化企业的产品、商品、服务估值变得繁难。以著作权质押融资为例，北京中金浩资产评估有限公司董事长丁坚道认为著作权的相关参数难以获取，评估对象与范围界定不清，因此存在三难，即评估难、风险控制难、处置难。文化企业的轻资产界定难、评估难、处置难、风险控制难诸特性，使得文化企业尤其是小微文化企业的投融资成为企业发展壮大之路上的"阿喀琉斯之踵"和"难于上青天"的"蜀道"。

二、小微文化企业投融资现状

在官方语境下，小微企业是"草根"。发表此论的《中国中小企业》杂志主管单位是国家发展和改革委员会，旨在"及时解读国家对中小企业的最新政策，反馈中小企业发展中的困难和问题，在政府与中小企业之间架起沟通的桥梁"，某种程度上正是商业实践中中小企业地位的现实地位表征。

工信部机电设备招标中心副主任、工信部中小企业司副司长王健翔给出的数据是我国中小企业有 7000 多万家，并称"按照真正的工商注册的企业，实际上只有 1000 多万"。实际上真正活跃的中型文化企业不多，占比绝对占优的还是小微文化企业，这其中，微型文化企业数量可观。创刊于 1980 年的国家级综合经济类期刊《现代经济信息》撰文称："我国小微文化企业的数量已占到文化企业总数的 80% 以上，从业人员约占文化产业从业人员总数的 77%，实现增加值约占文化产业增加值的 60%。加上 200 多万文化类的个体创业者、经营者、工作室，小微文化企业对我国文化产业发展的贡献将大大高于这个比例。"一方面，微型文化企业雨后春笋似的涌现正好顺应了中央号召的创业潮，有效地解决了青年人的就业问题，对于文化产业的贡献毋庸置疑，是为国分忧的大好事。国务院 2015 年 6 月发布了《关于大力推进大众创业万众创新若干政策措施的意见》，号召"大众"创业、"万众"创新；5 月发布的《关于进一步做好新形势下就业创业工作的意见》特别指出要发挥小微企业就业主渠道作用，加强市场监管执法和知识产权保护，对小微企业亟须获得授权的核心专利申请优先审查。另一方面，微型文化企业产能低，在企业抗争的丛林法则之下，竞争力、抗击风险的能力远低于小型、中型文化企业。人才、资源的不对等，造成信息和战力的不对称，资本问题，即资产和投融资方面，更是微型文化企业的短板。经济教育类综合性学术性核心期刊《商情》（2015 年第 14 期）称："一直以来，小微文化企业都饱受'融资难'的瓶颈折磨。很多小微文化企业反映，现有的很多融资渠道并不畅通，民间借贷还是它们的主要筹资方式。这种筹资方式除了融资金额小之外，还会造成较高的还本付息的负担，加重了小微文化企业发展的压力，分散了其对企业本身产品研发的关注。"在企业实操中，向父母、亲戚、朋友、同学、同事等熟人社会借支、抵押甚至变卖私产，成为部分小微文化企业尤其是微型文化企业"投资""融资"的最后一根救命稻草。可以说，小微文化企业的存续问题，某种程度上就卡在投融资上。这一困局怎么破，成了小微文化企业必闯的一道关卡。小微企业抗风险能力较弱，一个意外事件就可能酿成倾覆之灾。以我个人做小微企业的经历来说，我被某钢铁大佬投资的公司，因为大佬不幸罹难，私人投资的弊端一触即发：后续投资无以为继，业务被腰斩，基本达到资产清零的地步。我曾以合伙人身份参投的一家公司，该公司只有一款产品，随着该款产品孵化成熟之后成功转手，公司的使命也就告一段落。一直坚挺的是我自 2007 年"被成立"的小公司，从开始的多人参股到我一人独资，企业性质单纯，责权利明晰，业务内容和业务模式从最初的策划出版，委托第三方发行，到"小而美"的专一做版权和 IP 的孵化运作，切 IP 产业链大蛋糕上游端那一小块。2015 年年底，我正式以自己名字命名公司。纸质图书策划出版已沦为小业务，音频等衍生权利成为支柱型业务，其中的重中之重则是影视游 IP。"一个人的独立王国"，倒也自得其乐。

三、小微文化企业投融资如何破局

小微文化企业的投融资困局可以说是打娘胎里带来的——自其诞生之日起就已形成。如何破局，不外乎从国家及政府职能部门、他产业和他行业、产业和行业平台、企业主和企业自身四个层面打开通路。

小微文化企业能在多大程度上享受文化产业政策红利

党和国家对于文化事业/产业的重视可以说是一脉相承，从建党、建国之时就一直常抓不懈。党的十八大则将文化产业提上新高，明确提出要把社会效益放在首位，社会效益和经济效益相统一，推动文化事业全面繁荣、文化产业快速发展；十八届三中全会提出进一步深化文化体制改革，构建现代文化市场体系和公共文化服务体系的发展格局；十八届四中全会对文化立法提出了新的要求；十八届五中全会提出了推进基本公共文化服务标准化均等化发展，推动文化产业成为国民经济支柱性产业的战略布局。2015 年是文化产业战略部署转化为具体产业政策的一年，《关于加快构建现代公共文化服务体系的意见》《国务院关于大力推进大众创业万众创新若干政策措施的意见》《关于积极推进"互联网+"行动的指导意见》等相关政策密集、系统出台，内容涵盖公共文化服务、"互联网+"、创业创新、文化企业扶持、双效统一等多个方面。《中华人民共和国电影产业促进法（草案）》等相关政策和法规的出台，则是直接剑指具体的文化产业。

这年 1 月，国家新闻出版广播电影电视总局出台了《关于推动网络文学健康发展的指导意见》，提出了把握正确导向、实施精品工程、不断提升作品质量、健全编辑管理机制、建立完善作品管理制度、推动内容投送平台建设、大力培育市场主体、开展对外交流等八项重点任务；同月，国务院办公厅转发28 个部委《深入实施国家知识产权战略行动计划（2014—2020 年）》，明确了下一阶段国家知识产权战略实施的指导思想、主要目标和行动措施；4 月，国家知识产权局发布《关于进一步推动知识产权金融服务工作的意见》，提出深化和拓展知识产权质押融资工作，加快培育和规范专利保险市场，积极实践知识产权资本化新模式，加强知识产权金融服务能力建设，强化知识产权金融服务工作保障机制等五项工作重点；同月，国家版权局发布《关于规范网络转载版权秩序的通知》。这些政策要么与文化产业直接相关，要么部分惠及文化企业。同年 1 月至 5 月，多部委先后发文，给小微企业发放政策红利，如中国银行保险监督管理委员会、工业和信息化部、商务部、人民银行、银监会 1月发布的《大力发展信用保证保险 服务和支持小微企业的指导意见》，银监会 3 月发布的《关于 2015 年小微企业金融服务工作的指导意见》，财政部、国家税务总局 3 月发布的《关于小型微利企业所得税优惠政策的通知》，工信部4 月发布的《国家小型微型企业创业示范基地建设管理办法》。文化部 5 月发布的《2015 年扶持成长型小微文化企业工作方案》则是专门针对小微文化企业制定的产业政策，其中提出的六项主要任务的第四项谈的就是小微文化企业的融资难问题："以鼓励金融创新、拓宽融资渠道为重点，进一步缓解小微文化企业融资难问题。"

文化政策、文化立法，为文化企业保驾护航。尽管小微文化企业能在多大程度上享受到政策红利，可能还有待实践检验，党和政府的决心和信心却是显而易见的。俗话说："会哭的孩子有奶吃。"怎么搭上政策红利的顺风车，"哭"要"哭"得艺术又有"有奶吃"的效果，确实是门学问。

他产业的借力、文化产业平台的内力两者不可偏废

小微文化企业投融资的两大温床是文化产业之外的他产业借力和小微文化企业孕生其中的文化产业平台自身的内力输送。财政部早在 2011 年就联合中银国际控股有限公司、中国国际电视总公司和深圳国际文化产业博览交易会有限公司共同发起成立我国首只国家级文化产业投资基金——中国文化产业投资基金，该基金的成立堪称外力和内力的合璧。基金目标规模为 200 亿元，在将来的运作过程中还将吸纳包括 VC/PE 在内的民间资本的加入。中国文化产业投资基金主要以股权投资方式，投资新闻出版发行、广播电影电视、文化艺术、网络文化、文化休闲及其细分文化及相关行业等领域，以示范引导和带动社会资金投资文化产业，充分调动文化产业的投资积极性，促进文化与资本的有机融合，为文化产业发展提供有力的金融支撑。财政部副部长李勇表示，设立中国文化产业投资基金，是应对我国文化产业发展中面临的市场活力不足、企业融资困难、投资渠道不畅等问题的重要举措。从基金运作的结果看，不可谓不成功，不足四年投资了新华网、中国出版传媒、中投视讯、上海骏梦、百事通信息技术、万方数据、欢瑞世纪、开心麻花娱乐、山东出版传媒、中国教育出版传媒等 27 个项目，《证券时报》以《中国文化产业投资基金多个项目进入收获期》为题跟踪报道了该基金的投资成绩。投资欢瑞世纪，不到两年

持有股份增值率达到 174.59%；投资上海骏梦，投资收益率为 144.1%。《证券时报》同时分析认为中国文化产业投资基金的投资项目"国资优势明显"，大额投资倾向于新华网、中国出版传媒、中国教育出版传媒、山东出版传媒等大型国资控股企业。这就说明，小微文化企业在投融资方面无论是企图借助于外力，还是企图依靠本行业的内力输送，前景不容乐观。直接的金援方面，求助于国有银行的小额贷款和针对小微企业的创新金融项目，以及互联网企业新兴金融平台可能更现实。

如果转变思路，不要把投融资狭隘地局限在注入资金进入公司账户这个金融行为，而扩大到资源互通、平台共享层面，行业内部、企业之间的平台共建、生产、销售、服务等环节的优化共生，何尝不是真金白银的投融资？拿文化产业中的几个细分行业为例，图书行业出版发行，小微图书公司有偿使用出版社社属纸厂、印刷厂，多家公司合用仓库、共建发行公司，就是变相的投融资。纸款、印款、销售回款的账期一方面是行业惰性，一方面也是企业之间的变相拆借，这从客观效果上达到了与投融资同样的目的。这些行业实践中不成文的"行规"好比是图书行业的"自治"或"自调节"机制，在优化资源和产业结构的同时，缓解了小微文化企业资金短缺的问题。电视剧、电影行业很少有公司又养导演又养演员还养拍摄制作团队。高度发达的影视业决定了分工的专业化程度只会越来越高，艺人经纪、制作公司、导演经纪、编剧经纪、作家经纪、出品/投资公司、制片公司、发行公司、企宣公司，分门别类，各司其职，同一部电影、电视剧多家参与出品/投资、制片，拍摄、制作、演员、导演可能来自各个不同公司，电影发行共享华夏、万达、华谊等院线，电视剧发行则争夺几大卫视频道。

投融资困局能不能破，说到底还是靠企业自身的造血能力

华谊兄弟、北京电视艺术中心（东阳花儿）、鑫宝源、海润、万达等影视巨头的发家史就是一部小微文化企业的逆袭上位史。时代新经典、磨铁、博集天卷、凤凰联动、果麦、漫友等图书名企也都经过了由微而小而壮大的变身历程。行业特征使然，影视公司的投融资走的是上市这条康庄大道，图书企业上市之路则曲折很多。时代新经典公告多时，挂牌之日似乎还不好预期；磨铁等公司完成了天使、A 轮或 B 轮，烧了投资人的钱，何时能上市未可知。小微文化企业想要成功融到巨资，在小微阶段不可能，只能当壮大成中型甚至大型企业的体量之后，巨资的馅饼才可能砸到头上。拿影视公司和图书公司为例，壮大的路径有两条：一、做"爆款"单品；二、做更多"爆款"单品。北京电视艺术中心好比是中国电视剧界的黄埔军校，以特别"出人"、特别"出戏"著称，人有演员姜文、张国立、葛优、王志文、刘晓庆、蒋雯丽、孙俪、邓超、徐帆、徐静蕾、李雪健、李保田、宋丹丹，歌唱家刘欢、毛阿敏，作家王朔、梁晓声、王宛平，导演郑晓龙、冯小刚、赵宝刚、高希希。戏有《渴望》《编辑部的故事》《北京人在纽约》《甄嬛传》《红高粱》《芈月传》等。海润则是海岩剧的婆家，而今再聚揽了一批优质 IP 之后准备二度发力。时代新经典以出版张爱玲、三毛作品及日本、韩国各家出版社的镇社名作定鼎江湖地位。超级畅销书《明朝那些事儿》《盗墓笔记》《后宫·甄嬛传》则出自磨铁。爆款迭出，做大体量后，融资道路也就随之顺畅。对于小微文化企业，等待爆款出现的日子是黑夜，一个爆款、更多爆款的出现就是耀亮的黎明。小微文化企业要做到的是别在黎明到来之前倒下。做企业，拼的不光是智慧、眼光、资源和机遇，更多时候拼的是韧劲和耐力。

不是结论的结论

做企业，各个阶段有各个阶段的难，做小微企业投融资难、存活难，做大中型企业变革难、升级难、转型难。只不过不同的是小微企业经历的苦大中型企业已经熬过来了——含着金汤匙出生的天生大企业除外。要过好投融资这一关，国家各级职能部门的文化产业、小微企业政策红利不妨享受一下，但能享受到什么程度未可知；向他行业借力、等着行业自身输送内力也可以期待，但不可奢望和依赖；真正的救赎之路只有一条：企业自身变强大。如果将这个投融资"三段式"倒过来，可能会收到柳暗花明的效果：通过做出爆款，小微企业自身造血功能变大；自然引得行业内的内力输送和他行业的借力，原来难比登天的资源倾斜、投融资等掐脖子难题一下子迎刃而解；到了这一步，已是行业新贵，创业样板，还怕国家政策红利不惠及吗？

另外，小微文化企业少了大中型企业"不能承受之重"、"不堪"之累，船小好调头，灵活机动恰恰是小微文化企业最强大的基因。老话说功夫在诗外，困则图变，小微文化企业投融资困局的破解之法也许正在"结论"之外。

民营书店出路何在——以"字里行间"为例*

书店经营之难虽不至于纷纷进入民营出版从业者常常自嘲的民营书店"倒闭潮",但进入 21 世纪以来民营书店日子不好过却是不争的事实。在各自细分市场稳扎稳打并赢得声名的明君书店、季风书园、风入松书店、光合作用书店等知名品牌芳踪何处?单向街书店曾因房租问题通过互联网的力量"众筹"到资金得以成功迁店,万圣书园因为坚持学术书、老版本立场,生存状况相对较好。民营书店新兵字里行间书店用了五年时间把连锁店开到了 20 家,在互联网当道的今天,不失为一个异数。本文初探字里行间书店"逆潮而动"的策略,思考民营书店生存的困境和突围的可能,以期为民营书店提供镜鉴。

书人的天职是爱书,出版与书店互为表里

2010 年 7 月,陈绍敏和夫君贺鹏飞开第一家"书吧"的时候,根本没有想到仅仅五年后,他们的"书吧"已经开到了 20 家。首家书店选址慈云寺,先设在远洋天地,后移至隔街相望的未来汇。陈绍敏有自己的生意经:"选择未来汇,是看中它人流更密集,有效目标客户群更集中。"

---

* 本文首发《科技与出版》2015 年第 12 期,被《人大复印报刊资料》(《出版业》)索引收录。

　　陈绍敏的"书吧"如今大名鼎鼎。中文名"字里行间"，为了更洋气，更有生活艺术化、艺术化生活的况味，陈绍敏放弃给书吧起英文名，改起法文名BELENCRE，BEL 和 ENCRE 的结合，意为"美丽的书墨"。这也是陈绍敏对"字里行间"的定位：时尚，清新，有品，有格，有调性，不老土。老祖宗说，名不正，则言不顺，一个名儿可以框定某事某物的落地生根和未来走向。至少对于"字里行间"是这样。这也就注定了"字里行间""出生"之始就带着个性独具的基因。

　　陈绍敏对于图书的热爱是化在血液和基因里了。光读书不够，试水图书生产链的第一站就是在甜水园开了一家图书批销店，这一开不打紧，直接开成了华北地区最大的图书中盘商。"如果不做鹏飞一力（凤凰壹力前身）进入出版行业，他们会是十亿富豪；如果不开书店（字里行间），他们会是亿万富豪。"出版圈一位不愿具名的陈绍敏和贺鹏飞多年的知交好友这么评价陈绍敏的出版和书店大业。问到陈绍敏，她露出她特有的知性与禅味的"Mia 的微笑"："能有什么办法呢？谁让我们爱书。"Mia 是陈绍敏的外文名。爱书，就要给读者带来自己认可的经典内容，于是开鹏飞一力做出版，后来又与凤凰传媒集团合资为凤凰壹力；爱书，就要将自己公司做的书和市面上所有入自己眼的好书收罗到一起，陈列在自己亲手开设、符合自己视觉美学，书香与咖啡香杂糅，别有韵致的书店里。"我接受不了国营也好民营也好总之传统书店那种我把书摆这儿了，你爱咋地咋地的大爷范儿。'字里行间'做的是感受，是服务，是生活方式。"

　　陈绍敏到底是出版人还是书店人？陈绍敏自己说："我是爱书人。"陈绍敏爱书的程度大概可以用爱书成痴、嗜书如命来形容。一个最有视觉冲击力的表征是，陈绍敏所到之处从来离不开书，她的生活空间更是被书填得满满当当：家里装修必不可少的"大件"是书柜，陈绍敏和其爱人贺鹏飞旗下的企业里更是除了图书还是图书。书对陈绍敏意味着什么？大概不是一句"可使食无肉，不可一日不读书"那么简单。

陈绍敏欣赏前辈学人钱锺书、杨绛二先生。二老在钱先生病重时决定将二老毕生撰述所得稿费、版税悉数捐给二老出身、相遇、相知也是他们全家最爱的清华大学，设立"好读书"奖学金，奖掖好学上进爱读书的清华学生。钱锺书驾鹤西去之后，奖学金正式设立，基金总额凡数千万之巨。1998 年那个冬日，清华南北主干道（后改名"学堂路"）沿途挂满了雪白的千纸鹤，清华学子自发以这种特殊的方式向老学长钱锺书告别。据称，这也是继王国维之后，历代清华人获得的最高礼遇。钱锺书绝对配称书痴甚至书虫，他爱书如命的故事流传日久，比如抓周抓的是书，因此得名；比如他以数学 15 分、英文满分进清华，中文、英文水平高到让师生佩服，倨傲到不屑于被一般老师教；比如他横扫清华图书馆的名言；比如他活字典般的记忆力。至今还有学者、作者为了自高身份，会说某本书到了自己手上，"借书卡上只有一个孤零零的名字：钱锺书"。陈绍敏欣赏钱、杨二老因书结缘、伺书终身的美满姻缘。出身书香门第，父母双双是教授的她与爱人相遇于海南植物园，而后载浮载沉，兜兜转转，陈绍敏和她的"厨子"丈夫（贺鹏飞是国家特三级厨师）终于无法自拔地转回到"书香"这个债里——通常所说的使命感，陈绍敏认为不这么做难受，不这么做、不做好就是欠了读者、后世及自己一份心债、情债。

"字里行间"凭借会员制和复合经营弯道超车

做企业，站位很重要。"字里行间"面向都市人，提倡正向、绿色的文化生活方式，"让心灵舒活"，融合了阅读、咖啡、甜点、素食、文创产品、讲座、体验等内容，是复合型文化创意生活空间，旨在打造成具有充分品牌个性、品牌竞争力、持续创新力的实体通路；同时通过连锁经营的高度标准化，主要依靠直营模式，逐步放开"管理+授权"经营模式，稳步做实做大做强。在保持品牌精神和品牌要素整体性的前提下，"字里行间"敏锐捕捉各地各店主流客群的差异化，呈现差异化的视觉和美学感受，配备贴合各店口味的图书和文创产品。"字里行间"首创"会员制+复合经营+创意空间"模式，为会员量身定制贴心服务，打造一个有"体温"和"触觉"的高端文化创意品牌。

"字里行间"第20家店在北京国际图书节上鸣锣开业，意味着在同一商厦世纪金源拥有了两家字里行间书店。5年20家店，其中有5家已实现单店盈利，世纪金源一店即是其中之一。正是因为嗅到了开书店的品牌示范、人流拉动效应带来的商机，该商贸力邀"字里行间"再开第二家店。第二家店别名"童心馆"，主打亲子和女性牌，切中需求最旺、购买力最强劲的两块市场软肋。

"字里行间"凭什么能在书店纷纷关张的背景下"逆潮"而动、风生水起？国家智慧城市联盟副理事长、天津金融投资商会副会长、"字里行间"读书会成员史船的话有代表性，也代表了来自投资、品牌估值等业的专业高度。他说："传统书店是以书销售到读者为起点和终点，但'字里行间'不是。'字里行间'把书和读者、作者及内容连接在一起，让读者从过去仅仅获取简简单单的内容到参与更丰富的社交和类创作活动中去，从而获取知识、感受和情感交流等立体全面的极致体验。"

"互联网+"着力点在互联网之外

等到字里行间书店从2010年7月的草创，到2015年8月开到第20家，陈绍敏和贺鹏飞的图书大业从下游折转到上游，又从上游再次辐射到下游。陈绍敏是一个感性的人，最打动陈绍敏的还是人，是人心。最让陈绍敏感动的甚至不是今年全民读书月期间"字里行间"登上了中纪委监察部网站首页，也不是各级领导纷纷到"字里行间"各店视察"点赞"，而是"字里行间"会员和非会员读者脸上被书香点染出的读有所得的微笑。有会员自发在自媒体上发帖说本来打算移民到北欧国家，"去感受异国他乡的书香"，某一天的一个发现让她改变了心意，毅然决定"我就留在我的大北京！因为我家门口就有'字里行间'呀!"

　　经由陈绍敏、贺鹏飞夫妇之手"捧红"的图书和作家数不胜数。也是在这个时期,他们积累了后来情同莫逆、受用终生的名作家、翻译家资源。等到了鹏飞一力以及后来凤凰传媒集团入资后成立的凤凰壹力时期,陈绍敏夫妇从图书生产链的下游渠道批发进入策划出版的上游内容生产,艺文大家贾平凹、毕淑敏、梁晓声、刘心武、李银河等人成为十几年雷打不动的固定作者和版权资源。比如,李银河贡献了《王小波全集》,贾平凹贡献了洋洋 20 卷本的《贾平凹文集》,刘心武贡献了 26 卷本的《刘心武文粹》。内容生产上的合作交互还带来了生活中的交集,周国平一家与陈绍敏一家加上其他交好结伴出游,成为一年一度的固定节目。翻译大家倪培耕掌握了大量译者和其他艺文资源,他如今年事已高,腿脚不太方便,公司高层去拜访他时他还会精确地回忆起与陈绍敏、贺鹏飞夫妇的交往细节,还会佯嗔:"绍敏和鹏飞怎么不来看我?我有好久没见他们了。"这种人与人之间的心灵牵绊,大概是把陈绍敏牢牢拴在图书这个情结上的最感性的因素。

　　"字里行间"已经成为北京、上海、苏州、无锡等城市市民宏观世界的一座文化地标、一道文化景观,微观精神世界的一扇文化窗口、一面内观"心镜"。也正是基于"字里行间"在老北京人和新北京人阅读生活中日益提升的影响力,"字里行间"被指定为 2015 年第十三届北京国际图书节分会场。一个半月,"字里行间"主持了国家汉语国际推广领导小组办公室经典沙龙、名家分享会、会员读书会、亲子阅读会、行间美育课堂等主题各异、配置丰富、质量不打折扣的 50 场读书会,大使们传播中国传统文化和汉语知识,作家、译者们带来《星云禅话》《平凡的母亲》《世界上有趣的事太多》《微妙的平衡》《金动天下》《可不可以不结婚》《偏偏喜欢你》《股战》《欢迎来到实在界这个大荒漠》《历史上的帝国》《财富的孩子》《微男时代》《小确幸烘焙!》《老家味道》等好书,从人文、哲学、社科、历史、文艺、情感、生活、亲子等多领域多角度给北京人民着实上了一道道用料足、用意真、用心诚的阅读盛宴。

碎片化阅读时代，真正能够捧起来读的"书"——纸质图书——已经成为奢侈品。饶是如此，字里行间读书会还是引来了图书界外的不少商家前来竞争冠名机会。一场读书会，冠名费可达一万元，无异于给了唱衰书业之声一记耳光。"字里行间"凭什么？

"互联网+"点燃商业模式和民众话题的今天，人们言必称"互联网+"。陈绍敏也未能"免俗"，她和贺鹏飞正在做这么几件大事：投资了一家音频读书 APP 和"中国好文字"网站，请到了中央人民广播电台等知名电台的主持人、播音员为读者"读"书；字里行间、凤凰壹力、中国好文字、贺师傅家常菜等旗下几大公众号除了推广功能，也在尝试通过线上销售、软硬广告等方式变现；联手高端企业家社交平台做了字里行间正和岛读天下部落；为了彻底"互联网+"，更好搞活字里行间，陈绍敏和贺鹏飞发起了"字里行间读书会"。媒体精英群、霸道总裁群、亲子群、女人群、吃货群……十几个群 5000 人按人群特性"分群而治"。

"字里行间"从诞生之日起就打下了让商业更文化、让文化更商业的印记，以"字里行间"之名印行的丛书已形成品牌。"微时代"内容和渠道同等重要，而高度瞄准的目标用户群扎堆形成的字里行间读书会微信群正好两者兼备。于是策划出版一系列以读书为主题的图书就是再自然不过的事了。书名《越读》，寓意直指阅读的本质，即作者落笔成文、出版者策划包装推出送到书店，到达读者手里（捧）、眼里（看）、嘴里（读）、心里（入脑产生感染、认同等生理反应），从作者、出版者传递到读者这个文学生产、交易过程存在"三越"：穿越时空迷阵，超越文字能指，僭越作者本心。不到一周，该系列的前三本已收齐高质量来稿，其中有毕淑敏、刘心武、柳鸣九、李银河、郭红等名家文稿，也有朴素、盛文强、蔡辉、郑洁群等见解独到、文风各异、扎实好读的妙文。

困境显而易见，如何突围

本文不是给"字里行间"歌功颂德。健康的企业，不一定要怎样颂扬已经取得的成绩，更重要的是要正视自身缺陷。说到缺陷，民营书店存在的共性，"字里行间"也会有。因为经营的个性化，"字里行间"存在的缺陷自然也会带有自身特点。

1. 图书作为薄毛利商品，如何实现盈利？

民营书店相较于新华书店主要缺在两块：第一，资金投入上后者是"国家的钱"，财大气粗，前者是投资者个人的钱，从总量配比上相对不占优势；第二，账期上，新华书店依托国有背景，有绝对话语权，不光可以延付民营出版商的款项，也可以延付出版社的款项，相比之下，民营书店处于明显劣势。对于图书这样薄毛利商品，怎么实现盈利呢？国有书店也在做部分尝试，比如细分市场，出现了艺术书店、外文书店、进口图书书店、24 小时书店等。民营书店走得相对更远一些，前述"字里行间"已做了很多有益的尝试。稳步提升单品毛利、每单流水、有效客流量，是实现更大盈利的鼎立三足。单品毛利由定价、进价、售价三者决定，我国图书定价低是不争的事实，书价涨幅远低于物价涨幅，压低进价也有个度，民营书店以定价或高折扣售书，本质上是因为单品毛利提升空间有限。因此，创新性书店的竞争在于提升每单流水和有效客流量，而这两方面的提升只有一条：如何找到目标读者群，并让他们走入店中完成有效高流水购买。

2. 复合经营是否意味着偷梁换柱？图书的主体地位是否荡然无存？

咖啡、餐饮甚至沉香等文玩、文化用品的植入似乎成了民营书店的强心针，从根本上解决了民营书店生存难问题。"字里行间"在未来可能还会借鉴莎士比亚书店驻店作家模式，为读者中的写作者提供电脑和住宿。多业态并存解决了民营书店的活路，但无法绕开的一个问题是：书店，离不开一个"书"

字。在咖啡等其他业态反哺甚至养活图书板块的语境下，我们不禁要问，究竟是卖咖啡的书店还是卖书的咖啡店？也许这种多元身份正是民营书店经营者们所追求的，但无论如何，书不应该降格（说升格也无妨）为附庸风雅的摆设。多业态的同店共存是解决此症的唯一杀招吗？这需要进一步论证并靠实践来检验。

3. 场租是压死民营书店的最后一根稻草？

"我这是在给房主打工。"做过任何业态实体店的对这句话应该都不陌生。"字里行间"能够保持稳步扩店的节奏，得益于所在商厦的减免租优惠。拿"字里行间"华贸店来说，由于接手转租费用和装修投入太大，尽管素食和沉香及如火如荼的读书活动为该店挣了不少人气和流水，但该店还要亏损一段时间才能看到盈利的希望。居高不下、逐年看涨的场租，成为压死民营书店的最后一根稻草。其他重大成本还有人力支出、多种经营寻找生路的试错成本等。民营书店经营者在开店之初手执理想之灯，随着日常经营活动的单调重复和带着负债包袱上路，不少人的理想之灯被吹得火光摇曳甚至熄灭了。手中俗务做实，心中理想不灭，对于民营书店从业者是一个长期的过程。

4. 综合与精分之争，书店需要定位吗？

综合书店的特点是大而全，陈列售卖全品类图书。细分市场的特点就是主打某个方面并做到极致。"字里行间"在大面上属于综合书店，基本上市面上流行的图书这里都能找到。但其个别门店已严格细分，比如美术学院店主打艺术书，世纪金源二店主打童书、女性阅读和亲子共读。但细分程度显然还不够。换言之，做书店就是做品牌，品牌特色很重要，需要有所为有所不为，做出品牌个性。"字里行间"的品牌个性可能还需要在"舍"字上下功夫，"舍"到底了才会找到哪些该"取"，从而找到自己的品牌符号和品牌精髓。

5. 单店做强还是连锁扩张？上市是不是民营书店唯一出路？

不少资金和国有实体对"字里行间"表达了投资和入股兴趣，要不要走上一条融资、扩店、上市之路，"字里行间"需要抉择。最终，"字里行间"

放缓了扩店步伐，把扩店至100家甚至把店开到海外去的计划搁置了，弦外之音是如果融资成功，再重启扩店之旅也不迟。上市大概是中国商人们集体的阿喀琉斯之踵，大家只想到要上市，没想明白上市之后要做什么要怎么做。具体到民营书店，"字里行间"嘉里中心店曾做过可视为迷你型上市的"众筹"，事实是，众筹（上市）救不了民营书店，民营书店缺的不只是钱，不是融到了股民的钱就万事大吉。不管是单店操练、连锁扩张还是圈钱上市，有关民营书店的一切行为都跳不开图书自带的先天短板和民营书店自带的先天缺陷。这两大短板本文都有表述，如果非得究其根源且限定根源只有一个，那就是对于国人来说，书不是生活必需品。书不是非它不可，而是退而求之。如果融来了巨资上了市只是贪多嚼不烂地开更多的书店，投资人和股民的信任恐怕要付诸东流。换言之，融资上市对于民营书店的意义在于做质而不是做量。想明白了这一点且能一以贯之，才算对得起投资人、股民、读者、店员，对得起承载文化和文明的图书，才配享文化人的称谓，才叫不辱斯文。

结论

民营书店做大的前提是做强，做强的前提是做稳。在"活下去"还成为问题的当下，多数书店从业者忘了初心，不再奢谈理想和精神。"一个令人脸红耳热的事实是，我国堪称人均阅读量之最——最少。中国新闻出版研究院第11次全国国民阅读调查显示，2013年我国大陆人年均读书4.77本，而这个指标韩国是11本，法国是20本，日本是40本，俄罗斯是55本，犹太民族读书最多，达64本。书人口中的'狼'，除了书作为微利行业先天不足的天性，更多来自媒介方式的革命：此前是互联网的紧逼，近年成了移动互联网的挤压，以后还会受到物联网等新鲜媒介技术的冲击。书与手机的区别是，手机是人的身体的延伸，须臾不离，离开片刻就有患病的感受，这对于在当下华语语境下从来不是生活必需品的书，无论如何也无法做到。即便书人感受到网络阅读、手机阅读'浓浓的恶意'，这个敌人实在没有书人想象中那么强大——同一份调查显示，成年人每天人均读书 13.43 分钟，另读报 15.5 分钟、读期刊 10.05 分钟；人均手机阅读时长为 21.7 分钟，扣除主要的新闻阅读、社交媒体的碎片化阅读，与图书相关、对纸质图书出版构成'侵犯'的阅读时间极其有限。尽管有数字阅读习惯的读者九成表示不会购书阅读，但足以令书人欢欣鼓舞的是，占成年人总数 66% 的读者倾向于阅读纸质书。因此，'打狼'行动不再与手机及未来可穿戴式设备争夺阅读阵地，而在于如何炮制能够唤起、攻占国人'阅读心'的好书。"在这个基数庞大、阅读力不足的国度，做民营书店举步维艰，却也善莫大焉。字里行间连锁书店的一些做法值得思考和推广，同其他民营书店一样尚未能克服的缺陷更值得深思。缺在何处，怎么解决？这是个大命题。本文若能起到抛砖引玉之效，足矣。

扫码领取

★ 作者问答
★ 行业洞察
★ 读者沙龙

网店凶猛，实体店五招绝地反击[*]

　　网店凶猛绝对不是"狼来了"这么简单。网络书店的存在，已经从根本上动摇了实体书店的生存。更要命的是，席殊、思考乐、明君、贝塔斯曼等声名赫赫的实体书店纷纷关张，民营书店自动经过一轮轮洗牌，几乎每天都有淘汰出局者，新华书店日子越来越不好过，"实体店完了"几乎成了一种与"中国男足不行"一样可怕的信心瘟疫。

　　信心在，还有希望；信心没了，只有等死。实体书店混到眼睛一闭、混吃等死的地步了吗？信心重建是第一步。拿医患关系来说，能否绝处逢生，不光取决于医生的医术和救治时机，很多时候，还取决于病人的求生欲望。

　　知己知彼是第二步。网络书店的生存之道在哪里？这个问题也可以置换为实体店在哪些阵仗中遭遇了滑铁卢？从上游到下游的顺序来说，首先是成本的巨大差异。实体店高昂的地价（房租）严重制约了现金流，投入产出算起账来很让人窘迫。不仅如此，出版社和民营出版公司一个鼻子出气，因为网店销售折扣低，网店就能以比实体店（贝塔斯曼等俱乐部模式实体店与网店待遇相似）低得多的折扣从出版方拿货。

　　两两叠加，成本的差距造成了二者在销售价格上没有可比性。让人啼笑皆

---

　　[*] 本文首发《出版营销》2009 年第 2 期"封面聚焦"栏目。

非的是，这第二个"物种多样性"竟然也拜上游选择所赐，这也可以算作另一个层面的"应需而变"吧——应网店之需而变，实体店则因循守旧。

第三方面是消费习惯的变异。消费习惯包含产品关联性、选购方式、结算方式三方面。网店的胜出，第一局赢在结算方式的革命；第二局则赢在产品关联性和消费者选购方式上，实体店与网店根本不具备可比性。在目前阶段，网络消费方式最大的优势大概就是搜索引擎提供的高便利性，无法想象，会有实体店将《退步集》放在散文、评论、当代作家作品、美术、清华、陈丹青作品、学术、教育、高校、励志等稍稍有些庞杂、不严谨，甚至有些"无厘头"分类的区域"上架"。而再"离谱"、相关度再差的分类方式在网店都可成为可能。多样与瞬时单一的消费需求、模糊搜索与精确搜索夹杂的消费心理，在网店，很可能变成了现实。

第四方面是供应链的差异。网店能够做到短平快进货、动销、退货、结算，有时为了配合清退结流程，很多才入库的书，没上架就清退。实体店尤其是国有书店以反应慢、结算周期长、"脾气大"著称。供应链的弱势因此导致采购成本、运营成本的增加。

网店得以强力挤压实体店生存，秘诀就在总在实体店的软肋上下刀。刀子下去，实体店不堪应对，节节败退。

实体店相比网店的优势是信息的直观性，能瞬时可取，所见即所得。但这个优势随着3D数字时代的到来和网店的觉醒，很快就将不复存在。其实，早就有人语含讥诮地指出，很多读者是到实体店翻书，觉得不错再到网店下单购买，实体店成了消费者"前阅读"之所。而这个"前阅读"还颇有一些名不副实之嫌——实体店有书可翻，网店却能提供深入解读、品评、互动信息，这一点也是实体店的软肋。

看菜吃饭是第三步。第一是战略层面，第二是战情分析，第三是排兵布阵，第二和第三层面合而为战术层面。看菜吃饭不是见人说人话见鬼说鬼话，而是人鬼当前没两样。病灶查到了，开方子就容易了，根据病灶对症下药就是。

一、改变老、慢作风，祛除惰性。

二、供应链和成本控制。引入其他文化娱乐消费方式，如咖啡店、唱片店、SPA 店、视听场、演艺厅，一为分摊地租成本，二为做活人气，人气就是隐性购买力。在选址方面，也可以由底商改为楼上。

最低标杆是向网店看齐，进货、动销、退货、结算勤而密，供应链的变化可以因此在采购价格上讨价还价，再加上以庞大的地面实体为依托，完全有理由以至少不高于网店的价格采购图书，增厚单品销售的毛利率。

三、将网店的"搜索""买了还买"（同类推荐）功能复制到实体店，店堂陈列满足消费者高关联性、泛关联性、随意性、便利性等心理诉求，增加产品的有效到达率。实体店又具备网店不具备的直观性，完全可以与网店合作，将网店植入实体店，搞店中店，网店的一切优势拿来为我所用，成本、利润以某种方式分割。

四、增加体验功能。可以以台北诚品书店为模本，诚品是任何人到台必去之地。不妨依样画葫芦，学习诚品如何将书店做成城市文化地标，做成城市人的心灵皈依。

这四招不妨归结成"网店化"：把网店的所有优势悉数拿来。这也是我反复向行业传输的理念：想要比别人更好，先要和别人一样好。

还有问题的另一面，那就是"去网店化"，也可以拿诚品来说事，"去网店化"就是撤除掉心性上端的浮沫，营造无目的性营销观。但是这一课对于现阶段的实体店还为时尚早，不说也罢。

民生奶大的出版业*

民生奶大的出版业，这句话绝对不是哗众取宠。中国最大的民生是什么？生存。如何理解民生之大？仅从一个名词来看：学位。当街谈巷议、委员提案叫苦"今、明两年的学位都已经爆满"，谈论的往往是幼儿园和小学的报名、就读资格。因此才有孩子三个月大开始排队等"学位"、按户籍及购房情况划分"学区"、围绕"招生路段"掀起置业潮、父母榨干沾亲带故钱包只为抢购"学位房"怪象。对于单个的生命体，生存之战，从它开始孕育之时就已开始，保健，保育，美容，胎教，保险，接生，哺乳，代乳品，坐月子，睡具玩具，早教，幼教，户籍，学位，升学，毕业，工作，失业，情感，两性关系，婚嫁，房子，车子，房贷，车贷，二套房，拆迁，抗拆，强拆，存款，炒股，炒基金，炒黄金，买基金，保险，婆媳，离婚，生病，老死，完成一个轮回，每人都像一头撒腿狂奔的驴，为着额头上方挂着的够不着的胡萝卜，从生狂奔到死。人额头上方挂着的这根胡萝卜叫活着。

民生包罗万象，因此出版也就五花八门。最大的民生首先是活着，然后才是活得更好，因此出版业内及芸芸读者喜欢感叹一代不如一代，读书的人越来越少，可读的书越来越少，值得读的书越来越少，因为民生所向，首先是实

---

* 本文首发《书香两岸》2011 年 3—4 月合刊"出版线上"栏目。

用。因此对分别怀揣"活着先"和"活出彩"两类活法的民众，分划出"尽在实用"和"不尽实用"两大出版口径。"活出彩"人群的相对小众和价值导向、消费导向的相对凝滞，考验"不尽实用"型出版的功力，也局限了其可为空间。"活着先"人群的庞大和价值导向、消费导向潜在的便利性，是出版这类低毛利商业行为的大商机所在。心眼实诚的，如实针对"活着先"出版"尽在实用"。心眼活泛的，会炮制"活着先"人群可以"活出彩"的虚幻的满足感，将其阅读消费口味合理地导向"尽在实用"和"不尽实用"的全域。两域之间你中有我我中有你，这种现象在相当长时期内还会愈演愈烈。此风的一个重要关键词就是"白话"，把重的说轻，把繁的说简，把文的说白，本质上是暗合和主动迎合了为生存逐利而必然浮泛的人心。由我一手参与掀起，至今仍然乐此不疲的白话说史或草根说史大潮，即是"白话"的源头。《百家讲坛》的诸多明星讲师的爆红，更加壮大了"白话"的风头。

"尽在实用"性状最明确的就是纯实用，讲究拿来就用，各门类各领域的工具书和类工具书，历史、地理等知识性读物，就具备此特性。有人读史读谋略，甚至直接扒来用在待人接物上。身体给摆弄舒坦了，才想起要伺候精神这位爷，"不尽实用"型出版适逢其时，宗教的，哲学的，美学的，终极追问的，招招问候脱离了"低级"趣味的精神。还有一类出版的功用是舒缓压力，构建个话语场，娱乐、八卦、笑话、历史、育儿经、恋爱经、婚姻经、婆媳经、美容经、财富经，自己的荣耀与不幸，他人的伤疤和精彩，都是搭建舒缓压力话语场的好砖好瓦。

数数我较短期内的食单上，都为读书而饱口腹之欲、精神之欲的食客们炮制了哪些大餐，以满足他们求利益处方、求心灵处方的欲求。我可以较好地证明出版业是如何被民生奶大的。

网络时代，信息零延时、零壁垒，话题滚烫，红人辈出，热度维持不过三两天，就连某教授发起的微博街拍解救被拐乞讨这个一度引发微博用户群起而动的走心话题，星星之火也仅仅焚烧了不到一周，在网民还没降温到零热度时，发起人已经一个大转身，改提议立法禁止儿童乞讨了。是人们醒悟了此提议带来的伦理和法律尴尬，还是现实中遭遇了"执行难"？无论真相如何，一场走进百姓人心的群体行为，本该通过策略性纠偏，而结出救人救心的好果，结局却难免落下火一把就收的话柄。现在，最有爆点的注意力经济是什么？财富。因此我少不了备上一道财富大菜，富二代、官二代、民二代，人心的暗涌，世相的交接，金钱的秘密，有在当代剖面上延展的财富戏，也有在历史纵深上捭阖的财富戏。"官本位"的思想之根深扎人们心中，也是本民族独特的根性，因此才有官场文学一度的空前繁荣，招人羡慕嫉妒恨的高官大员式官场文学满大街都是，我着眼的恰是中层干部和小干部，公检法、公务员小人物的"卡"，小人物的两难，在我看来更有烟火气，更有人味，也更值得借来提问世道人心。一方面大城市对外来人口构成了重压，蚁族、蜗居族、啃老族、拼房族、拼钱族、巢居、柜族、胶囊族、闪婚族、隐婚族、闪离族，族族簇拥，拥挤在城市的凉薄夜空。另一方面则是留守儿童、留守妻子、留守老人孤守空巢。随本是城市边缘人的双亲或单亲到城市的"外来"儿童，则面临着不快乐的童年、艰难的上学路，更不谈就医和保险。"北上广不是天堂""逃离北上广"不光是时髦的口号，理想与现实的巨大落差，甚至催生了求上农村户口的归巢族。房产战争，地产泡沫，后青春期，后大学时代，婚姻是什么？幸福在哪里？当年的梦想在哪里？当网恋已成往事，新的网恋还在继续，电视相亲、微博相亲、"六人圆桌"相亲，和千年不老、越来越受大龄男女接纳的熟人介绍相亲为漂在生存打拼和交际隔膜里的孤独星球们接续万有引力。个体的"轮回之路"，我会用多部头多系列作品来描摹，一遍一遍纠结于小民的纠结，不厌其烦。记者对这一切因为现实震荡带来的灵魂震荡进行的追访，形成的追访笔记砸到每个人手上都会引发一股感同身受的疼。国人热衷的庆典情结中包括有革命激情和名校崇拜，恰好今年迎来了辛亥百年和清华大学百年校庆，一方面我会主编《清华百年文选》，一方面则找寻旁人忽略的角度下脚，对辛亥革命做出我推崇的解读视角。当然，我不可能不读史，除了多角度花样翻新地做足全流程的大部头的世界史、中国史，也会选取比如 1898、1911、1937、1941、1948 等年代断面，前推后拉，观想得失兴废。个别国家的历史如日本史的新解法也会纳入日程。

文化创意产业学会向快速消费品行业取经，牢牢锁定民生所需，则繁荣之日不久矣。或曰：步趋民生，只会做到烂熟。怕什么，烂熟是成熟之母。

当我们谈论好书时，我们在谈论什么 *

搞电影的有个雅称"电影人"，搞电视的雅称"电视人"，搞影视都可雅称"影人"。搞传媒的不好简称"媒人"，以"传媒人"冠之即可。一般而论，搞报纸工作的可雅称"报人"。扩大化，搞周刊、旬刊、月刊工作的称为"报人"也未尝不可。同样，与图书有关，搞出版的雅称"出版人"，搞策划的雅称"策划人"，搞发行的雅称"发行人"，笼统地说，搞图书工作的，雅称"书人"。书人言者，似乎罩着一层光耀夺目的光环，因其作为写作与阅读、冷冰冰的字符和泛着纸张油墨气息的图书的中介，人类结绳记事以来的"铅字崇拜"情结落到了实处。往大里说，相对于写作和作者，"书香"与书人委实脱不开干系，书香，是文本之香，是介质之香，是接受美学和接受过程之香，也是书人为他人作嫁衣的烘托、成全之香。聚光灯下，只容作为实体实形的图书存在。现如今，作者在某种程度上已经喧宾夺主，本该和书人一道做沉在幕后的"下蛋的鸡"，却迫不及待地和"蛋"一争高下，满足读者和市场、媒介的窥私欲。说好听点儿，这叫360°无死角审视、咀嚼、消遣一本书。当然，书人也不甘寂寞，不少书人跳上台前，俨然也摇身以"炮制下蛋的鸡"的"养鸡能手"的身份招摇过市，对本来寂寞的阅读之湖投下一颗又一颗石

* 本文首发《出版广角》2015 年第 2 期"专题"栏目。

子，搅扰起一圈又一圈涟漪，很快又复归平静，阅读总归是寂寞的事。

我的前投资人放话说"你们电影圈"一年的总票房不及他们公司一年的收成。这位投资人是做钢铁生意的，是位貌不惊人、矮矮壮壮的女博士，作为一家民营钢铁集团的副总，心地纯良，为我的"才华"所动，也为爱女寻求一条长稳生金的路径，重金投资我，知道的都说她有战略眼光。她的战略版图覆盖出版、影视、动漫游、音乐、餐饮、奢侈品一应与"文化创意"沾边的领域。功败垂成的原因一是因为她说完"你们电影圈"这话不久，不幸搭乘了谜一样的MH370，资金链断裂，画好的大饼从此无望不说，突发状况让我出于以恩报恩心态，但凡所有，悉数归于其家，清零状态让我重新审视来时路，惊觉获益、名声不重要，成功不重要，存在重要；在哪儿做、做什么不重要，是不是一直扎根做一件事重要。这件事，对眼前的我、相当长一个时期的我来讲，无疑是我驾轻就熟、近年若即若离却又从未真正离开过的出版——我的独立策划人、作家（影视改编权）经纪人、写作者、词曲作家、微电影网络剧出品人、视频节目主持人身份，无不围绕着"内容"二字。影视总的体量逐年在攀新高，虽然与实业、网络公司、游戏公司、新媒体企业的体量或盈利能力不可比，尽管如此，各业态还在削尖脑袋往里钻，乃由于影视的聚光灯效应和传播效果、品牌影响力的放大效应。我经纪成功的数十个影视剧改编权，以及我与其他书人融合若干其他业态合伙投资的"大望"孵化的《狼图腾》动画电影及全版权取得的成功，说明一个问题，文化创意产业的精髓就是"内容产业"，而内容产业的CPU无疑是文本——书。"书人"的重要性就此浮出水面。

以我这样"复杂"的背景，来谈论什么是好书，"纯度"似乎打了折扣，同时也似乎多了几个维度。好在书本来就不是纯粹的"文化商品"——它立着商品的牌坊，走的是文化的内心戏。谈何为好书，首先得摸清书的境况。影视尚且不如实业，书的命运更不乐观。著名装帧设计师吕敬人教授发起的"新造书运动"没有多吸引我，吸引我的是他的"敬人纸语"为他的系列文化

"喊话"（巡回讲座）所做 PPT 前几页。上面的美术设计、形象化表现手法和数据对比让我眼前一亮。以 2013 年出版状况为例，年度出版图书 44.4 万种，总印数 83.1 亿册，每秒用掉厚达 11 厘米 1130 印张纸张。吕教授做了一个形象的比方，2013 年中国大陆每秒印制成书册数（246）是蜂鸟每秒扇动翅膀次数（80）的 3 倍多。出版界被外界唱衰、自我唱衰早不新鲜，喊夕阳产业，喊江河日下，喊没法做，喊"狼来了"，从我正式进入出版界的 2004 年起就听大家喊，一喊喊了十年。受制于场租这一天然瓶颈，无法与其他业态同台竞争生存权这一先天短板，使得民营书店业一片哀鸿，但仍然有万圣书园、字里行间、Page One、三联书店等有情怀有操守的单一门店或连锁书店屹立不倒，且大有长盛不衰、扩张城池的架势。文化公司、民营批发渠道倒时有关张，但一家撤离，就会有更多家开张补充进来。曾经的书人出出进进，变数不大，有变数的做的大多也是与图书相关的事儿。因此书人的自我唱衰更多像是自黑和傲娇。这里透露出一个信息：这是一群多少有一些追求的人，这是一群多少有"文字癖"的人，这是一群多少怀着提振全民或部分民众情怀、眼光、胸襟、知识水平的痴人，这也是一群发现了书的商机、至少是知晓做书可以谋生这一秘密的人。书成为商品，是知识得以传播的福音。同样，书成为商品，是知识得以俗化、浅化、功利化的祸首。秉持这柄"双刃剑"，可以造福，可以祸害。书无好恶，人使之然。

从本质上说，书人作为图书现世的把关人，可以左右一本书是不是好书的终局命运。问题来了：具体到图书的"命运"问题，而今图书的显性本质是商品，隐性本质才是文化。在中国做出版最大的优势是人多（读者基数大），最大的劣势是民众读书少。

何为好书？一定不是中国最美的书或世界最美的书。"美"一定不是衡量好书的第一标准，甚至在好书衡量指标的第一梯队中可以清除出"美"的指征。吕敬人教授为代表的一批"设计"师，不说封面设计说装帧设计，不说书衣设计说书装设计，不说图书设计说"书筑"设计，在图书形式美学上走向了一个极端。写蚂蚁，字就要像蚁爬，写风，字就要被风吹乱；书光有封面、腰封不行，要加函套；光有函套不行，得像推门问路、解衣传情一样增设欲拒还迎、半推半就的关卡；胶装、线装不行，得露线头、钉口、在书籍正文开坑坑洼洼层级递进的天窗；光平面纸品不够，得加以扭曲、粘胶、多材质结合，形成图解文本的实物……本质地讲，这类设计，说它形式大于内容不大好听，说它"形式即内容本身"还是恰当的。当书的设计"上升"到礼品和工艺品——文雅一点说就是量产的艺术品设计的"高度"，设计一端已变质。这不是说吕先生代表的"形式派"就不足取，恰恰是这一脉设计值得尊敬，因为正是由于他们在设计道路上的"戏过"，才让我们在设计一途明白恰到好处、过犹不及的边界，不至于在文本与形式的问题上本末倒置。他们对于设计的极端强调，也是对自我职业重要性的强调，或者再具体一点，作为工种，这种强化无可厚非。甚而至于，时不时冒出几个"戏过"的设计个案夺人眼球，提醒图书除了内容，还有形式存在的必要性，颇有鲇鱼效应的意思，搅扰一下可能只顾内容懒梳妆——"书装"的黄脸婆，倒也功莫大焉，只要不占据图书设计的主流。

中国新闻出版研究院曾与中央精神文明建设指导委员会联合开展向一万国人赠送一本书活动，这一万人最想获赠的三本书是《百年孤独》《平凡的世界》和《红楼梦》。这一结果发人深省。省思之，至少可以得到以下启发：其一，真正的好书不乏知音。姜戎一部《狼图腾》出版十年，至今年年加印，是长江文艺北京图书中心最强有力的吸金利器。曹文轩的《草房子》问世近二十年，至今仍排在少儿图书畅销榜上，各类出版机构为了争抢此书招数用尽。其二，民众可以被引导。根据排行榜买书、什么书在书店有堆头什么书就卖得好，是其表征之一。说到"万人三书"，《百年孤独》在中学历史课本里被誉为20世纪小说第一书；《平凡的世界》在20世纪80年代新时期文学的黄金时代面世以来，被在人生与情爱旋涡中奋争的青年读者奉为自我写照，这一余波也一路波动至今；《红楼梦》"四大古典文学之首"的名头（最近的消息是，英国《每日电讯报》2014年4月评出"史上十佳亚洲小说"，《红楼梦》居首）深入人心。其三，读者选书关注与"我"的相关度在哪里。《百年孤独》的乱象和幻灭感，《平凡的世界》的贫瘠现实和个人奋争，《红楼梦》的警幻象征和旧梦罔顾，都堪堪戳中当下读者脆弱、敏感的内心。考试、工具、健康、励志类图书即是因为与"我"的关联度极高，所以销量走高。其四，读者选书又刻意与"我"拉开一段距离。"万人三书"与当下时间空间的距离感，刚好构成"我"与当下现实的心理安全距离。《活着》《尘埃落定》等书也因为既与"我"相关又构成相当程度的疏离感从而获得极高的传播度。其五，国民阅读习惯和其他所有消费习惯一样遵从从众心理。广告、新闻、炒作是从众心理的现实运用，分别构成商品—媒体商业模式、意见领袖—媒体依存关系、商品—意见领袖—媒体—新媒体意见领袖关系网络的结构模块和运行方式。从众心理带来个性的自觉不自觉地改装、隐没，以与"大多数"趋同，尤以女性、低幼人群、老年人三个集群为重。因此，盯牢女人易动情绪易感动的容易激发移情效果的同情、痴情、悲情、苦情类的心灵鸡汤、说教、情感、故事，看准了低幼人群人有我有的以复现、变化、孩子话、半大人等群体唤起群体跟从的生活化、幻想、游戏、动画型，正中老人关注健康、养生、长寿话题心理，以小群体带动大群体，直至将这三组群体最大范围内地裹挟进去。传播的马太效应决定了传播广的图书会引起更广泛的传播，这也促使书人的使命感：尽量让好书进入传播的快车道。

但毕竟商业上取得成功的书还是不能与好书画等号。说到好书某种程度上与说到"好人"道理相似，尽管各花入各眼，总还有人是人皆称好，总还有美是倾国倾城。察人，品为先，行为鉴，言与貌殿后。判断书亦作如是观。首先，好书须有担当，不欺瞒，不虚隐，力求传布真理，厘清一定范围内的真相。因此讲责任的《把信送给加西亚》、讲美好心灵的《小王子》是好书，讲应对变化的《谁动了我的奶酪》、以政治家和亲历者及历史学家眼光书写的《丘吉尔二战回忆录》《丘吉尔论民主国家》是好书，《圣经》《诗经》《说文解字》《四库全书》《古今图书集成》等原典、经典是好书。其次，好书须是清醒剂，而不是麻醉药。那些教人功利、践踏公义或他人获得进阶、不切实际地打鸡血的书一定不是好书。《活着》《尘埃落定》因其文学价值，也因其展露某一时期的文化切片，是当代文学的重要收获。揭示"二战"中人的蜕变和持守的诸多小说和非小说方面的好书比比皆是。再次，好书可以提醒、影响读者看待世界的视角，给人醍醐灌顶之效。讲全球化于国于民于人影响的《世界是平的》是好书，"把人放在舞台正中"的《房龙地理》是好书。从次，好书是对"善知识"正本清源，提供问题的正解而不是歪解。因之《万物简史》是好书，通过梳理历史拷问"为什么是这样而不是那样"的《为什么是日本》《破晓》《说民国》是好书。最后，好书也可以是不一定有创造，但起到系统梳理或"领读"之功的读物，如综述历史《历史上下五千年》《写给青少年的中国历史》，拉开"白话历史"大幕的《明朝那些事儿》，启动"盗墓小说"风潮的《鬼吹灯》和《盗墓笔记》，在几无可变的背景下开启本土"知识悬疑"的《藏地密码》，在架空、穿越大潮之上拱起"架空"高峰的《后宫·甄嬛传》，说史又不泥史的《明》《货币密码》都堪称好书。不用说，《追忆似水年华》这类坐井观天即如尝遍人间滋味的天才之作，托尔斯泰和巴尔扎克深掘人性古井的作品，是永恒的好书。而对于读者而言，能从中汲取知识、教益、正面的力量、情绪和能量，甚至是负面情绪可以借机得以宣泄的书即是好书。大到全书，小到某个人物、某个情节点、某句话在心里撞出声响，对该读者来讲就是好书。《飘》中打不死的女小强，《简·爱》中尽管不大现实但鼓舞了不知多少女人的平等代言人简·爱，尽管不被文学"正宗"悦纳的池莉，对小市民的塑造之功不输于曾经先锋后来再也不先锋的不少作家，有一些书有一两行频频被引为签名的"理想还是要有的，万一实现了呢?""人生若只如初见""你若安好，便是晴天"，因为让人心里"咯噔"一下，均可视为好书。我自 2006 年大量策划出版原创文学以来，频频鼓吹网络文学，现在我发现，我所赏识和力撑的网络文学只是具备相当文学性、值得"落地"

印成铅字翻读两遍以上的网络文学，而不是乌泱乌泱注水把短篇小说抻成动辄几百万字上千万字的大水文。这些文学中资质超拔的一部分，可称好书。

瑞典作家加比·格莱希曼的小说《永生之书》中，大银行家罗斯柴尔德二代阿姆谢尔·罗斯柴尔德问后来以他女友身份与他夫妻二人生前共同生活、死后同埋一穴的作家齐亚拉·卢扎托，作为一个作家，最重要的素质是什么，齐亚拉说："看得见人类的共性，也看到他们的个性。"此话可以当作度量书之为好书的标尺。

营销正反论

　　营销无小事。从这期起，我打算用这句有用的废话做我营销专栏的名字。关注营销策划或者说关注书业的人多少都听说过：我是一个爱说"废话"的人。那两个扎眼的字之所以没有加引号，是因为更多的人认为我说的非但不是废话，而恰恰是真理。好了，话说到这里，说风凉话的人醒悟过来了：我是一个有争议的人。拜拆台的人所赐，帮衬我完成了一次绝好的"反营销"。

　　开门就讲营销正反论吧。

　　我们先来认识一下一对概念：正营销与反营销。正营销即是单个或组合或全方位运用营销手段达成营销目的。反营销则是单个或组合运用营销手段达成与营销目的阶段性或表面化相反的效果，而侧面或间接达成营销目的。由于营销在某些场合会被片面化地理解为"炒作"，相应的一对概念就是炒作与反炒作。

　　正营销的常用手法说白了就是自高身价，嫌找人给自己抬轿子、吹唢呐不过瘾，自己给自己抬轿子、吹唢呐，压根就不避嫌。正营销的路数可以分为两个大类：独大型和跟班型。

　　独大型的常见症状是吹嘘老子天下第一，在某领域某类型某写法某趣味上又是开山鼻祖，又是首开先河，销量前无古人，短短几月或几天销售创下多少新高。"销量"有时又会置换成"天量"级"首印量"、版税率、"天价"版税。个别胆大的嫌版税不够唬人，干脆偷梁换柱，喊出"打造×元作家"的名头，那个唬人的数字等于虚拟的"预计销量""预计出版品种量"与唯一可能靠谱的定价之间的乘积。稍识字的会醒悟过来这个乘积其实就是设想中的 N 本书的总码洋，但有多少人会"稍识字"呢？独大型正营销手法打的就是读者（甚至包括同业、媒体等无意识的共谋人群）不多想、说什么信什么的命门。一个小伎俩，轻松戏弄了"群氓"。这话听起来滑稽、刺耳，但这是事实，且屡试不爽——屡试不爽的意思在这里也得以延展，那就是同样的牛皮吹上一千次一万次也吹不破。被戳穿的概率如此之低，戳穿之后的代价如此之小——独大型营销的低廉成本使得这一族枝繁叶茂，个别人养成开口闭口以十万百万为计量单位，搞得外行看来此行业过度繁荣，不懂水深的行业中人听起来心惊肉跳，以为自己低能到连做业内高人小跟班的资格都没有了。

跟班型正营销分靠贴和跟风两类。靠贴型跟班是在吆喝的看点、卖点、新闻点上与畅销书、畅销作家、名人、热点话题沾亲带故，赛着比谁的血统更纯正。跟风类跟班具体表现形式是选题、书名、封面等方面跟畅销书的风，做不到形似也要做到神似。"富爸爸"一出来，满大街都是"富爸爸"生的。"哈佛女孩"一露面，"牛津男孩""清华爸爸""北大妈妈"全跑出来遛弯儿了。"明朝"火了，清朝、唐朝、民国的人、事、物都应声冒头了。盗墓小说出来个《鬼吹灯》，又出来个《盗墓笔记》，一夜之间，所有封面不是吹灯派就是笔记派，没有第三条道路。这些算是跟风派。靠贴派则拉来排行榜上那二十来位常客，要么是畅销书作家，要么是名门新贵或名门新贵之后，要么是央视、凤凰名嘴，总之，拉来的这拨亲戚出镜率要够高，这样的嘴巴说出来的话砸不死人也能砸晕人。

介于独大和跟班两型之间或兼有两型的正营销手法，一种是兼而用之，一种是明明兼用了，却嘟起嘴唇做出被非礼状，以否定跟班（跟风）对象的方式达到独大的目的，比如"比《鬼吹灯》更好看，比《盗墓笔记》更刺激""一本令海岩汗颜的书"之类。

反营销就是正营销的反向操作，以具备攻击性、挑战性的危机议题设置（指向议题设置者营销目的的反面），达到议题指向的反效果（达成议题设置者营销目的）。娱乐圈的炒作手法在这里同样适用，撞衫、绯闻、潜规则、替身、假唱、整容等娱乐乌龙在出版圈改装成了抄袭、作假、抵制、恶性比拼、耍大牌、疑难杂症等手法。网络时代，刷屏、点击率造假、买点数、买回帖、网友抵制实体书等新媒体时代特有的事件蒙上了真假莫辨的面纱。也有作者不惜以出让署名权、器官或某段时间来换取注意力，也有以绝症或代死去朋友出书的噱头博取出版商、媒体或读者一掬泪。作者中间冒出的平民明星也具备某种程度上的星相，于是耍大牌、与其他大牌或更大牌叫板等娱乐事件也偶尔现身出版圈。消费时代的文化传播打上了轻喜剧、娱乐的马赛克："不买团"、点击造假、涉嫌抄袭、官司缠身等抵制、作假、抄袭风波来袭，非但轰不垮事主，反而只会让粉丝更聚众更死忠。事主的弱不禁风、孤立无援反而激起看客锄强扶弱的骑士心态，是泛消费时代的重要表征：消费资产，消费时间，消费口水，消费情绪，消费青春，消费消费行为本身，等等。

明眼人看出来了，正营销的实质是示强，变着花样秀自己"很金刚"；反营销的实质是示弱，故意露出"命门"给人看自己"很林妹妹"。扮金刚还是扮林妹妹，不同的人操作起来熟练程度不一样，不同的营销环节的操作手法不一样，这里拼的是功力，是火候，有时候需要拼的是脸皮——最后这层皮，落实到营销上来，吾国吾民恰恰最擅长，个顶个能言善辩，有时候谎话说到自己都信以为真了。拍胸脯还是手托香腮暗垂泪？不同关节点各人有不同选择，结论如何，就看个人造化了。

封面在说什么 *

一望知命有命理学、遗传学、生理学等领域的理论和实证支撑。封面就是图书的脸。封面在很大程度上定了一本书的"命"。

只要不笨的读者都会倾听：封面在说什么？只要不笨的出版人、策划人、编辑、营销、记者、发行、销售，总之是催生和养大一本书的链条上各相关人等都懂得问：封面在说什么？

封面在说什么？至少说出了以下几方面信息源：

一、图像的各组件和整体组合传达出来的画面和画面之外的信息和情绪。行业忘不掉《明朝那些事儿》底图上隐隐铺设的明地图、《盗墓笔记》迥异于当时已声名鹊起的《鬼吹灯》的糙糙的爷性的设计、《后宫·甄嬛传》的窗口式设计、《心中有鬼》的"宽荧幕"顶格腰封、《冤鬼路》的斜切腰封、《政协委员》的大公章、《交易》的灰色城市、《戒嗔的白粥馆》的水墨、《婆婆媳妇那些事》的对襟衣服、《世界历史有一套》五色斑斓的配色"涂鸦"、《嫁接婚姻》的盘扣组合、《单身中年》沙发上的仔裤、《婚姻门》的"镜子"、《吹灯录》的玄色生花、《趣味门萨》的符号拼图、《高原上的探戈》的钢琴手与雾中探戈的拼盘。提到这些画面是因为其中多半构成标靶，成为行业模仿的对

---

* 本文首发《出版营销》2010 年第 10 期"封面聚焦"栏目头条。

象。好的设计不光传达信息，还体现情绪。举例说，《吹灯录》无论是戳指向天的僧人还是雪肌华服发如弓的冰美人，都透出铁一般的冷静；《世界历史有一套》打翻的调色盘无疑给人带来赏心悦目的心理感受；《心中有鬼》上推到顶、几乎盖掉整个封面的大腰封核心意象就是一张流泪的脸，太震撼了。露出的封面，黑底色上刘若英躺地上看着暗室里悬挂的照片，腰封挡住的部分则是铁花，以及铁花之中一只往外张望的眼，画面的情绪一览无余。

二、书名。起书名是个技术活。这项技术包含了智力活、心理活、语言活。《世界历史有一套》打的是心理暗示的主意，分几个层面的暗示：图书品质的暗示：这书写得真不错，有一套；吃独食的暗示：想读世界历史，想了解世界历史知识，有这一套就够了；强烈认同的暗示：我有一套这书，这是很有面子很值得让人知道的事儿。这套书是先有书名，等来了稿子，觉得是那么回事，一拍即合，安上了。副书名《罗马帝国睡着了》《老大的英帝国》《德意志是铁打的》《最冷和最热的俄罗斯》《闻香法兰西》等既抓牢了各国最大的特色，又鲜活传神，符合旨在获得读者"笑读"效果的预设。《中国历史从头读到尾》显然一个书名就抓住了当下心态浮泛、注意力极易分散、不乐意坐下来读个昏天黑地、浅尝辄止的读者心理。文化背景设定在南北朝北魏时期的探险小说《戒僧》，显然具备了让人眼前一亮的效果，不禁让人想知道僧如何、如何戒。《谁的国家谁的家》无疑是不可多得的好书名，由国到家，由家而国，这个书名饱含深意，又有音节美。所以我给它配套的书眼"国是谁的国？家是谁的家？"几乎是条件反射，不需要过脑都能达成。

三、书眼。书眼是什么？望文生义，书眼就是书的眼睛，招惹人心生牵挂念念不忘渴望深交的招子。巧笑情兮不如美目盼兮来得勾人，这是饮食男女的人生体会。"条件反射"式的机智不可能招之即来，多数书眼还得靠从看点、卖点、新闻点"三点式"里萃取提纯。我萃取的"最后一个汉人王朝"（《明朝那些事儿》）、"一本五十年前流传下来的千年古卷"（《盗墓笔记》）之所以贯穿图书大系列的整个生命周期，只因脉把得准，给图书定性定位了。《加密的历史：〈山海经〉大揭秘》书眼"透过《山海经》看被篡改的历史""史上任何事件都可在此找到答案"噱头足够，也符合该书揭批历史的实质。绘本《喵！胜猫败犬》的书眼"猫老婆×狗老公不完全腻歪手册"则一是破题，二是吊足以"腻歪"为情感温度计的男女的胃口。《婚姻门》的书眼"中国人婚姻教战手册"是定位，"毕淑敏、王海鸰、陈彤邀您一起给婚姻挠痒"前半截打了名人牌，后半截说出了图书精神内核和读者心理的"痒"：痒了，希望被挠。书眼之重，不迟钝的人都能感受到，所以某社才聪明绝顶地全文照搬我给《心静自然禅》写的所有书眼和文案。这个，就属于失德和侵权的范畴了。

四、作者署名。名作者的署名多重要，不消说，地球人都知道。我对作者的"干预"除了写作、书名层面，在署名、身份（作者简介）等"小节"都干涉到无以复加的地步。比如《交易》作者在这本书之前其实写了也出了好几本青春小说，我认为这一实战成绩对于一部官场小说毫无利好，反倒有害，于是"抹掉"了作者的出书历史，将她打造成横空出世的新手。她之前的笔名"不说话裙子""吉吉"等我也认为不符合一个官场小说作家"该有"的笔名，于是采用了真名。《交易》的作者欧阳娟、《七年之痒》的作者高克芳、《婆婆媳妇那些事》的作者徐徐、《婚姻门》的作者苏月、《上海娘》的作者苏想、《心静自然禅》的作者拈花禅师等大批作者都赶上了被我"打造"笔名和身份的趟。

五、社名和出版社合作方LOGO。

社名和出版社合作方LOGO的价值只有在品质或销量形成口碑从而给品牌镀了金之时才会凸显。本文不予展开。

封面在说什么？在说"官人，我很好，带一本回家"或"美人，你的心事我了解，我就是你想要的"。

图书营销，海报的力量[*]

在诸多产业中，以单品论，书是"小业"。即使在由书"撬动"的衍生品产业链条中，不管书（出版）作为整个链条的起点或是某一支链条的终点存在，书的盈利水平都是相对低下的。单品量小、利薄、进入门槛低等特点，使得书（出版）在大众消费领域的地位如小媳妇，要想活得滋润，就得玩好美学、市场美学、接受美学、心理学、营销学等十八般武艺，做足眼球经济，打心理战。在很多消费者不愿找媳妇当新郎官（不当读者，即不买书）的背景下，图书消费市场呈现小媳妇多新郎官少的局面，成了一场图书抢夺读者的婚配大战。这场婚配战争中追求者碰巧还是哑巴待嫁娘，而作为生养哑女的出版发行方，不管是内向型（不营销或只限于平面、平面网络）还是外向型（主动营销，文字、图片兼及音频、视频），都别无选择地展开了一场多半时候是无声的抢婚大戏。这场大戏的开场戏就是一场视觉秀，以印制、喷绘、电子显示、手动喷涂等手段炮制的封面、腰封、书签、单张、海报、展架、易拉宝、背板、条幅、拱门、空飘、彩信、贴图等二维或三维视觉产品则是视觉秀的角力场。

海报作为一个信息载体，最本质的目的就在于传达信息，将图书这一文化

---

* 本文以封面文章形式头条首发《出版营销》试刊号。

商品的文化、市场及其他标的物信息，以直笔或曲笔渗透到信息接收方即图书消费者——读者及图书消费行为的中端和终端——渠道商和销售终端。从操作层面来讲，这个载体可以分为以下四大系统：

信息系统。海报和其他标的物的本质特征就是一个信息系统。海报身处图书营销行为的一个入口，"吆喝"是其最高目标。吆喝什么，怎么吆喝，或者说如何构建海报的信息系统，是海报企划制作的出发点，是一门学问，从实操角度讲是一门技术活。海报的信息系统包括图书基础信息（书名、作者、版别、版次、套系、书号、定价、征订价、批发价、零售价）、图书衍生信息（图书内容、背景的延伸解读、名家、报刊、读者推介及评价、获奖、在历史上或当前同题材同类别图书中的地位、排行榜、点击率）、封面（或样书，个别时候可以对特别装帧方式、内文进行适度呈现）、"报眼"（海报上最具信息含量的看点、爆点、卖点、新闻点）几方面。而作为海报背景的视觉体系则可以当作信息系统的衍生品。

视觉系统。作为平面标的物，海报赖以表现的基本手段就是视觉系统的具体呈现，而视觉系统是进入信息传播和接收通道的第一道槛。信息元再天花乱坠，传播意图再奔腾似火，信息附加值再撼天动地，都必须有效转化成视觉信息元，从而形成具备足够视觉冲击力的视觉系统。

文字系统。顾名思义，海报上的所有文字隶属文字系统。可以看到，海报信息系统五大子系统中，封面及背景两大子系统主要隶属视觉系统，图书基础信息、图书衍生信息、报眼三大子系统主要隶属文字系统。一般来说，这三大文字系中只有报眼为海报所不可或缺。图书基础信息和衍生信息两大文字系统一般只会摘取其中个别信息元在海报上给予呈现，最精简时甚至只会选择性地传达书名、作者两项信息元。而这两项信息恰恰可以通过视觉系统的封面或样书得以传达，这也是文字系统和视觉系统融合的一个例证。就像适度隐秘营销手段在海报中可能提供一个伪封面（样书），有时候书名甚至作者名也会采取"以实际为准""面世时揭晓"等隐秘手法，真相秘而不宣，适度刺激市场期待揭秘心理。

心理系统。心理系统是四大系统中的统摄，即以最恰如其分的视觉系统和文字系统，使得信息系统得以恰如其分地实现，而最终达成恰如其分的心理系统：攻破读者和渠道的心理防线，开启、持续推动、深化市场行为（售卖）。或者说，面对海报展开的所有战略战术其实都是打一场心理战，"好"的海报体现的是恰如其分的海报心理学。可以注意到我这里反复用到了"恰如其分"这个词，这个词也可以替换为到位、完美、刚刚好。海报营销和其他所有市场行为、心理战一样，不追求"最"好、更好，而讲究刚刚好，因为过犹不及。拿挠痒打比方，既要挠到痒，又不能挠得痛。

在海报的这四个系统中，其实质是信息系统，具体表征是视觉系统，心理系统则是其灵魂。"海报心理学"则是整合这四大系统的法门。具体到实操层面，则是如何到位地传达报眼及其他视觉、文字信息，坚硬或柔软地打中读者和市场的命门。这些门道在有的人听来很玄，在有的人听来又很简单，其实是没那么玄乎，但也绝不简单，实操者和图书的个体差异、市场情境、切入时机等人、事、物等的差别，都会导致实操效果产生云泥之别。但有效的训练对于想渐入佳境的实操者来说是必要的也是可能的。

下面先就若干海报进行案例解读，总结出海报心理学实操的若干法门，以供同业实操时取用。

案例一　《政协委员》海报的两个维度

看到《政协委员》海报的人会感觉眼前一亮，"惊怖"效果的取得恰恰是海报心理学的敲门砖，"第一眼效应"也是海报实操者应该追求的境界。这个海报的第一眼效应是硕大的公章，海报上的公章刺激了观者的求新求变心理，留住了其视线，取得了海报心理攻势的初步成功。公章上"政协委员"四个字是个强大的信息元，围绕这四个字的社会学、政治学意义几乎人所共知，这就使得四个字胜过长篇大论，到这一步，海报心理战初战告捷。

本海报的报眼有两个作用："政治生态、官场生存"对公章上的四个字进行进一步的阐释，对信息元进行丰富；"梁晓声新作"则提供了一条新的信息元，与前一信息维度（政协委员）形成互补。通常情况下，两条信息元会部分重合，这两条信息元有所不同，没有交集，是净信息元。至此，完整的信息系统已经形成，也很好地满足了观者的心理期待：梁晓声书写政治生态的最新作品。"惊怖"是第一步，第二步就是心理的化用：深化为认同感或转化为适度的陌生感，从而将观者引向与图书或作者相关议题的心理场域，并最终引向图书实体——海报营销的终极目标。从海报心理学角度来说，这张海报由视觉系统充当开路先锋，文字系统（报眼）从后路包抄，交上了满分答卷。

案例二　《青囊尸衣》海报：冲击力和反信息

《青囊尸衣》海报也是视觉系海报的典型代表。很多读者、经销商、同行和作者告诉我，这张海报给他们产生过震撼的心理效果，至今记忆犹新。这话里真实的成分远大过恭维：即使我自己审视这张海报也会有类似的心理反应。一双普通得不能再普通的手，捧着（拿着）一本书，在全黑的背景烘托下，突兀而出，平静的视觉元素下，涌动着不平静的心理场，存在于画面和观者之间，形成了无声的对话关系。手的主人是谁？什么背景？摄影者是谁？什么背景？拍摄于什么时间什么场景？手的主人及摄影者什么衣着？什么表情？等等，信息元都被"无理"地阉割了。观者的视觉期待和心理期待受到了粗暴对待。这一"反信息"引发了观者的"反心理"：偏要看看那手上拿的书是怎么回事——"反效应""反效果"达成了正效应无法企及的正效果：从看到海报到经销商追问及订货、读者捧起书的"损耗时间"大大缩短。之所以将这一时间间隔定义为"损耗时间"是因为间隔越长，达成目标行为（经销商感兴趣直至足额征订，读者捧起书翻看直至购买或直接购买）的可能性越小，信息损耗越大。

此外，海报下方密密麻麻的文字也是故意为之的"反信息"。一般来说，信息冗长是海报的大忌，但一白遮百"丑"，冲击力强劲的视觉系统释放出了观者心里的怪兽，被吸引已是无法逃脱的结果，稍稍有些长度的文字信息反倒起了火上浇油的效果，喂给怪兽一点甜头只会让这只怪兽的好奇心大增。而一些重要事件的推进，构成推波助澜之势，真实（小说真实）发生的三件事（华佗、刘伯温、小说主人公）与"你手捧《青囊尸衣》"这一假定事件并置，不着痕迹地在观者心里将假定事件认定为真实发生，漂亮地完成了一次正面的心理暗示（经销商卖、读者买）。

案例三　《百年往事》海报：复现的力量

都梁第四部新书在 2008 年全国书市（郑州）上被同行誉为"唯一亮点"，取得了百万级现款现货的业绩，并在随后进一步夯实业绩。这一成绩的取得与海报的良好运作分不开。首先看这张常规制作的对开海报，除强调独家授权、独家发售、都梁新作、荣宝斋等信息点外，画面主体是红彤彤的大灯笼。而这一灯笼是《百年往事》封面上那只夺目的灯笼的复现。由于都梁出版第四部新书是个市场热点，同名电视剧也已拍摄完成，该书也就成为一个时期内的营销重点。为了让该书在市场和读者中间"混个脸儿熟"，我将该书封面的灯笼意象无限放大，各大活动都以这一意象展开，让读者和市场不断接受该意象的重复刺激。比如，梁晓声、张宇、欧阳娟在会上关于现实主义文学的对谈、会场和郑州购书中心的签售活动，蔡志忠、梁晓声、欧阳娟、高克芳、魏子、龙玄策、韩启照、庸人等八大作家随后在北京举行的签售会的巨幅展板，都以红灯笼为意象。复现的结果使得这一意象深入人心。

《交易》初版海报，《戒嗔的白粥馆》《婆婆媳妇那些事》海报也是典型的复现型海报，封面元素经过合理取用，达到易于识别的效果。

案例四　《交易》海报：借力使力

2008 年年初，《交易》的营销构成了一个事件，在新疆等地图书市场，该书一度坐牢了畅销榜头把交椅，"80 后官场文学第一人"浮出水面，在媒体和读者中间形成集束效应，一时间人人争说欧阳娟，欧阳娟及我后来推出的释戒嗔、高克芳、徐徐等作者成为媒体追捧的宠儿，纷纷占据各大报刊社会版或娱乐版头条，风光盖过同期的话题明星。《交易》的口碑传播出来之后，考虑到初期与图书封面如出一辙的海报有必要进行合理"升级"，于是就出现了在广州天河书城等大型图书卖场的巨幅海报，几十厘米高的报眼让人触目难忘："他们都在说'交易交易'，你还坐得住吗？"利用"他们说"这一"借力使力"手法，充分勾起读者从众心理，使得该书有效购买率、话题性、口碑效应进一步升温。"借力使力"的庸俗化表达就是三十六计里的"借刀杀人"。作为报眼的补充信息，描述了该书在国内外媒体上的热议情景，对读者起到了意见领袖的效果。意见领袖在口碑效应和市场效果出来之后出现也有水到渠成的效果，也能有效取信于受众。之所以这样说，是基于这样一个认识：形形色色的意见领袖和数据竞赛搞得乌烟瘴气，读者市场已经到了闻之色变的地步。

从视觉系统来看，《交易》样书也以颇具视觉冲击的姿势立在红色背景中。这一表现效果不一定就比初版的复现式海报更好，只是更符合这一阶段的营销需要：不是更好，是到位。

以上四个案例，案例一、二、三主要侧重于视觉系统，案例四和案例二的后半部分侧重于文字系统。可以感受到，尽管具体实操时各有侧重，但都你中有我我中有你。很多策划人、出版人以为视觉系统的传达是设计人员或美编的事，或者后者设计方案，前者选择（用或弃）方案，泾渭分明，这是行业误区，也成了很多策划人、出版人做到一个阶段无法突破的瓶颈。这个瓶颈首先是意识上的，其次才是创意能力上的。我之所以屡受行业、作者、读者视觉关注，不存在这一瓶颈是原因之一。在各类视觉成果中，我向来占主导地位，设计师做的更多是实现我的创意。与视觉系统同等重要或更重要的是报眼。也许正是因为我对设计的话语权，提炼起"书眼"、报眼来就格外打眼。从我提炼报眼的心得来说，有以下几大心法：

名句型。《重拳》海报的"红人馆，就你好看"、《七年之痒》海报的"七年之痒，你的七年痒不痒？"《手腕》及《官高一品》海报的"在官场中生存的人是用特殊材料制成的"、《婆婆媳妇那些事》海报的"家事大过天"、《最青春小说》和《很爱很爱你》海报的"很寒很小四"、《伊人，伊人》海报的"有一种缘，叫命中注定"等报眼句式有特色，易于传诵——口碑效应的载体就是传诵。

主旨型。《天下》海报的"电信、移动、联通分拆整合内幕"、《青囊尸衣》海报的"'青囊'可活命，'尸衣'可避天"、《墓中王国》海报的"历史的真相血肉淋漓"等直陈主旨，有助于受众通过最短的信息通道抵达信息核。

指称型。《百年往事》海报的"都梁新作独家震撼首发"、《戒嗔的白粥馆》海报的"网上网下最受追捧的白话生活禅"、《黑白律师》海报的"律界流传的手抄本"、《七年之痒》海报二级报眼的"70后婚姻读本"、《检察长》海报的"张宇反腐力作"都是指称事实的例子。

比附型。《曾经当兵》和《士兵荣誉》海报的"士兵版《亮剑》"、《天下》海报二级报眼的"中国通信业《圣经》"，以另一知名物事比附，是业界最喜欢使用也用滥了的一招。

动情型。《亲人爱人》海报的"拿什么捍卫我们的婚姻?"《房奴》海报的"我们内心柔软，表面坚强"、《命案高悬》海报的"一本让你读起来大汗淋漓的书"都可算此列。

数字型。《交易》海报二级报眼"《交易》80%来自欧阳娟和她身边人的真实经历"，通过冰冷客观的数字，传达明白无误的意图。

感染型。《交易》海报报眼、《坐过站》海报的"1973—1983年出生的女孩儿紧急集合!"调动受众的从众心理汇入实际存在或虚拟的群体化的洪流。

挑拨型。《向康熙学习》海报的"康熙、雍正那些不为人知的事"，以未知、不知等判断断定受众的信息隔膜，挑拨受众的反动作，通过获知行为变成可知、已知的信息受体。

以上从视觉型、复现型、反信息型报眼等信息呈现的主要手法的不同角度探讨了海报实操心理学。如何从视觉系统和文字系统发力，从而实现信息系统和心理系统的到位，是一个无解的课题。这个课题对于图书营销的作用不言而喻，实操过程有人少见花开，有人鲜花一路，其中滋味只有试过才知道。

巨鲸退场，海域重生？我们向贝塔斯曼学习什么[*]

贝塔斯曼一度是新阅读方式的代名词。当城市白领与上海等大城市的学生们蜂拥在这家洋人开在家门口的书友会、网上书店和实体店时，大众看待贝塔斯曼的眼光很新奇很恐慌。有人喊着狼来了，更多的出版社和民营书商则是选择与狼共舞：贝塔斯曼不退货一条，就解决了本土出版界的两大症结：账期和退货。贝塔斯曼一度成为本土出版商分摊印制成本、减少退货压力的最佳合作伙伴。民间流传着一个说法：贝塔斯曼（中国）今年相比去年亏损额有所下降就算盈利。尽管如此，贝塔斯曼在中国步步为营，贝塔斯曼中国旗下有七家公司，贝塔斯曼自营物流公司，同时与辽宁教育出版集团合资成立了发行公司。巨大的成本损耗和利润分割，使得大众看待贝塔斯曼的眼光很复杂。不乏出版人感叹贝塔斯曼是守着金蛋孵不出金鸡，不足与外人道的画外音则是如果贝塔斯曼落在自己手里肯定能孵出金凤凰。2008 年第二季度行将结束之际，感叹的声音消失了，取而代之的是众口一词：贝塔斯曼死了。

---

* 本文首发《出版广角》2008 年第 9 期"专题"栏目，被《人大复印报刊资料》（《出版工作》）索引收录。

网上书店及书友会：13 年之痒

当马云们利用网络销售平台大举吸金时，在网络售书业务模块上，本土网站还没能证明给世人看他们业已成功，但让我们看到了图书在网络销售取得成功的苗头，比如当当和卓越。贝塔斯曼在线（BOL）的失利固然有投资战略方面的问题，最重要的问题恐怕是两方面：作为网络运营最基本保障的硬件跟不上趟，拖着一身赘肉跑步，能跑得快才怪；尽管售卖图书和其他产品的品种略多于书友会目录，但网站的功能主要是配合书友会销售，产品量与当当、卓越等几乎全品种进货的网络书店不具备可比性。如果在内容深耕、服务的深入性上做文章，后一点其实可以转化成优点。

书友会模式是贝塔斯曼的撒手锏，武断地断定书友会模式不适应中国是不负责的。当当、卓越一度效仿贝塔斯曼开展目录销售，这两家及广大出版社、民营出版公司广泛采用的"读者俱乐部"谁敢说不是受贝塔斯曼启发而设？"出走"贝塔斯曼而另立山头的九久读书人仍然在延续这一模式，据说日子过得也不错。书友会模式以目录销售为标杆，真正称得上书友会模式的严格说只有四家，当当、卓越后起而先偃旗息鼓，先锋官贝塔斯曼到如今放弃了，九久读书人在独立撑持。每一个对书情和文化传承有所关怀的人都不应该说风凉话。

居高不下的店面租金则使得贝塔斯曼一度扩张的地面店计划瞬间紧缩。

中国是贝塔斯曼全球战略很重要的一部分，就像其他国际大公司无法忽视中国市场一样，贝塔斯曼对中国抱有极大的期望和耐心。西方人忌讳 13，巧合的是，贝塔斯曼（中国）走到第 13 个年头，宣布结束在华图书方面的业务。

贝塔斯曼"败"给了德国制造

当前图书消费行为分为以下七种类型：不读书型（不消费型）；免费阅读型，包括网络（手机）免费阅读、纸质图书免费借阅；网络（手机）收费阅读型；盗版购书型；网络购书型；目录购书型；实体店购书型。各类型有交叉，但每一类型核心人群的消费习惯的黏度之高超出想象，就是说以上六类消费人群具备一定的独立性。另外，这种黏度又是脆弱的，当某一消费类型的便利性强大到足以抵消另一消费习惯的黏度时，壁垒就会被打破。便利性即消费方便（交易便捷）、有利可图（低价）、性能完备（品质完好）。卓越、当当给贝塔斯曼目录销售的冲击主要来自两方面：网络消费行为；更低售价。对尚处在低空飞行期的中国消费者来说，这两方面的冲击其实又可以统一为一个：售价。单举出两例就可说明为什么贝塔斯曼无法提供更低售价：每发送一期目录，仅目录印制和邮资一项就要耗费数百万元；到达读者手中时，封装图书的箱子要四方四正，不得破损，不得摔变形。德国人的"刻板"由此可见一斑。而当卓越、当当慢慢"大"起来，曾经用来嘲笑贝塔斯曼的配送效率也变成了他们自身的疖子。

如果说贝塔斯曼"败"给了德国人近乎苛刻的品质追求，那么虽败犹荣。但是可惜的是，贝塔斯曼在以下方面露出了破绽：1. 施政缺乏定力。奇怪的是，不知道是不是中国水土格外养人，"老外"到中国就被同化了，每来一任国外高管，就实施一次"新政"，急于做出几番改变。2. "细分"人群。他们想当然地认为目录针对人群有老少之分，于是以 22 岁为限划分出年轻组和"年老组"目录。150 万会员是不少，经过如此武断的"细分"，搭错脉的现象时有发生，购买率、每单购买金额大幅缩水。3. 缩短销售周期。偏听偏信个别会员反映个别图书期期在售，于是以为读者消费心理就是喜新厌旧，人为缩短目录畅销图书的销售期。4. 缺乏激励机制。滞销产品出现之后，只想着怎么处理滞销产品，对采购者缺少问责，与之相应的是同样缺少正面激励，随性随意的温床得以滋长。5. 利润分割。核心业务产生的利润经过内部多家公司多次扒皮，盈利能力可想而知。概言之，贝塔斯曼给我们上的负面课是：定力不够、缺乏激励机制、利润分割严重。

贝塔斯曼给中国出版人上了一课

贝塔斯曼是一本教科书，首先是做出版的需要向这本书致敬，贝塔斯曼奋力拼搏的这 13 年值得好好回味总结，为这一课，贝塔斯曼花了巨资。

贝塔斯曼纸质图书业务退出中国对于贝塔斯曼来说是做出了一个商业选择，重新调整了中国战略；对广大出版商来说是失去了一个绝佳的分销窗口，在这里，他们曾经享受过分摊印制成本、减少库存、零退货、短账期的诸多乐趣；对于习惯在贝塔斯曼购书的读者来说会惆怅一阵子；当然对专家、观察家们来说，是多了一个谈资。如果说与出版实务不怎么相干的专家过嘴瘾可以原谅，同行趁机相轻就有点说不过去了。

贝塔斯曼此次动作有贝塔斯曼（中国）自身的原因，也有图书消费市场整体态势的影响。对于后者，以此审视出版链条中的诸多潜在的局，应该是同行最好的选择。对于前者，不用生兔死狐悲之慨，因为放弃不是死，是为了更好地生。拿得起不难，难的是放得下。抛开反思的意义，这一事件对这个市场没有实质影响——九久则成为最大的受益者，本来就与贝塔斯曼会员重合率极高的会员因此得以巩固，因为留给会员的选择题从二选一变成了只有一个选择。

为这一强大"对手"谢幕额手称庆的人不妨给自己浇盆冷水。出版市场是个生态群落，没听说"对手"都死了，某个单一物种甚至单一个体能活得更好。在这一群落里，可以片刻独处，但更主要的是共处——只有共存，没有"独存"。巨鲸的退场，应赢得整片海域的敬礼和反思。

当"贝塔斯曼死了"的论调在媒体和读者中间蔓延，散播的其实是与元信息背反的"反信息"：贝塔斯曼活了，活在读书界、出版界、传播界心中。而贝塔斯曼孕育的传播观念，正随着昔日的贝塔斯曼人在中国出版和传播格局中或多或少地接力传承。

谁主宰我们的阅读生活[*]

　　电纸或叫电子纸的出现对我们大多数人来说仿佛是一夜之间的事，其实在欧美日及我国已有数年的从低潮期到平台期再到小高潮期的发展历程。权威媒体分别将电子书阅读器列为 2007 年和 2008 年书业"大事大势"的头条和第二条（《中国图书商报》网络版，2008-01-03—2008-07-15）。《中国数字出版代表性产业发展报告》（2007 年度）对我国电子书现状和前景持乐观态度，分析说我国正版电子书总量规模"稳居"全球第一（《中国图书商报》网络版，2008-04-22）。Ebrary 公司联合世界范围内 150 多家大学和大学图书馆针对学生电子书使用情况所做的一个调查显示，6492 个受访者中，49% 的人表示他们从来不使用电子图书，这其中有 45% 的人首选纸质图书。不使用电子书的学生认为电子书有着这样那样的缺陷，如：阅读困难（14%）、不方便远程访问（6%）、不便于使用（4%）、不可靠（1%）、身边没有电脑或者不能接入网络（1%）。在使用电子书的受访者中，81% 的人首选 Google 和其他搜索引擎在研究和课业中获取资源，电子书则占第二位（78%），实体图书紧随其后，维基百科、电子报、博客、播客、社会化网络等多样化的网络应用平台也为很多学生采用。（数字出版在线 www.epuber.com，2008-07-20，《2008 全球学生电子

---

　　[*]　本文以《电子纸？且慢！》为题首发《出版营销》2009 年第 9 期"封面聚焦"栏目头条。

图书调查》，署名：屈辰晨）以上调查所称电子书范畴比电纸要广，昭示的一个事实是，电纸及电纸阅读器在大肆瓜分纸媒、非电纸技术电子书和网络市场份额的同时，也面临着更多的多元化资源平台的竞争。但目前来看，电纸的重要对手还主要是纸媒、非电纸技术电子书及网媒。不过来自央视新闻联播的最新消息则乐观得多，似乎宣告了电子书已经迈入春天：国家新闻出版总署最新公布，今年数字出版业产值将超过 750 亿元，首次超过传统图书出版业的产值。（CCTV《新闻联播》，《数字出版成为我国出版业新业态》，2009 年 8 月 16 日）

阅读全面进入电子、电纸时代了吗？

我是纸质阅读最顽固的那批拥趸。检视我过去三五年的阅读现实，我悲哀地发现我与纸质阅读几乎绝缘，这三五年我的纸质阅读量的总和还不及三五年前一个月的纸质阅读量大。这个发现多少让人绝望。我的阅读主场转移到了哪里？答案是：网络。天涯社区是我主要的图书阅读场，此外搜狐、新浪、起点中文、中文在线、铁血社区等客场也偶有涉猎。我的娱乐消遣阅读则集中在 MSN、腾讯弹出信息、新浪、搜狐等老牌主站。网络图书阅读占据我阅读量的近九成，我的这部分阅读的重点是未进入纸质出版的网络图书，按传统的说法这部分读物是书稿——我的阅读带有鲜明的职业特征，即我的阅读是为职业而备，阅读的主观性、目的性极强。消遣、"充电"性质的阅读已随着信息管道多元化而稀释摊薄。纸媒阅读主要集中在《小说月报》等几种文学期刊及个别经济、管理类刊物。我作为出版从业者对纸媒的隔膜如果只是个案，那么 2008 年开年以来出版从业者、中端和终端销售方对纸质图书市场的失望情绪也许可以从另一个角度印证来自纸媒阵营内部的败局心态。

电纸会不会全面取代纸媒？现在回答这个问题也许还为时过早，回溯历史也许可以获得些许启发：造纸术和印刷术的发明使得线装书取代了竹简和帛书，现代激光照排技术的发明使得现代出版业突飞猛进，影响这场变革胜局的是出版的效率、阅读的便利性大大提高，创作—出版—阅读消费链条的成本大大降低，这"两高一低"决定了现代出版业界今天的布局。得以在未来变数中制胜的决定性因素归根结底拼的还是这"两高一低"来得够不够彻底。

出版的变革是一系列技术和媒介升级的过程。在进入与电纸的对阵前，纸媒面对的首轮竞跑是与网络阅读的较量。一度有纸媒业界及界外人士大声疾呼"狼来了"，他们认定纸媒在网络来袭之后将不堪一击，乃至全线崩盘。现在就做结论说网络阅读与纸媒之争已尘埃落定也许略显草率，但这一结论大体不差，经历了"狼来了"的恐慌之后，纸媒与网络阅读形成了如今的共生关系。但纸媒业界（取纸媒报刊书大出版范畴）的恐慌暴露了业态的内虚，造血功能萎缩，胆气要么壮得吓死牛要么弱得碾不死跳蚤，虚张声势和自己吓自己构成业态内虚的两极。

不可小视的是，以信息资源为竞争优势的巨人谷歌、亚马逊，以网络收费阅读尝到甜头的起点中文网、中文在线网，在首轮竞跑中具备了领跑姿态。网络阅读才小试牛刀，仅仅用了超链接一招，辅以便捷、高效、便宜、流媒体植入、DIY、定制几个小策略，就与纸媒堪堪打了个平手。客观地说，现今网络阅读在技术尤其在受众消费感受的捕捉层面还处在草台班子阶段，相对于纸媒，网媒在以上方面的丰富和成长空间要大得多，网络阅读带给世人的诸多可能还在后头。

纸媒与网媒之争未见分晓，电纸又瞅准纸媒与网媒的软肋，高调杀入这场阵仗中来。这软肋形象地说就是：电纸比网媒更像纸，比纸媒更具备实时交互性。

如果摒除纸媒崇拜和纸媒依赖，效果驱动机制使得电纸取胜的概率大大高于纸媒。未来十年，也许就是三五年内，电纸的兴盛将使得纸媒的存在变得奢侈而艰难。正如今天的我们不可能怀抱竹简、帛书甚至龟甲、石鼓、碑刻去重温历史旧梦，未来的我们也不可能弃出版高效、使用便利、界面友好、成本低廉的电纸于不顾，而非要死抱住纸媒不放。纸媒将被更多地赋予装点门面的价值，或者在档案学、收藏和文物意义上存在，其实用性将随电纸实用性的扩大而日见削弱。这一过程将持续多久还不得而知，但未来的阵仗之烈和结局之静默已可管窥。到那时，手捧一本纸书在航班、地铁或其他公共空间阅读将因其奢侈而形同行为艺术。但对于有纸媒崇拜的少数派，纸媒永远有它存在的价值。出版业态将面临新的一轮震荡和整合，有人死，有人生，有人出局，有人入瓮。对该业态，这一变化是惨烈或激动人心的；对于其他业界，这是一次重新洗牌的绝好机会，业界和业态的模糊边界使得洗牌成为可能；对于受众，情感的割舍不下只是夏日细雨；对于世界来说，太阳底下无新事，不过是日升日落间一件可以忽略的小 Case。

电纸的每一步扩张，都将更深刻地挤压纸阅读的存在空间。未来作为这场终极 PK 的中间过渡阶段，将是电纸与纸媒的共谋共生，即在消费链条上互为补充、捆绑销售，纸媒纷纷推出电纸版，服务增值，产品打包，以电纸界面的友好、互动性弥补纸界面固化、不可替换、无互动性的先天不足；电纸则拉拢讨好受众对纸媒的消费情感和消费习惯依赖，通过打包附送"添头"，满足受众残存的纸媒记忆和纸媒惯性。此消彼长、你死我活的决战格局暂时地掩藏起镝矢和锋芒，竞争暂时潜伏在一种伪平衡状态之中。谁在这场竞跑中打了一盹儿就有可能跌一大跤，谁要是真误以为平衡就是终极目标那就错大发了。反过来，谁要是不管不顾平衡而一味蛮跑，也可能会收获意料不到的一课。

电纸与纸媒根本性的决战将来自阅读界面的竞争，而非电纸技术的电子书将是二者竞争格局中强劲的第三者。电纸取得决战决胜的命脉在于同时具备纸媒的"纸感"、随意写画、原汁原味保留写画的原生性、便条功能及网媒的即时反应、交互体验、流媒体及其他媒体的任意穿梭、复制粘贴的便利性。版权保护和复制粘贴的便利性又是难以解决的课题。当道德规约不可能成其为现实的时候，法规的制约和处罚也许是一条必由之路，可借鉴所谓的下载不制裁，传播制裁。信息及技术边界在电纸这里进一步模糊，界面友好成为用户体验的最高指标。而根本的根本在于电纸阅读器能否上升到如同手机一样让人们须臾无法离开，工具依赖性的建立，直至达到人手一机且不断更新换代到人手多机的地步，只有到了那一天，才能宣告电纸最后的胜利。

退一步看营销

什么是营销？营销就是想方设法将产品卖出去。我相信这样定义"营销"会让一百个人皱眉，也会让一千个人点头称是。皱眉是因为这个定义下得实在太赤裸，点头是因为这个定义说到他们心里去了。图书上市，营销开始。

第一是店面陈列，堆头要够大，最好占据大厅入口、扶梯、立柱等有利地形。最好摆入畅销书阵营。封面要朝上摆放。书给立起来书脊朝外插进书架，差不多标志着一本书生命的终结，至少"畅销"梦做不成了，能不能"常销"也得看这本书有没有常销的命。

第二是店面宣传，各种规格的海报、X展架等各显神通。

第三是排行榜。卖上榜最好，卖不上榜，个别出版人会选择打榜：自掏腰包购自家的书，买到上榜。这个已经不是什么秘密。

第四是平面媒体炒作。这些年用滥了的唬人伎俩包括高价签约，高销售量，高销售率，高点击率，高价卖出外版版权，影视版权高价卖给好莱坞等。

第五是网络媒体炒作。设置议题，制造噱头，利用网民的轻举盲动行为定律充分制造热点话题。

第六是通过发布会、签售会、选秀活动（如"寻找下一个当年明月"、寻找电影小说版作者）等活动聚敛人气，以求辐射到销售上来。

这些都是通则，也是图书营销的重要组成部分。如果排除虚高、掺水的成分，这些手段都行之有效，值得推陈出新地运用到营销实战中去。

观察各家的营销策略，发现大家的营销火药不约而同地集中在图书出版之后。殊不知，生米煮成熟饭，卖相定了，再吆喝也改变不了本质。举个例子，我在贝塔斯曼书友会做采购时，为《瑞典火柴》写了段"8 大女编辑 15 行热泪流遍"的文案，结果那本书在贝塔斯曼书友会卖了八万余册，是其他所有渠道销量总和的两倍，该书也因此列为贝塔斯曼书友会十年十本畅销书榜首。——能够提升一个渠道的购买力，却无法改变新华书店和民营书店总体渠道的市场。人说功夫在诗外，对于营销来说，功夫在营销之外。营销从选题开始，我这种营销观不妨称之为"后撤式"营销观。我之所以有幸比更多同人走得更深远，离市场更近一些，我想与我的"后撤式"分不开。这里就从这些年的实战经验谈谈我的"后撤式"营销观。

一、充分利用舆论领袖的金口玉言

安波舜先生《狼图腾》的巨大成功很大程度上归功于利用张瑞敏等商业领袖的"狼性"话语。当他在网上闲逛时看到姚明说他正在读《狼图腾》，马上利用这条信息，做成一则很有号召力的新闻。都是吆喝，人和人还真的不一样，充分利用舆论领袖的金口玉言，能最大限度地起到意见的放大作用。

二、近似联想加速、深化营销效果

去年做《明朝那些事儿》时，易中天老师正火，于是拉郎配，当年明月PK 易中天，就这么做成了。我一年半前在做《高原上的探戈》时，罗伯特·沃勒最佳的对应因子无疑是他自己的经典名作，于是方寸之地一点两用，该书"《廊桥遗梦》终结篇"的身份凸显在封面最上端，作者名字前面冠上了"《廊桥遗梦》作者"的称谓。拉不来对唱的就拉个垫背的——名人、明星不是隔壁邻居，不可能随叫随到，拉不来意见领袖吹拉弹唱，用其法号在那儿镇着还是挺管用的：近似联想能帮助渠道、读者第一时间了解你的产品。

三、读者是最好的吹鼓手和裁判员

相信所有的出版人都会习惯于分析读者的年龄、性别、文化程度、购买力这类指标。我的经验是，不妨用嘘寒问暖式自我问答取代冷冰冰的指标分析。你了解你的买家吗？你知道你的买家是谁吗？你知道你的买家在哪里吗？你知道你的买家需要什么吗？你知道怎么让你的买家能够第一时间找到你吗？别急着点头，我们很少设身处地地想过读者的感受。当我做《盛开》《文昙》时，我成功了，因为我了解我的学生、家长、老师读者买我的这类书看中的是能找到行之有效的作文范例。《明朝那些事儿》光环的背后大家容易忽略后勒口的"本书大事记"，尤其是封底的读者评语。调查一下有多少读者是先喜欢上这些评语才爱上这本书的会是一件很有意思的事。该书封底采用的读者评语可以作为经典营销教案。"归纳中心思想形成条件反射的学生""前学生，中关村太平洋柜台 IT 精英""热心中学教育者"这样的读者"身份"定位让读者看到了作为出版人的我的一颗认真的心：头垂得离读者很近。读者自发地帮我们鼓吹，市场的成功培育指日可待。

> 作为朱元璋的后人（家谱为证），能够看到你这样好的文章真是三生有幸。
>
> ——竹筏渡海（网友，有家谱证明是朱元璋 X 世孙）

文章以通俗的小说方式，用瑞士表匠的耐心，德国制造工人的严谨，法国酿酒师的情怀，美国戏剧演员的幽默（化身为魔语）讲述了 600 多年前那段波澜壮阔的元末农民起义，并将继续讲述至明末的 276 年历史。此文做工严谨而不乏幽默，可做明史普及读物，也可用于茶余饭后消遣，皆是居家旅行、学习阅读、无事消遣之首选读物。

　　　　　——接近真理的理（网友，归纳中心思想形成条件反射的学生）

　　我的读后感：1. 成功者一定是经历许多磨难的，只有这样，朱重八才是朱重八。2. 为人之道，处世之道——做事不要太专心，开始做人时要低调。3. 权术是很重要的，不懂权术，就不是朱老大登位而是兄弟们当皇帝了。4. 大脚女人可以旺夫。现在女生都不裹脚了，随便找谁做老婆都可以放心了! 5. 明朝那些好玩的事儿课堂上学不到。

　　　　　　　——趵突泉良民（前学生，中关村太平洋柜台 IT 精英）

　　我有个宏大的愿望，希望大伙能坚持不懈地一起将《明朝那些事儿》直接顶入中学课堂，成为每个中学生必备的书!

　　　　　　　　——潜水潜到 2008 年（网友，热心中学教育者）

四、大打感动牌

　　《冤鬼路》的成功在于"生死殊途，轮回捉弄，我们在相爱的瞬间离别"这句书眼，几乎就是该书的"主题思想"，几乎说出了人间之爱通常会有的悲戚。购买《心中有鬼》的一部分读者就是看了那句"红尘万丈，怕我寂寞，于是，你守在这里"怦然心动才掏钱完成购买行为。《后宫·甄嬛传》出了"小说版《金枝玉孽》"这一近似联想的招儿，"每个女人心里都有一座后宫"无疑恰如其分地营造了女性阅读气氛，赢得了女性读者的心理认同。谁打动了女人，谁就赢得了市场，所有人都明白这个道理，只是很少有人能真正做到。

五、精准的定位能有效提高营销命中率

"解密官场潜规则"（《交易》）、"一部五十年前流传下来的千年古卷"（《盗墓笔记》）、"一个五百年前设计的风水大局，神秘学盗墓小说流派开山之作"（《传古奇术》）、"英雄时代的铁血史诗"（《亮剑》插图典藏本），精准的定位胜过胡子眉毛一把抓，能命中靶心别一梭子打烂整个靶子。须知，神经元接受单点刺激的强度要远远大于散点、多点刺激带来的强度。放弃是一门艺术，懂得这个道理又真能割舍的人不多。

六、书眼和封面，营销制胜的两大法宝

"后撤式"营销的两大法宝是书眼和封面。前面较为周全地谈到了营销法宝之一——书眼的方方面面。书眼犹如一本书的一双眼。封面作为一本书的一张脸，地位当然非同小可。我偶或夸耀一下同业封面做得漂亮，听夸者一般都会委屈地回一句："可是我们的书卖得不好啊。"这就是问题的症结：封面漂亮的同业秉持的是美学，而我秉持的是市场美学。封面如同很多事情一样，不在多美，而在于是否合适。我做《后宫·甄嬛传》《婚姻门》《七年之痒》《婆婆媳妇那些事》《房比天大》《心中有鬼》要的是"讲究"，设计上讲求细节，讲究而不失大气，大气又不流于简陋，所以深得女性喜欢。在做《政协委员》《交易》《青囊尸衣》《明朝那些事儿》《盗墓笔记》《铁血抗战》等书时，讲求一个"糙"字，因为这部分图书的受众群体主体为男性，尽管如今进入了"消费男色"时代，我这部分书还是只做给"糙男人"看。

热门图书选题大预测*

　　睽违《出版营销》有时。承诺给三石兄写一篇专栏文章后，我搜罗脑海，发现空空如也——原来我已尽脱"说匠"之气，彻头彻尾实操实干了。去年5月漫友任职满两年后自己单干了，承蒙各路故交新朋看得起，邀我继续在出版行业发光发热。说说我一年来都干了些什么，估计有人不爱听。说说《吹灯录》怎么搞的，几个大部头怎么搞的，有人爱听，我暂时还不爱说。想想还是做篇玄而又玄的"大文章"吧，预测一下未来两年内的出版大热门。不一定能达到三石兄说的"技术含量"——我且胡说来着，听者姑妄听之。

　　未来一两年的选题中，2012 是个高频词。在这一年迎来民国百年，民国史、民国解读解密、民国人事物、民国趣味等将成为书市热门，与民国交界的晚清则会搭民国百年的顺风车引发新一轮钩沉热。至于说到哪个份儿上，各家有各家的尺子。我想哪些档案可以解密，哪些人事可以开说，哪些暗角有人突入，哪些浅滩有人深挖，应为出版界和读书界共同牵念。"白话说史"之外，若有"民国编年史""民国人物志""毛泽东与蒋介石""知识分子与民国""民国期刊""民国名流""民国名伶""民国向何处去""共和"等精做又不流于刻板的选题，则深得我心。

---

　　* 本文首发《出版营销》2010 年第 5 期丹飞专栏。

2011 年则是我的母校清华百年校庆，学人、学子冠冕与清华百年光辉相映，应有大批选题凑热闹，其中应可见到个别好书。探讨学术中国、教育中国当是知识界、高考学生家长中间的热门话题。我个人趣味而言，期待深入的是一手的人物传记、文物发掘、资料汇编、学养微观。早在 2010 年 4 月，清华大学校长即带百人团队浩浩荡荡开往美国哈佛、麻省、伯克利等名校开启为期一年的百年庆典活动，其热可知。当然，清华热只是局部热。

相形之下，如果能够通过出版审查，"2012 恐慌"则会带来灾难、命理、风水、禅修、冥想、宗教、心理类图书的出版、传播小高潮。

另一重大趋势是，"一战"百年、"二战"胜利 70 周年将提前进入出版视野，全景描述型（如我在做的《二战秘史》），战区型，战争战役型，"战神"及战争名将型，政治及军事首脑型，小人物视角型，战斗团队型，武器装备型，谍战及其他类型战型，战略战术型，等等，都会浮出水面。从文体看，可分为视角描述、回忆录、日记、书信、文献辑录、小说等，从表现形态上，文字型、图文型、图解型、"图说"型、漫画型将会同台开唱。战争题材图书有着群体情绪、记忆的代入需要，也顺便满足了读者某些想象的可能。

中国人是什么时候"猛醒"且意识到自己是"大国民"的？哪个作者回答好了这个问题就是一本好书。中国政治、外交不称大国，民众认同的同时，无法遏制胸间洋溢的大国冲动。如何定位中国的世界角色？党和政府有考虑，民众也有自己的思考。如何还原中国崛起的本相，去妖魔化，去幻想化，去泡沫化，则是智识阶层、图书市场亟待的。也许在近两年内思考"中国百年"还为时尚早，但也未必。民众层面的"未来四十年发展纲要"不失为一种有益的探讨和建言。而深度解剖美日中德俄或美日中，深度解剖世界新能源格局、世界话语权格局、地球生态链，则同样大有功德。

80 后大热过十多年，该轮到 90 后了。90 后话题的兴起相比于当初 80 后话题的来势汹汹显得有些暮气，对于热衷于扛旗呐喊立山头的文坛来说有些不那么像话。也许是 90 后价值取向更趋多元化，也许是有热血的中年文学评论家们美人迟暮而后继乏人，也许是文学加之 80 后的荣耀轮到 90 后这儿已经所剩无几，而层出不穷的"潜规则""门"宣告泛娱乐时代的到来，一夜成名、文学富豪的难度系数远远高于贩卖隐私、网络注水、作秀，文学（尽管写作内涵远不止文学，但我们早习惯了断章取义）成了最不吃香的一块贱骨头，吸引的只有被文学梦冲昏了头脑的个别 90 后。但也有例外，河南名作家张宇的千金张笑尘就是 90 后文学高手，小小年纪写作功底了得，却也兴趣广泛，成绩优良，但她明确表示"长大后"不会以文学为职业——也许 90 后的这种有距离的爱才是文学活水。

　　以上民国热、"一战""二战"热、时政热、代际热之外，郭敬明作家群、余华为代表的"经典"畅销书作家群、新生代畅销书作家群则会持续发力，未来一两年又有谁会位列畅销书作家群？发生了才知道。

"微世纪"图书营销进入定制时代

当张小波在微博上放出"当代文学基本算是玩完了。作家和评论家相互交媾,互为婊子也互为牌坊"的评判,我们知道,张小波有新书要推了。当然,我们还知道,图书营销已悄然进入定制时代,惊人之语的勃发只不过是图书营销定制时代的一个小小的注脚。当《甄嬛传》面临杀青,作者流潋紫的婚礼也迎来了电视剧主创的到场贺喜,意味着我们旗下《后宫》《婚姻门》《货币家族》《房比天大》《草莽》《荡寇》《老少爷们拿起枪》《七年之痒》《婆婆媳妇那些事》等二十来部长篇同时投拍电视剧,一年中我和我的作者、影视剧改编和编剧这块创造两百来万利税,也算为 GDP 做了个小贡献。影视从图书而来,图书与影视深度嫁接,也是图书营销进入定制时代的一个显著标志。

还是张小波,嫌那句话的杀伤力不够,再度埋下地雷:"突然发现,微博上最为无趣的就是明星或一些演员发的博。他们要么转些无聊的……格言,要么说些言不及义……的闲言,这全是艺术院校降低文化分数录取学生的恶果呈现。"这颗雷让他"如愿"了,立即招来了明星的主动对号入座和明星粉丝的围歼,此举也被网民归结为"赚点击"行为——24 小时两千多条回复创造了他单条微博的回复纪录。难道张小波改行做"微博控"了?怎么会,果然,说完两会代表"没文化"不提案奖励开办小书店,顶完南京梧桐,指戳完

"名知识分子"，砖拍完作家评论家，笔挑明星之后，刀锋一转，送书了，一送就是 500 本《红楼梦八十回后真故事》。微博送书不新鲜，送个十几二十本的天天可以有，送 500 本开先河了。白送吗？才不，去《刘心武续红楼梦》签售现场才送，尽管不一定因此就能把网民拉到签售现场拉高人气，但眼球效应达到了。难道张小波变身"愤怒中年"了？合理的推测是，时隔不久凤凰联动应会推出与此星有关的图书。"眼球经济"的爆点是眼球，实质是经济。

好多人不提新世纪了，但不得不指出的是，正是进入新世纪，新媒体带来的飞跃式革命，深刻地撼动了人类使用了几千年，在电话、电影、电视时代得以深度嬗变的生存方式和思考方式，正是在这个意义上，我把 21 世纪命名为"微世纪"。我所称的"微世纪"和"定制时代"是一对双生子："微世纪"必然带来个性定制，有定制必然走向"微世纪"。定制的特点就是小众化、分众化。对受众和信息的合理切分，在细分市场做文章，是电玩、网络、家电、服装、女性用品、学生用品等领域的商家惯用的杀招，具备缓慢"进化"的"史前"特点的出版业则在最近才学会。出版业的招数总是落后于其他业态，这也就是为什么原是"他山之石"的华楠可以凭借《藏地密码》《我们台湾这些年》等书异军突起，迅速为人瞩目。

"新闻语言"（在我的语汇里特指包含新闻点、炒作点、热点、看点的语言）甚至是"自杀式"语言的运用在哪个时代都有市场，但在"微世纪"发挥到了极致，搜狐微博、新浪微博、腾讯微博、豆瓣社区、天涯社区、猫扑论坛等热门站点高度的互动性几乎达到了零延时，使得人机交互上升到了人人交互的层面，且获得了保真、仿真的效果，跟人际交往人际交流几无分别，除了没有眼神交流，不知回应你的对方"是人是狗"。送书、促销、见面、签售等地面行为向网络的延伸，并无实质的开局意义，只不过是增加了一个互动路径，且不会给图书销售带来多大的促动。相较而言，"新闻语言"的重要性则大得多。哪怕是"自杀式"语言，起到的惊吓效果可将新闻受众的注意力直接或间接引到商品（图书）上来。但定制时代的零延时零障碍反馈机制，决定了缺乏技术含量的目标导向只会招致群殴而致中途夭折。以微博为例，信息的多元，决定了不能持续刺激微友神经，持续引发高转载高回复的微博很快就会被包含真信息但多杂以废信息的巨浪淹没。

微博另一重大特点就是它是个零干扰多选择的"无限电台"，每个人都可以选择自己关注或收听谁的"电台"，只有你关注或收听的微友的言论（微博）才能进入你的场域，才有可能拥有为你所知的"资格"。被选择的信息才可能形成有效信息。

即时互动降低了人际交互的时间成本，提升了人际交互的效率，强化了人际交互的效果，可选信息源限定了哪些信息源可以准确到达，哪些信息源被滴水不漏地屏蔽——完全屏蔽掉非主动选择的二次信息源也不是没有办法，可以采取一招挥刀自宫式，把带来二次信息源的微友排除在关注或收听之外。这在某些程度上完整地拥有了面对面人际交往的特性：圈子的划定，圈子的融合，圈子的排异。"冷血""没人性"的新媒体正是暗合、导引、利用了人性从而变得热血变得人性化。"圈子"抱团的特性在"微世纪"可望得到适度的开解，关注的自由度决定了圈子接纳和排异的效率迅速跃升，因此相关度较高的图书可以集束营销，比如我手头的《历史中国》《历史是怎样炼成的》《历史从头读到尾》《世界历史有一套》《世界有一套》，一次成功的营销可以带来链式反应。你可以说定制时代稍嫌肤浅，甚至诟病它撕去了人与人之间温情脉脉的面纱，但你不得不接受的事实是：定制时代低碳节能绿色环保不说，还削减了面对面时代人际交往的过度沉溺和被动消耗，更何况还带来了群落共生的乐趣，哪怕你诟病这乐趣也许是虚拟的。

电子出版：有京东，大不同[*]

京东首次大举进入出版话题是京东书城的昂然崛起，而且是在一夜之间。网上书店的勃然而兴，地面书店甘苦最知，以至于地面书店自嘲其存在的最大价值是具备图书"预览"功能——新华书店翻翻书，网上书店下下单。之所以采用地面书店的说法，而不说传统书店、实体书店，是因为地面与网上"对仗"工整，均以展示和销售、消费媒介命名。随着网上书店在年轻人群中的普及，网上书店也成为这部分人群的图书消费"传统"，地面书店的"传统"特质已不明显。而由于网上书店和地面书店都是企业实体，单称地面书店为"实体"也失之偏颇。我知道的出版社（商）和地面书店联手针对网上书店（及书友会）的大规模行动有两次，这几年，在前者屡次起意对付网上书店的行动之前，早在2005—2006年，前者谋划联手抵制贝塔斯曼书友会采购折扣，因为贝塔斯曼的采购折扣一般是40%，而地面书店的采购折扣一般是55%（针对民营出版公司）或60%甚至更高（针对出版社）。采购折扣的利好决定了销售折扣的利好，也部分地影响了短时期的图书销量和读者的消费黏度，从而在一个较为长期的时限内影响了书店和出版社的生存质量，并最终决定出版机构和地面书店的生死。出版社和新华书店因为带国字头而在竞争中得以保

* 本文首发《书香两岸》2012 年第 5 期丹飞专栏。

全，葬身书海的往往是民营出版公司和民营书店。如果说民营出版公司的退出还不足以掀起巨浪，那大型连锁民营书店的猝死则常常引发地震。针对读者层面也同时更实质地波及出版人的地震是：还有人读书吗？针对民营出版公司的地震则是：欠款黄了！前一地震还爆发在心理层面，后一地震则可能直接宣判部分民营出版公司活体陪葬。

网上图书业务大户当当网运作十年才开始盈利，京东则宣称三年内图书音像业务不打算盈利。他们没疯。网上书店的价格战拼的是战略也是战术，一在培养具备相当黏度数量足够庞大的用户群，二在将低利润空间的图书销售作为驽马，玩"赛马"游戏。玩图书价格战产生的亏损额如果远远低于达到同等宣传营销效果所需花费的广告费、公关费投入，庄家则赚大了。相比对竞争者噱头华而不实的诟病，京东则只受到过服务器故障的微词，也就是说，京东玩"赛马"是真玩，真下本钱。更低价格，更多实惠，使得京东书城有持续催长之势。这种资质背景下，京东进入电子出版领域的发展前景吊足了大众胃口。

说京东独具狼性是不准确的，至少在我的视野范围之内，做出版的不少人都有"出版死了，我最后一个死"的妄想。"最后死"并非独撑理想大旗，而是把别家"做死""耗死"。以往我们常说中国企业缺乏狼性，安于现状，太容易满足，铁的现实告诉我们，中国企业大多想做狼，只是在壮大到狼之前，先伪装成羊。当我们把出版"头狼"的帽子戴到京东头上，无疑是名实相符的。大张旗鼓放出狼性荷尔蒙，又把狼性行动贯彻到底的，好像也只有京东。这种表里如一的狼性，是京东的 ICON（标识）。这一标识也使得京东在一路攻城略地的过程中，也授人以咄咄逼人、破釜沉舟之类的口实。代表性的质疑是："做人怎么能这么不厚道。""不给人留活路，不给自己留后路。"而不厚道、不留后路恰恰是京东为代表的狼性企业的商道。这事的另一面是，这种表里如一和由此带来的非议，恰恰又促使京东从嘴上合作共赢，手上置对手于死地的腹黑型中国企业文化中脱颖而出，这对习惯了口是心非说一套做一套的酱缸文化来说，与其说是一个异数，不如说是一汪活泉。因此京东有什么动作，都不应奇怪。如果非得促狭地认定京东这种"不择手段"的困境求生乃"小人"行径，那么它就是"坦荡的小人"。谁都知道，宁交这种"坦荡的小人"，不交满眼皆是的"卑鄙的君子"。

电子出版领域的蓬勃兴起面临这么几道坎：一、版权合法化。正经做电子出版面临的劲敌就是各类别新媒体运营商对版权的非法无偿占用。有偿使用和无偿占用，成本不一样。一家的有偿使用和多家的无偿占用，则有堂吉诃德大战风车的悲壮。二、收益可信度。相较于纸质图书多年形成的版税制、千字稿费制、买断稿费制，作者和版权方从电子图书业务获得收益有点儿太朦胧。电子图书运营方为了降低运营风险，小范围使用保底加分成模式，极少使用买断模式，最乐意采用大一统的分成模式。结果就是分成是挂在驴脸前的胡萝卜，看得见，吃不着，几年合作下来，作者和版权方可能颗粒无收。这不是道听途说，这是我屡次善意信任多家电子书运营方得到的现实回报。所以在无法验证谁会撒谎的前提下，我优选买断模式，次选保底加分成模式，纯分成模式能不选就不选。三、用户黏度。在电子出版大战中胜出最终取决于对用户阅读习惯的培养，吸纳数量庞大的有足够黏度和相对购买力的读者。以京东的商业个性，这三道坎对京东都不会构成太大问题。有舍利做大的眼光和胆气垫着，京东有望创新电子出版领域的运作模式，从而根本改变电子出版版权无序、收益无望的格局，作者和版权方将直接从中受益。这也是我为什么对京东唱好。

有意思的是，有感于网上书店的价格战，为保"长子"地面书店（主要是新华书店）和出版机构（主要是出版社），中国出版工作者协会等三协会联合发布《图书公平交易规则》，所谓图书出版一年内不得低于八五折销售的"限折令"。即使该规则没有因为违背反垄断法等相关律条被废止，在现实语境下也不可能行得通。达成限折唯一"可行"的损招是，再发第二道限折令，限定各出版社不得低于某个高折扣，比如七五折批发给各门类书店。这种从生到死，从婚配到生子都大包大揽的家长制搞法，门外汉看着也会替他们捏一把汗。行业主管部门早不再把民营书业看作"大毒草"，可以想见，主管部门将电子书业务视为吞噬纸质图书出版业的洪水猛兽加以打压的可能性也近乎为零。

可是来自出版社（商）和地面书店的声讨会成气候吗？前面提到的两批次讨伐行动，最后都不了了之，精神层面的原因是国人"共事"难做到个"共"字。枪口一致对外？开始也许是真诚的，过不了几时就会从"堡垒"内部瓦解，一边起誓战斗到底，一边地下运动"求招安"，是所有联盟行动最大的真相。"求招安"也有物质层面的支撑——"大傻"们固守堡垒，我珠胎暗结吃独食。除了联盟的不彻底性之外，还有出版者从业数量庞杂的因素，即使参与联盟的出版机构铁板一块，也毕竟只占总量的一小块，网上书店（及书友会）完全可以和打压联盟之外的出版机构合作。而实情是，越来越多的出版社意识到电子出版的春天——哪怕还是乍暖还寒——不可遏止地来了，在与作者签订纸质图书出版合同时倾向于同时签下电子图书版权，图谋多一份收益。另一版权大军就是我这种作家经纪人，作家作品的所有版权都在我的手里。这两块力量都在呼唤京东这种买家更多凸现。

写诗的回忆 *

聊作数言，曰自序。

姑且谈谈诗歌创作的背景，并特别地具象于几首诗。

大概人生而为诗人，只是人自身常常没有察觉罢了。

我这样断论没有唯心的任何成分。更遑论自我标榜，似乎我在宣称自个天生是个诗人坯子。

我是指诗的心地和眼睛。

具体说我几岁开始有创作诗歌的雅癖无法分说清白，大约缘起于信口对对子吧！想是对于才子风流，所有幼小的心灵里都有躁动不息的崇拜艳羡。当时对李白、纪晓岚、李清照的故事遗风最为钦仰，其时的眼睛看重的是风云际会、风光绮丽的化境中才子们逸兴骋怀、峻拔窈窕、飘忽尘外的气度神韵——光他们长衫曳地、大袖飘飘的身形，已足够我向往的了。这样，后来的诗歌创作经历中不免稍稍掺杂一些幼年种下的养分：年少时喜好露出聪明样，再大些诗作缠缠绵绵，之后崇尚飘逸、灵动、不羁。只是宗宗取不到真经。现下缠绵是不愿了，却试图摆摆小聪明，试图呈现一派落拓气象。

---

* 本文为丹飞首部诗集《五月的流响》（作家出版社，1999 年 9 月）自序。

　　我不是饱学之士，生来似乎不愿动脑，记忆一门在我难比登天。加之见识浅薄，于诗歌各门各家（这里指中国以外：比如瓦雷里，比如里尔克，比如艾略特）竟是均无见识。创作中只是信手拈来，自以为另成一番潇洒。

　　我的写作偏好心猿意马，游目四顾，兴之所至，落笔成诗。放纵得足够，收敛不足。此集中《短歌待炊》《响器》这种倾向就体现得十足。

　　我在语言的放牧中，常常平生几许快意，驾驭语词在我，较之旁征博引、左右逢源更为便宜。比如诗歌评论《直白的表述，或遗嘱》中自说自听的诗化语言及评论语言，《我们期待所有响亮的日子》《青春作证》等篇汪洋恣肆的表白和铺叙。

　　诗歌娩出有四种状态：不得不发，有感而发，勉而为之，搜肠刮肚。渐次而下。我时常是身处四态而不自知。——其实相较于庞大浑厚的生活，渺若我等众生，能够喊出自己的一声已是多大的福气！

　　开篇《抱紧这五千年的记忆》系应试之作，当时是 1994 年年末，我刚上大二，诗题由中文系赵立生老先生给出。附带提供闻一多先生的几首诗作。其中出现"文化　文化""咱们的中国"的呼喊。赵老先生明确说明不得写作诗歌。也是年轻气盛，细细琢磨后还是选了诗歌，五页稿纸占得满满当当。此后中文系的诸位老师未加苛责，给了唯一的一个诗歌奖项，后来在樱桃沟"一二·九"纪念塔前由中文系 1995 级才女朗诵，算是给了它在声音的磁场中嘹亮的机会。我根本没有想到，我的诗歌从女孩的嗓子里发出可以那么好听。

　　若是稍加分析，可以发觉此篇的用意使力、布局谋篇原来简单得无法再简单：起篇—始祖—古文明与封建—近现代—新生—结篇。这般在肚子里翻炒一通后便觉索然无味了。由此得证诗很少经得起剖析。

　　这篇连同我的绝大多数诗作一般都属急就章，一气呵成，几乎没有给自己喘息的时机。

　　此后如《抱紧这五千年的记忆》这般意境清澈、明白如话的作品很少创作了。

急智大凡诗歌创作者都有。我另外有着"逼迫"自己出活的门道。1998年4月至7月，我在教研组里度过一段刻骨铭心的创作岁月，通宵疯狂写作，工作之余，我写作一个关于三峡大江截流的教育片剧本。那时的文章中写道："我看见白天在窗帘外隐去，又看见白天从窗帘外打开。"——我很感激导师王慕正先生给我这个机会。5月8日、12日夜间我就分别创作出三篇，5月9日夜间则创作了两篇。这种疾如奔马的创作势头现在回想起来仍是滋味犹存。

我的诗作中有近三十首（组）受到奖励，也因之得到过奖学金，多有发表，一些选入诗集、诗历等选本。但我更看重的是小作得到的评价。有一个有趣的现象：《想象我的手指是一匹纷乱翻飞的野马吧》《看毕业分配，知道生活多么来之不易》《我不忌讳说出一个名字》，诗人梅绍静给予很高评价；后来《诗刊》却只选择了《想象我的手指是一匹纷乱翻飞的野马吧》及另外一首《少女们不懂》，这是我在该刊上首次亮相；等到中国文联出版社编选"中国新时期二十年诗选"时，却是选择的《我不忌讳说出一个名字》《少女们不懂》两篇。英雄所见略同之外还有一个见仁见智的问题。我自己偏好《我不忌讳说出一个名字》。始终刻骨相爱的便是"中国少女""白发亲娘""我的祖国"，"稚嫩甜美怀人的少女""攀起相思的帆"，"年迈腿笨的老母""把自己悬在日日奢望的高度"，"航进中的祖国大船""期待每一篇情绪激烈的火"，自然的血性的诗人"不再专躲在一枝玫瑰的背后看你"，自然"我的眼睛已经失去重量"，不由我的胸腔不发出"我肯定以公民的名义站成您胸腔里最热烈的那滴血"的震撼与誓言。这是真性情，乃真血性。"愤怒出诗人"仍然期待着类似写作《我不忌讳说出一个名字》时的激情。

试图写出诗的节奏感、音乐性一度是我的追求。几乎所有诗作都适于口诵。这也部分归因于我对诗的间架结构、结词方式的着意。《短歌待炊》中0、3、5与《破开》属于故意断开句子，如此当可达到吸引读者视线的效果："心太亮/身子便震了一下。"这是我常常喜欢尝试的方式。《我的乡村》中阶梯式的布局方式十分常见，更易打动读者眼神。而我最常用的仍是自然成篇的铺叙，毕竟最触目的厚重仍然存在于平淡无奇中——表象的平淡中实可包孕更多深意。不抢眼，不喧哗，它正是真生活的底色。以《土地歌行》为例，在毫无雕琢痕迹的句式的行进中，一个意象一个意象地缓缓铺开，它不去刻意捕捉读诗者的注意，而是意在将读诗者的眼光更多地聚焦于诗本身——它的乐感，它的意蕴，它的韵味，它的藏在语词背后的深意。平平的面目未必没有《短歌待炊》《我的乡村》美丽。

恩师王燕生先生担心我为现代派所累，指出我个别诗作"洋"有余而"土"不足，真正是一语道破机关啊！索求生活的本真，渴求描出生活真滋味，力图勾勒生活的"土"气"土"味一直是我苦苦寻求的理想。我一直注目于"乡村""土地""家园""家乡"和一切小事物，我意识到生活中那些微小淡泊才是我该着意刻画的事物。先生欣喜我写出《枫丹白露森林速写》这样意象简明、行篇从容、意境明快的句子。我知道，先生的教谕实是值得我毕生力践的法旨。

常常是这样：自己为之血液沸腾的习作交到先生案上也是令先生激赏的篇章。比如《枫丹白露森林速写》，比如《好想变作一朵秋天》，比如《在 C 城以西西望》，比如《土地歌行》。在先生的指引下，我渐渐学会稍稍跳出内心，跳出自爱的屏障，更多地执着于内心之外的事物，那些在暗夜也在灼灼地闪光的事物。上述诸篇及近来的《致陌生女子》《巷尾纪事》《汽车驰过 18 街区》《暗夜倾听鸟巢坠落》等都透露出这样的倾向。世界逐渐数字化、号码化、零件化，为此我作过多次抒发，在《变作秋天》中我描摹世界中的真诚、爱情这些最甜美的情事，淡淡的怀旧以外也没有全盘否定或者抨击。毕竟，时间的脚步前移着。《在 C 城以西西望》中我就生灵生存的权利借助"我这个糟老头子"发言，千年在望，真正的和平与热爱该当成为人人熟知的"千年虫"："面向千年　有虫啦!!! ……"我极其不好把玩符号，尤其是"!!""!!!""?!"一类。但这次我毫不吝啬，连发多枚惊叹。关注牢牢存在于我们眼底耳边而常常不为我们熟知的生活仍然是我最大的眼力所在。《一些透明的随想平静地飞翔》述说的是"东北亚以北这个善良的村庄"，我们可以把它对应任何一个平常的中国乡村。姓氏百家，好汉一百单八条，"第一百零九个姓氏"便不难理解，你可以想它为任何一个生僻的其实是朴素地存在于这块土地上的姓氏，比如"简"，比如"淳"，比如"丹"。《秋天是询问的季节》中我意识到"询问"这个动作的可贵，镰刀与麦秆"金赤赤地接触""总催落黑黑麦地""笑容满口"，"站在村口的孩子/举起脖子给大雁一具/离家的灯塔"，少女关于青春、生存、命运的打问集中在"翻开"又"合上""住在少女手心的皱纹"，这些鲜明的金黄色的景象，每次读来总有一阵暖意流溢心头。上面提到的《巷尾纪事》《汽车驰过 18 街区》两诗中分别关注"巷尾"和"18 街区"——可能就是你我（曾经）印满脚印的那尾巷、那条街。《巷尾纪事》中我着力描画"巷尾"里的生衍变幻，带有稍微褪色的淡黄色照片的风趣。这点颇似我的其他多篇作品。我总刻意寻找这样的意象和感受。《汽车驰过 18 街区》缘于我乘坐日产 4500 型汽车（流行的称呼就是"4500"）从下面——待在省城，把本省各地区、市县称作"下面"，不知道我们这样思维时是不是忘了根在哪里、忘了身上的血和骨头——回来，经过一处小镇，望着窗外，心里面突地一震，于是涌起写作此篇的冲动。只是实际创作时另糅进我生长的湖北农村、小镇、小城，糅进我曾生活过的长春，糅进我时刻想念的北京的某些街景，当然更大的来自想当然，甚至包括未来时态：定价 20 元人民币的其实是您手中这册诗集（诗中没有明说）。我时常有着冥冥中的未来就是模糊的过去的怪念头。这一次，现时态的我从"4500"的窗口窥视了未来时态我的尴尬：激奋多时成就的纸张羞涩地躺倒在北京的街头，巨大的霓虹灯，巨大的广告牌，巨大的寂寞。

　　尝试写作另类题材、体裁常常不是由我决定。往往一个念头袭来，自然而然地周身勃发出一种向上的急切，引领我跃跃欲试，总想着该去完成什么，这时候一般来说思想和词句总能跟上节拍的。散文写了不少，集中选了两篇。《小飞先生小照》调侃地论及自身，算是自画像之列。《亲近自然》为一个早起的冬日，鹅黄、晕红的天际刺激我写点什么的欲念，落笔时正是 1999 年迫在眉睫了。两篇均是奋笔疾书：前者奋笔，后者却是"奋机"——在纸上顶多划拉下寥寥数行，录下备忘的几字，手指在键盘上的奋力敲击更能暗合思维的流行节奏。为少年写点什么一直是我的梦想，因此诸如《春天因为你而美丽》《我无数次拥抱童年》《四岁的故事》《青春作证》《和声四韵》《乐园》等一而再、再而三地出现在我的笔端。这样的出现使我花费满当的两个白天一个黑夜就拿出近万字的儿童小说《谁当选红花少年》便不足为奇了。

创作文艺批评在我也不是初次，1993—1998 年我在清华读工科时就分别在徐葆耕、张玲霞、蓝棣之先生的文学课上写作过影评及文学评论计 4 篇，都得到先生们的赞许，并给了不错的分数——对目前的学生最"实惠"的奖赏。但自 1998 年 5 月我大面积地推出诗歌作品以来，散文偶尔为之，文学批评再没提起过，《直白的表述，或医嘱——读两首女诗人的诗》介于勉而为之和有感而发之间。其实在文中我更多地抛开了两篇文本而专注地阐发一己的感慨，更像一篇诗观剖白。而之所以借用以前诗作的题目乃在于两篇文本"打中"我的瞬间只有此题蒙上我的"天眼"，实在想不出更恰适的表述。

拉拉杂杂谈了半天，只是拣了小若火粒的思想琢磨下来。但看啊——

　　一些光在体内打开
　　一些手掌照亮了骨头
　　一群羊赶进草海
　　一群牧鞭在羊背上炸响……

1999 年 6 月 19 日

一本书

的诞生

《廊桥遗梦》终曲：13 年后抚慰中国读者[*]

One glance toward the heavens on any given night reminds me of my unimportance measured against the great sweep of time and space.   —— Robert James Waller

夜晚仰望苍穹，如聆天启：在浩瀚时空面前，个体如此渺小。

——罗伯特·詹姆斯·沃勒

【上海讯】时隔 13 年，曾形成轰动效应的畅销书作家罗伯特·詹姆斯·沃勒推出《高原上的探戈》。至此，"廊桥三部曲"画上了完美的句点。"我只为高智商的人写高智商的书。"沃勒在接受该书中文版编辑丹飞采访时说。除了《高原上的探戈》，丹飞在贝塔斯曼亚洲出版公司引进的国际超量级畅销书包括 2005 年布克奖得主约翰·邦维尔的获奖作品《海》及《证据》《雅典娜》《鬼》《无法企及》，伊恩·麦克尤恩的新作《星期六》及《阿姆斯特丹》（1998 年布克奖）、《钢铁森林》，尼古拉斯·斯帕克斯的新作《忠实信徒》及《瓶中信》《恋恋笔记本》，《马语者》作者尼古拉斯·埃文斯的新作《分》，

---

* 本文原为丹飞应贝塔斯曼总部要求，基于其对《廊桥遗梦》作者罗伯特·詹姆斯·沃勒所做英文采访，以第三人称写作英文版"上海讯"，发表在当年贝塔斯曼总部官网上。另由丹飞翻译成中文版，发表在国内媒体。一个惊人的巧合是，沃勒接受丹飞采访的日期是 3 月 10 日（2006年），其仙游之日也是 3 月 10 日（2017 年）。

《死亡日记》作者凯西·莱克斯的新作《十字架上的骷髅》，杰弗里·阿彻的新作《凡高自画像》，《夜访吸血鬼》导演、《哭泣的游戏》作者尼尔·乔丹的新作《亲爱的影子》。其中大量作品荣登《纽约时报》畅销书榜首，获选《纽约时报》年度 10 大好书，亚马逊 50 大好书编辑之选、读者之选。

《高原上的探戈》由贝塔斯曼亚洲出版公司引进，与辽宁教育出版社合作于 2006 年 1 月出版，由贝塔斯曼与辽宁教育出版集团合资成立的全国首家合资发行公司辽宁贝塔斯曼图书发行有限公司发行。《廊桥遗梦》《梦系廊桥》《高原上的探戈》合称"廊桥三部曲"，成为当代文学史上一个绕不开的阅读话题。由奥斯卡奖得主伊斯特伍德和梅尔·斯特里普担纲主演的电影《廊桥遗梦》的热播无疑对"廊桥"热起到了推波助澜的作用。"廊桥"甚至被当作美国历史文物加以保护，全世界每年都有情侣来到此地拜谒，让名著名胜见证自己的爱情。作为《廊桥遗梦》的终结篇，《高原上的探戈》引起媒体和读者莫大兴趣。截至记者发稿之时，报纸相关报道已达 50 余条，其中《中国图书商报》等媒体均以超过半版的篇幅报道该书。读者也不吝溢美之词："从清晨到黄昏，未曾进食，一直躺在床上，将这本书一口气看完。我知道，有可能还要再看一遍的。这部书对情感的描述要更为冷静成熟一些，而且有一个完美的终结。""出游装备：《高原上的探戈》、五月天《知足》唱片、Beatles 唱片。我听着车里 Beatles 的老歌，看着《高原上的探戈》，感觉生活可以是如此的简单，简单到对我来说是一种奢望。"读者们甚至争相传阅这本书，有的认为本书触到了现实的痛："我犹豫了一下，才给你推荐的这本书。之所以犹豫，是由于这本书所揭示的内涵，和目前你们所面对的现实太相像了——不到最后一刻，我是不愿放弃美好的希望的，我不愿这本书里的悲歌在美丽的丹巴唱响……"

《廊桥遗梦》盛行之时该书编辑丹飞还是个高中生。据称正是《廊桥遗梦》将畅销书的概念引入中国，《廊桥遗梦》在全球已售出 1200 多万本，时至今日，人们仍然在阅读和谈论这本书。本书在 20 世纪 90 年代引发的那场

"婚外恋"话题之战犹如一场风暴，影响了整整两代人的情感和阅读趣味。编辑引进《高原上的探戈》时无疑考虑到了这个因素，不过真正促使他下定决心从各大文学出版社"虎口夺食"的却是因为《高原上的探戈》更立体，更厚重，爱情元素之外，更囊括进了神秘主义、印第安文化、木工、法庭辩论、"中心"与边缘的冲突、主流与非主流的冲突等元素。即使仅仅谈到爱情，肉体之爱与灵肉合一之爱在作者笔下也受到了不同待遇。

在贝塔斯曼亚洲出版公司总经理潘燕看来，她的得力干将丹飞赢得了沃勒的心。沃勒不愿意接受中国媒体采访，但乐意与他的编辑对话。中国媒体和读者因此通过该书编辑的眼睛看到了一个全新的沃勒：沃勒在生活中是半个隐士，离开大都市住在农场，不爱出风头，不看《断背山》，不看其他作者的作品，平时热爱看经济学、数学、摄影、音乐、鲑鱼钓专著（他诸多"本职"中的五项），喜欢飞蝇钓（fly fishing，用皮毛材料做成毛钩，模仿鱼儿喜欢吃的昆虫，引诱鱼儿上钩），喜欢围炉夜话，当过经济学教授，出版过摄影集，灌过唱片，兴之所至，会在酒馆弹上一曲。

另据称，唯收视率马首是瞻的电视生态，所剩不多的著名读书栏目之一《读书有用》将于 3 月 31 日录制一期《高原上的探戈》专题节目，由《狼图腾》策划人安波舜先生与丹飞对谈。该节目将在全国十余家电视台播放。

沃勒访谈全文照录于此，以飨读者：

一

丹飞：从《廊桥遗梦》到《高原上的探戈》，都有哪些血脉得以传承？是否可以这么理解：两书唯一的联系就是卡莱尔·麦克米伦是罗伯特·金凯另一场风花雪月的结晶？或者存在更多内在联系？

罗伯特·詹姆斯·沃勒（以下称沃勒）：谈到传承，三部曲里的第二部《梦系廊桥》必须囊括在内。在《梦系廊桥》中，读者已经认识了卡莱尔，相信他寻找生身父亲罗伯特·金凯的故事打动了读者的心。《高原上的探戈》延续了写作和阅读的历险，在这里我讲述了荒僻之地的生息故事，那种徘徊在"主流"边缘却与发展进步及当代社会这些所谓的"主流"毫不相关的生活。与浅薄的实用主义和享乐主义相比，这样的生活方式无异于惊世骇俗：从来独处却从不孤独。罗伯特·金凯和卡莱尔·麦克米伦就很受用这种生活，当然我也是。

此外，这三本书都呈现了——以这样那样的方式——"选择"的主题。比如，《廊桥遗梦》讲述的绝对不是一个"通奸"故事；它讲述的是难度系数最高的"选择"：来自灵魂深处的悸动。

二

丹飞：你没有为《廊桥遗梦》的主角金凯和弗朗西斯卡这一对名角"造"出一个儿子或女儿来出任《高原上的探戈》的主角，而选择了金凯另一场不为人知的风流韵事的结晶。我相信这样做有你的理由。我们是否可以说这是你在表达你的爱情观，比如谁也无法预知何时何地爱情这出戏会上演？

沃勒：别忘了《廊桥遗梦》里弗朗西斯卡 45 岁，金凯 52 岁。从生物学角度讲，怀孕的概率微乎其微。我认为每个人都知道爱情何时会发生。

三

丹飞：横跨 13 年，爱情是这两部小说的主题。《廊桥遗梦》洋溢着无法抑制的思念，而这根思念之弦随时都可能断掉，这里的爱情欲望充盈又苦乐参半。《高原上的探戈》袒露的是卡莱尔与两个光焰四射的女郎的灵肉之爱，以及其他元素。是否可以说佳莉与苏珊娜代表了两种类型的生活方式尤其是爱情方式，一种停留在纯物质层面，一种达到灵肉合一的境界？

沃勒：没错，你抓住了卡莱尔对佳莉和苏珊娜的感受。可不得不说她俩的魅力让人无法拒绝。因为苏珊娜这个角色实在太让人捉摸不定了，我就花了很长时间才摸透苏珊娜的脾性。

四

丹飞：你是否从身边人身上归纳提炼出佳莉与苏珊娜这两个角色？她们身上哪些特征取自你生活中的女人？有一句有名的论断是"艺术源于生活"，佳莉、苏珊娜、卡莱尔、弗朗西斯卡、金凯等角色是否源于生活在你周围的人们？你的个性更多地投射在金凯身上还是在卡莱尔身上？也就是说，罗伯特·詹姆斯·沃勒—罗伯特·金凯、罗伯特·詹姆斯·沃勒—卡莱尔·麦克米伦两对关系中，哪一对相似系数更高？或者说这么附会毫无道理。

沃勒：小说永远来自想象与现实的联姻，因此毋庸置疑，我从来都将我遇见或听人说起的人物以及生活中真实的事件植入我的小说之中。卡莱尔的木工绝技，与"发展"的抗争，其实都是我个人的切身经历。当然，我是罗伯特·金凯和卡莱尔·麦克米伦的混合体，与罗伯特·金凯的相似度略高一些。

五

丹飞：《廊桥遗梦》里体验出来的责任、四天缠绵之后的分离，深深打动了你的读者。《高原上的探戈》里，卡莱尔、苏珊娜相爱相守。一方面，这是一份完美的爱情；另一方面，"缺陷之美"更能撼动人心。你认为这份"完美"怎样像《廊桥遗梦》那样感动读者？

沃勒：我不认同你的观点。我不认为卡莱尔与苏珊娜之间的关系堪称"完美"。在小说末尾，他们的关系其实不甚明朗，正如卡莱尔意识到的那样，他们之间存在着晦暗不明的细微差别。

六

丹飞：我们注意到爱情之外，《高原上的探戈》还囊括进新的元素：神秘，巫术，木工，黑金，悬疑，法庭辩论，都市化与原生态的冲突，印第安文化等。是否可以理解成《高原上的探戈》表达的意蕴更立体，《廊桥遗梦》那样的篇幅无法完整融合进这些元素？

沃勒：如果我足够聪明，所有这些元素是可以融合进一本书的，可惜我没那么聪明。此外，在《廊桥遗梦》之前我没写过小说，当我脑海里形成这个短小的故事，我就将它忠实记录了下来；在此之前我还没处理过这么复杂的题材。那时如果我想表达清楚你列出的这些元素，我可能会写成一个个短篇——就像我在 80 年代所做的那样。

七

丹飞：《廊桥遗梦》已成经典。该书出版之后，封面照片上那座廊桥就被当作爱情圣地。据说 2002 年 9 月 3 日这座桥毁于大火。可否告诉我们真实的廊桥故事？你在《高原上的探戈》里是否设置了类似于廊桥的爱情胜境？《高原上的探戈》一出，"廊桥"三部曲已成绝唱吗？你未来的小说会否涉及《廊桥遗梦》？

沃勒：一言难尽。首先，我不愿意频繁使用"爱"这个字眼，因为爱是发自内心因而弥足珍贵的情感。没错，那座桥毁于一场大火，不过业已复建。《廊桥遗梦》出版之前的几年，另一座廊桥被人烧毁——世上总有一些病得不轻的怪人。座座廊桥固若金汤，以自身的尊严无声地蔑视这些人的胡作非为。"三部曲"包括：《廊桥遗梦》《梦系廊桥》《高原上的探戈》，廊桥系列到此为止。我会创作一个新的"三部曲"，十多年前我就开始琢磨这件事，只是还没形诸文字。

八

丹飞：时代变迁，人生哲学、爱情哲学（人生观、爱情观）也变化万千。你怎么看待这种变迁？你的小说是否反映了这种变化？我们常常听到人们抱怨如今的浪漫小说不如以前那样动人心扉，是因为人们变得太实际因此不相信爱情，还是因为浪漫小说没去感应读者阅读口味的变化？

沃勒：这是因为读者放任自己变得铁石心肠。浪漫的生活有别于浪漫，尽管浪漫的生活之中不乏浪漫成分；读者兴趣冷却的原因在于读者面对任何事物都过于理智，已经丧失了浪漫的能力，僵化的逻辑判断和循规蹈矩的思维与浪漫背道而驰。因为我曾致力于经济学和数学领域，我只有加倍努力才能获取浪漫生活的元素并使之得以保鲜。

九

丹飞：你是遁世者（居住在小镇）还是热心家（写作题材颇具现实意义）？你是否会为了追求商业上的成功而去研究读者和市场的需求？你认为哪个头衔适合你，严肃作家还是通俗作家？或者说你更像个严肃的通俗作家还是更像通俗的严肃作家？你读现当代小说吗，比如尼古拉斯·埃文斯、尼古拉斯·斯帕克斯、伊恩·麦克尤恩、约翰·邦维尔等人的小说？在你看来，是什么将一个作家与另一个作家区分开来？大师之间有什么可比性及差异性没有？

沃勒：我过着半遁世的生活，对通俗文化了无兴趣。我从不关注市场与潮流，我只会听从自己的灵感指引，只会听从自己个人的判断。我不希望被如此归类。如果非得归类，我可以说我在讲述围炉夜话——忙了一天飞蝇钓，晚上围着壁炉听到的故事。我一般不读小说，我阅读的范围仅限于经济学、数学、摄影、音乐、鲑鱼钓方面的专业书籍。我不知道当下的畅销书作家都有谁，因此无法比较。

十

丹飞：据我们所知，你是作家、摄影家、音乐家、经济学家、数学家。这样的背景对你观察和塑造你笔下的人物是否大有裨益？作为顶级畅销书作家，声名给你带来什么便利，你是否为声名所累？

沃勒：没错，当然，我接受的训练和个人兴趣化用到我的小说之中。我曾经开过一门繁难的决策论课程达数年，我在前面说过，《廊桥遗梦》的主题是最繁难的选择。《高原上的探戈》中，我的学院背景和个人兴趣表露无遗。我是同样一场公路战中为数不多的反对派，我运用自己的经济学和数学知识储备瓦解支持派。顺便说一句：我们赢了。我强烈反感所谓的名誉、声望，这就是为什么我常年居住在得克萨斯西部高地沙漠上一处偏远的农场。谁如果说这样的生活会压抑和损伤脑力和生命力，那绝对是胡说八道。当然，感谢我的读者们购买我的书，阅读我的书。

十一

丹飞：《高原上的探戈》会像《廊桥遗梦》一样改编成电影吗？你心目中理想的编剧、导演和演员阵容是什么？人们频频将《断背山》与《廊桥遗梦》对比。评论家称"情感……惊人相似"，"不同情境，相似主题"，"（《断背山》）不像《廊桥遗梦》那样让我感动"。你怎么看？

沃勒：总有人找我谈《高原上的探戈》的改编权，不过还未成定论。我甚至认为《高原上的探戈》没法拍成电影，因此没去想用哪些人做演员和导演。我无法评判《断背山》，因为我没看过这部电影，以后也不打算看。我没听说过谁拿《廊桥遗梦》与别的作品相比。

十二

　　丹飞：你在心里给你的读者们画过像吗？比如，年龄结构，职业，教育背景，家庭背景，性别，兴趣，品位，等等。你对自己的读者了解到什么程度？你对《高原上的探戈》的全球读者和全球市场有何期待？对中国读者和中国市场有何期待？

　　沃勒：我努力为高智商的人写高智商的书。我不会依据个别参数去揣测我的读者的口味。从主妇到医生，从卡车司机到律师，谁都可能是我的读者，总之，没有固定参数可循。我估计我的读者中40％的人是男性。当然，我很开心我的书在国外市场包括中国读者当中畅销，只是我在写作之时心无旁骛。《廊桥遗梦》迄今已以36种语言出版，剧场版也有7个版本之多，显然我的小说之中存在某些全球共通性。英语版之外，我的其他书也都以数目可观的语种印行。

十三

　　丹飞：你到过中国吗？你了解中国吗？请简要介绍自己，以作家身份兼及其他。

　　沃勒：很遗憾，我还没去过中国。我一度热衷旅行，大多也是我工作的一部分，比如，我数度去过印度，也去过日本、英国和许多欧洲国家、尼泊尔、沙特阿拉伯等地。如今我一般为了去某处飞蝇钓才会去那儿。年近七十，我发现长途跋涉太累人，尽管一年前，我在亚马孙丛林待了两周，为我未来某部小说做一些研究。

　　我没把自己严格定位为作家或别的身份，但是，我绝对重视我的作品和我的读者。这是我的人生哲学——夜晚仰望苍穹，如聆天启；在浩瀚时空面前，个体如此渺小。

坦白地说，我的小说融入了太多知识，主体则源于虚构。通常一个念头引起我写作的兴致，我就会着手创作，也不订计划，除了讲故事，别无他物。

又及

丹飞：不知道我或者中国读者是否有幸得到你的签名照片？我可以私藏，也可以用在媒体上。

沃勒：附上2005年5月摄制的照片（有意思的是，他在年份上多写了一个0，所以，"20005"年5月沃勒还会拍照；沃勒，"17987"年后我们相见，到时现场讨要你的照片）。未得到我许可不可他用。我手头没有签名照片。

十分感谢你提出这些充满挑战性的问题。如有其他需求，我乐意效劳。

丹飞：谢谢你接受我采访，谢谢赐照。你的读者一定乐坏了。我会挑选其中一些问答发表在一些报刊上，问答全本将发表在中国出版业头牌报纸《中国图书商报》上。每销售出一本《高原上的探戈》我都满怀感激与快乐，希望能达成好的预期。日后若有叨扰，请不吝赐教。

扫码领取
★ 作者问答
★ 行业洞察
★ 读者沙龙

《后宫·甄嬛传》的三次转身[*]

从郑晓龙导演给我打那个电话（2007 年 4 月底）到《甄嬛传》第一轮上星播出大结局，过去了整整五年。五年漫长到有"于妈"之称的大热编剧于正不无欣喜地对媒体感慨由于《甄嬛传》细工慢活，客观"让路"，他的"宫斗"剧打了漂亮的时间差。《甄嬛传》火到破卫视平台和视频网站的播放纪录，网站收视点击量突破 10 亿次，上星期间雄霸收视榜首，让同期播出的其他大制作电视剧几无活路，纷纷沦为"打酱油的"。以至于大结局播出时，有人感叹《甄嬛传》终于大结局，其他卫视可以破涕为笑了。而由于该剧的大热，网民一时以在微博上书写"甄嬛体"为时髦。更有甚者，网民将《步步惊心》《还珠格格》等热过的宫廷戏悉数纳入《甄嬛传》门庭，连缀成一道五连拍的"甄嬛大传"：《宫锁心玉》为第一季，名为《甄嬛前传》；《步步惊心》为第二季，名为《甄嬛前传2》；《宫锁珠帘》为第三季，名为《甄嬛秘史》；第四季《甄嬛传》；《还珠格格》为第五季，名为《甄嬛后传》。如果说网友的调侃还无伤大雅，某台在复播《宫锁心玉》时竟然直接改名《甄嬛前传》招摇过市，法律和道德层面上的瑕疵尚且不论，却也从一个侧面证明了郑晓龙五年前的慧眼。在那个电话中我们的看法高度一致，没有讨价还价，

---

[*] 本文首发《书香两岸》2012 年第 6 期丹飞专栏。

"一口价"推开了这部剧的门。

从流潋紫在新浪博客上连载到出版实体图书，可以视为《后宫·甄嬛传》的第一次转身。这一转身造就了流潋紫践行消费时代"一本书主义"的神话，跻身一线畅销书作家，并最终促成了流潋紫通过一部剧跻身一线编剧。出于对"宫斗"的技术层面和策略层面的刻意淡化，电视播出版拿掉了"后宫"二字，完成了一次"改名"。从小说《后宫·甄嬛传》到洋洋76集电视连续剧《甄嬛传》，引爆导演、演员、发行、营销、收视的集束效应，成为《后宫·甄嬛传》的第二次转身。

两次转身都面临着传播介质的改变：从网络上的电子字符到实体图书的纸张和铅字，从纸张和铅字到给文字赋予动态的具象和生命——尽管是声光电等动态信息对生命活动的表征。从介质转化和信息接收层面，如果说前一次转身还不是质的飞跃，因为从网络到实体图书，从电子字符到铅字，信息接收的方式主要还是基于视觉体系（如果网民和图书读者有朗读出声或在心里默读的习惯，还要加上听觉）的"视觉（听觉）—大脑感知—字到静动态图像和声音的转换"这一知觉转换机制，那么从图书到电视剧的第二次转身，无论在介质转化和信息接收层面，都是质的飞跃了。前两个层面的三段式知觉转换机制中的"字到静动态图像和声音的转换"到了第三层面成了介质转化，精神层面的大脑加工固化成物理化学层面的介质形式，从第二层面到第三层面的这第二次转身的三段式知觉转换机制简化成了"视觉、听觉—大脑感知"两段式知觉转换机制。你没听错，我用了"简化"一词，技术的介入使得以介质固化的方式完成了前两个层面应由大脑完成的"字到静动态图像和声音的转换"工作。非但如此，三段式知觉转换机制中的这一转换阶段最重要的魅力就是想象力的介入，想象力的特性就是无限可能性、个体差异性和瞬时性：你和我和他对于风物人情、物件用度、角色外形、做派行止、强调语气……的想象大相径庭，你或我或他在这一秒的所有想象到了下一秒可能面目全非，甚至推翻重来。到了第三层面，想象力打住，因为你我他可能想象的一切都在荧屏上因为具象呈现得以固化，大脑得以合理"偷懒"。所谓想象力在这一层面只限于指戳电视剧的具体呈现与自己想象的想要的有多大差异。不妨把这一作用机制称为对想象力的合理"阉割"。

这种对想象力的"阉割"并不会到此为止，随着传播的深广，辅以时间这只心灵捕手，电视剧代为固化的介质形式的想象力终将涂抹、更改直至最终取代电子字符和铅字层面精神活动形式的想象力。信息的鲜活、直观信息容量的倍增，最终消磨掉个体差异性和瞬时性，溶解掉想象存在的可能性。静动态图像和声音（电视剧）成为想象力唯一可能存在的样式，个体之间的差异、个体自身想象力的瞬时变化得以消弭。介质的"升级"这把"双刃剑"一边是信息的增值，一边是信息的阉割，在信息级数增值的同时，也启动了信息级数衰变的按钮，介质域上从 1 到 N，想象域上从 N 到 1。

但是这一衰变并非无任何意义，它毕竟提供了想象的一种可能形式，你可以认同，也可以辩证。出于拍出"正剧范儿"的执念，电视剧的背景由架空落地在雍正年间，并改装、增加了真实的历史人物。挑剔的观众和网民也认可该剧细节经得起推敲，礼仪都有出处。对于该剧，各人有各人解法，有人解作古代职场戏，有人解作一个女人的史诗，有人解作正剧，有人解作后宫戏，各种解法都基于固化的静动态图像和声音。这种想象力的具象和固化，也在某种程度上给想象力本身存在的天马行空漫无边际规定了边界，将电子字符和铅字层面生发的想象力在边界之内进行弥合和印证。另外，在完成否定之否定之后，人们尽可突出边界，基于并大举脱开电视剧规约的想象，回到第二次转身发生之前的精神活动形式，生发深一步展开想象力的可能。这一放飞到固化、固化到进一步放飞的想象力生长模式，使得一部作品的生命力得以在多种知觉样式、多种知觉层次以多种信息样式相互激发存在。这也许是一部作品能够碰到的最理想的境遇——如果再加上其第三次转身：该剧的大热，直线炒高该书的网络传播、手机阅读、音频等邻接版权，成交价基本相当于常规图书的四到五倍。我作为当时发现和捧红该书的出版公司的总编辑，又经纪促成了该书包括电视剧改编权在内的数种版权，与有荣焉。

今人不见古时月，今月曾经照古人[*]

写白话历史曲昌春是半路出家。在成为"历史写手"之前，他更为人知的身份是体育记者、足球编辑、足球彩票评论员，人送外号"中国足彩第一人"。从一个为"下里巴人"热衷的发财梦问诊号脉的"俗人"，升格为历史写作这种颇有些"阳春白雪"的"雅士"，曲昌春确实有些让人跌破眼镜。为了完成这次趣味跃迁，曲昌春经历了"三级跳"。

第一跳，曲昌春从口说、笔述足球和足球彩票的"杂家"身份转换成小说家身份。为了完成这次身份转换，他选择了以品牌栏目《东 X 时空》为原型创作作品。确切地说，他是经过了艺术加工，再造了一个靶子，好接住自己百发百中的飞刀。因此他的小说处女作《台前幕后》只是借用了《东 X 时空》这个便利的说头，掰扯的是聚光灯下的极品女人们光鲜 A 面背后的 B 面，而那些沉没在影子里的幕后工作者，则仿若芸芸众生的我们，有着太多隐忍和不甘。生存重压下，遑论个体和群体，遑论表现和内心，自我驯化是绝大多数人堕入的途径。人活两张脸，借这本小说，将台前幕后的第三张脸揭开给读者看。某种意义上，《台前幕后》可视为写真当代大陆众生相的一个文学样本。

曲昌春的第二跳胃口有些大，起意来自"六度空间"理论，即世界上任

---

[*] 本文为《唐史并不如烟》（七卷本）繁体版序。

何两个个体要想发生联系，只需要通过另外不到六个人就可达成。形制上又像"贪吃蛇"，下一篇讲到的人和事一定与上一篇有相关度。比如以一句"前不见古人，后不见来者"名留文学史的陈子昂陷狱，掐指一算解卦惊呼："天命不佑，吾凶死乎？"果然死于黑狱，立志要写的《后史记》流产。怎么死的？猜测版本有三：县令段简谋财害命；殁于武三思之手；身子骨单薄。由陈子昂之死引出下一篇武三思。武三思篇之后就是欲效二张侍奉武则天不成转给张易之倒夜壶，后在武三思、太平公主、安乐公主之间作扑花蝴蝶抱大腿的大诗人宋之问。有此劣迹，因此当《全唐诗》收录的宋之问及其外甥刘希夷各一首26句七言诗仅有二字之差，世人几乎一致认定外甥是原创，舅舅是扒手，还编了一段舅舅夺诗不成"土袋压杀"外甥的公案。

从"贪吃蛇"时首尾衔接的历史写作向"断代史"写作的转变是曲昌春的第三跳。"水浒"先后以《水浒原来很有趣》《水浒那些事儿》为题出版过两个简体版本。《唐史并不如烟》简体版则换过多家出版社出版过，终曲第七卷将同步出版繁简体版。说句不是题外的题外话：大陆最高检授意支持，湖南卫视热播的反腐剧《人民的名义》据说火到了台湾。其实，曲昌春这部《唐史并不如烟》也是"反腐剧"。就拿贞观时期来说，魏徵、起居舍人褚遂良、大理寺卿孙伏伽等一大票人无疑是大写的正面人物，可也有太上皇李渊姑息功臣留下的隐患。广州都督党元弘辖区内刘仁轨打死党都督党羽大案，有人想要刘仁轨死，有人想要刘仁轨活，两股势力明里暗里较量，矛头直指两个大反派——大将军、吏部尚书侯君集和太子詹事、洛州都督、刑部尚书张亮。想想看，跨越将近1400年，唐史与当代史发生了惊人的"叠合"，让人忍不住吟出唐代也是史上最猛的诗人李白那句"今人不见古时月，今月曾经照古人"——这一桩事已经被我演绎成大型古装连续剧《大唐悬镜录》。我相信已成功推出《甄嬛传》《王阳明传》等近80个影视IP的我能把"唐史"打造成影视大IP。我认为我和我的作者们是相互成全的关系，其实，作者和读者又何尝不是相互成全的关系？曲昌春的读者朋友们，他的文字充填了你们恋爱、造人、追梦、生存、娱乐、愣神的有聊或无聊空隙，你们的追捧并以购书为报实在是他最大的荣耀——精神的满足之外还有滔滔的版税刺激。前六卷最新简体版多次加印，相信你们会任性地促成全七卷繁体版，并让他收版税收到手软。

明朝热过之后的历史天空*

　　将近四年前那扇"明月门"相信许多人记忆深刻，仿佛一夜之间，有一个写作潮流、出版风暴叫"草根说史"。处于风暴中心的是一本叫《明朝那些事儿》的书，火得一塌糊涂。四年来，一股写作风气暗涌，作者主观故意或在出版方授意、暗示下，用当年明月的方式"思考"，用当年明月的句式写作，我们不妨称之为"明月体"。"明月体"风光之处在于：写时有本可摹，成文便利；写毕有出版商要，因为好销。画虎不成反类犬说的是画虎的禁忌和恶果，有人类以来，"跟风"就成了人的根性，于斯为盛，人们发现"类犬"也不错，仿冒《明朝那些事儿》下手早的单册都能销到十几万册。然而"像我不如我"是铁律，"明月体"熙攘至今，已江河日下。而正牌的"明月体"风生水起，积三年余七卷出齐，罡风邪风都由它吹起。当年明月下一步将向何处去？不乏有人在猜谜。与其把宝押在当年明月下一步写什么上，不如冷看明朝热过之后的历史天空，细数几颗星亮在天边。

　　"草根说史"门类繁多，最大一支是朝代史，远古夏商周秦汉魏晋南北朝五代十国唐宋元明清及民国，无一段历史漏出"草根"历史写手之手。秦、汉、三国、魏、宋、明、清、民国等热门时段更是写手云集，十几、几十写手

* 本文首发《书香两岸》2010 年第 7 期丹飞专栏。

同时或先后瞄准同一时间段的事屡见不鲜。另一支是人物史，以秦皇汉武、唐宗宋祖、康雍乾帝王家及李斯、张居正、魏忠贤、袁世凯等重臣为抓手，深挖某一片段或摸清传主一生。读典则是又一大热门径，《史记》《资治通鉴》等大众耳熟的史籍已被读烂。哪位高人读好了《永乐大典》《四库全书》《汉书》《元史》，我倒乐于操作一把。另有写手选择东挖西刨，揪住一个又一个彼此有一些相关度或相关度不高的点乱弹。这些可以说是"草根说史"的四大门派，在"后明朝"的天空各据一角。

我在其中怎么谋兵布阵的呢？如上四大门派我有扬有弃，第二、三门派因暂无写手写好立体多面的历史人物、读好某一重要原典，先养着，养肥了再出街。第一门派则由我锻打萃取，糅入第四门派武功，打造成 24 卷本《历史中国》。每卷选取 50 个话题，或曰关键词、知识点，对当时历史进行聚焦挖潜。我为什么如此大动干戈，请来史学权威李学勤教授坐镇总顾问，搜罗十余位一线好手撰述，做足这部人称不可能的大部头？我有个说法，也是真心愿：每一个中国人，都应该了解自己国家的历史。每一个中国人，都应该以身为中国人而自豪。由此我对这套书的定位和期许是做成历史上最全的中国断代史，中华民族的记忆坐标，让读者快乐接受中国历史知识，全面揭开历史中国真相，以高企的重印率、再版率打造成"中国人留给子孙后代的传世之书"。想了解中国，读什么？就读这一套好了。想了解一个时期，读透 50 个知识点足够了。以三国卷为例，三国的疆域划分、官制、礼制、法制、经济账、曹操的智库、刘关张的一生纠葛、刘备的用人术、诸葛亮的职业生涯规划、司马懿的忍功、三国跳槽史、三国花瓶男、非主流智囊的悲喜人生等知识点既是叩响三国之门的要津，又不板正，可以想见，读者指定乐见，也因此读到心里去。

作为对第四门派的极力弘扬，近期我集中打造 4 卷本《忍看历史：陪你到历朝看风景》、3 卷本《睁眼看历史：100 个被掩盖的历史真相》。前者从历朝取点，既然是"陪看"，"陪"的韵味十足，读者会生出与历史贴身相伴之快。后者从陈子昂说到奥巴马，每一个人物之间有着内在联系。斯坦利·米尔格朗的六度分隔理论说世界上任意两个人之间建立联系，最多只需要 6 个人。据说微软用电脑测算，这个数字是 6.6。考虑到陈子昂作古太多年，宋之问、唐明皇、司马昭、曹植、陈阿娇、长孙无忌、杨广等 98 个人搭起的人际桥梁，打通了陈、奥之间的神秘关联。

《我的清帝笔记》《我的明帝笔记》分说两朝帝王，笔法短兵相接，通过写帝来写史，借帝王高蹈跌落的刀锋行走，为寻常百姓品咂、镜鉴，带给读者巅峰人生体验。4 卷本《非常民国》疑似第一门派，但完全跳脱开来，从张学良说到杜月笙，故事讲到精彩处，王亚樵插入进来，王亚樵高潮未完，突入陈赓，陈赓故事正劲，又回到王亚樵和张学良。历史本身的微妙与波诡，比任何小说都精彩。8 卷本《二战秘史》是二战史，3 卷本《谁的国家谁的家》是国共谍战史，可算是各出奇招。大革命时代在 1927 年结束，较量事关存亡，比军事战场更为隐秘的则是谍战。一边是特科、红队，一边是中统、军统，无疑是绝对的主角。当审视这段历史，一件件一桩桩地分析二者对阵的胜败，疑惑就会不断涌现。《谁的国家谁的家》正是为后人解惑的书。二战史迷遍布地球每个角落，《二战秘史》在史与识、真实度和好看度方面玩平衡，玩得挺好。

近期热炒的《世界历史有一套》值得专文评说，这里仅说几个小段子：作者杨白劳的粉丝"地主"位居社会中坚的居多，多人几百上千地买；出版圈、作者圈多人次到处探听"杨白劳"是不是我虚设的一个代号，而其背后其实是一个创作团队。他们这么揣测的原因是认定一个作者不可能这么"通识"。我以我的作者们为傲，是他们点燃了"草根说史"的第二春。

睁眼看世界*

　　一个与《白毛女》里的杨白劳同名的神秘写手创作的历史长篇作品《世界历史有一套》近来悄然蹿红，而据知情者透露，其实本书早在天涯煮酒论史版块上就曾红翻天，而煮酒论史正是四年前当年明月《明朝那些事儿》的"发迹地"。无独有偶，相隔四年市场上冒出的两位"草根说史"明星作家都崛起于广东：当年明月其时在广州海关供职，杨白劳则人在深圳，但性别、年龄、身份皆不为人所知。由于一套 16 本书下来，杨白劳拿到的税前版税就达到了 268.8 万元，轻松跃入"百万作家俱乐部"行列。读者热议竞猜的另一话题是，当年明月后来因《明朝那些事儿》大热而被调到海关总署，红了的杨白劳日后会跃入哪级"龙门"？另近期有媒体热炒"杨白劳自比曹操，称袁腾飞是袁绍+马腾"，其幕后真相究竟如何？为此，本刊采访了该书策划人、曾在磨铁总编辑任上操作过《明朝那些事儿》的独立策划人、经纪人丹飞，解开围绕在该书周围的诸多谜团。

　　记者：《世界历史有一套》的读者定位是什么？请介绍一下出版资讯。这

---

　　* 本文为丹飞为其策划的《世界历史有一套》系列历史读物撰述的营销物料，以《十问杨白劳》《出于历史使命感　让读者睁眼看世界》等标题在媒体平台进行分众传播。该书的营销上了 2010 年 6 月 18 日《参考消息》。

本书的首印多少，现在铺货多少？首批销售情况如何？

丹飞：杨白劳的一段话很好地阐释了《世界历史有一套》的读者定位，杨白劳说："文化上的隔阂感让我们失去了很多乐趣。对一个开放的中国来说，了解其他的国家，无疑是有益的，而这其中，最直接最好的办法就是多少了解一下对方的历史。"应该说出版这套书我们是有一种历史使命感的，开放的中国置身开放的世界，一方面我们想了解其他国家的历史文化，一方面又对其他国家的历史文化一知半解，这一知半解中还有很多以讹传讹或是想当然的"伪知识"。对其他国家和民族历史文化的隔膜感很要命，与中国的历史文化地位是不匹配的。有感于这么一个现实，我和现代出版社当家人一拍即合，操作了这套书，目的就是想掰开读者的眼皮，让中国人"睁眼看世界"。目前已经上市的有《罗马帝国睡着了》和《老大的英帝国》，《德意志是铁打的》很快也会上市。目前采取的是低定价策略，超值回馈读者，每本书 35 万字，只定价 28 元。已经上市的两本每本首印了五万册，现在看来还是比较保守。经销商第一轮铺货之后很快添货，库存已无法满足第一轮添货需求。这套书出场就是高位出击，有超级畅销书苗头。比较极端的例子是，有经销商反映有私营企业主一次就要了一千套，该经销商跟踪了那批书的去向，发现该企业是拿去分发给员工、馈赠客户。

记者：现在市场上同类的图书品种有哪些，你们这本书有什么不一样的特点？有做过前期读者调查吗？怎么做的？结果是怎么样的？

丹飞：市场上同类的书严格说没有，市面上的世界历史图书不外是洲别史、国别史、人物史或一本书东一榔头西一棒子抓来几个话题"乱弹"整个世界的历史，从立意、切入角度、整体性、通透性、好看度、读者基础上都没法与杨白劳的《世界历史有一套》比，因此也有人说《世界历史有一套》具备开创性质。能够与《世界历史有一套》相提并论的还是被读者推为历史写作三大里程碑的另外两"碑"：当年明月和袁腾飞写的历史。但当年明月和袁腾飞擅长的是中国史，因此仅就题材上说杨白劳已经是独一无二的，何况杨白劳不只是占有题材优势，其最大特色还在写作本身，杨白劳说世界史，死的历史让杨白劳给说活了，读者读《世界历史有一套》会发现杨白劳不光是故事家还是语言家，在读者最在乎的超级畅销书最重要的特点——好看、有料两点上，杨白劳有点独孤求败的味道。该书从网络中来，因此我们做的读者调查采用的方式是还之于网络，在超过两百个 ID 的调查样本中，对《有一套》的封推程度出人意料的好，大家都呼吁我以最快速度让书面世。其中有四成 ID 明确表示出版后会购买全套。参与调查的很多 ID 表示他们是"地主"（"长工"杨白劳的读者、粉丝），个别著名 ID 也"混迹"其中，让人欣慰的是，这次不足 300 个 ID 的取样调查中，提出"意向预订"的达到九成多，预订图书过万册，这里面贡献最大的两笔订单，一笔来自海外，一笔来自企业主，各预订几百本。对发行团队和渠道商来说，这个结果比我和臧永清总编辑的保证还有说服力，进一步坚定了整个出版、营销、销售链条的信心。

　　记者：在怎么样一种情况下你们决定策划出版《世界历史有一套》？其间有没有什么故事？

　　丹飞：老实说，像操作其他书一样，《世界历史有一套》的策划出版没有特别的触动。更多的是出于职业敏感，我正期待某一种类型的作品，"刚好"有那么一部可心可意的作品冒了出来。《世界历史有一套》冒头被我相中那段我正好在思考这样一个问题：市场上的书五花八门，同一品类往往出现几十种上百种打架，打架各出奇招，争个你死我活。要是都各有其招也就罢了，多的是一本书露脸的，其他书全都跟在屁股后面，不知道的还以为是一个娘生的，长着和母本一样的脸。这个，大概就是"跟风"书的潜意识：就怕你不误会，误会成一奶同胞才好呢。看看历史书市场有多少"事儿""人儿"就知道了。我想书虽多，但有用有益有趣又值得读者阅读值得读者购买不后悔的不多，"有一套"就够了。于是就有了《世界历史有一套》这个书名。那时我在想有哪一本书能当得起这个书名，这时《麻辣世界史——地球村邻里八卦》撞到我枪口上了。我看到这个稿子有点小鹿撞怀、初次动情的生理反应，有料有趣，跌宕周延，包袱不断，百看不厌，就是它了。这就好比读者有一套当年明月的白话明史就不用读其他的明史书了。策划上的"巧合"有时候比故事更刺激。

记者：请谈谈你们营销策划的立意是如何与市场调查相配合的，你认为你们设计营销方式的最大特色在哪里，卖点在哪里？

丹飞：做《世界历史有一套》的营销立意，在于做好同和异或者说相似性和独特性两件事。找相似性的作用很显然，能在最短时间打开读者的记忆库，勾起读者的类比联想，让读者有个初步的"印象分"，为一本书定好位。《世界历史有一套》的"印象分"就是发迹于四年前的《明朝那些事儿》和近来热销的《历史是个什么玩意儿》。三本先是在网上后又在媒体和读者圈被并置谈论的书各自代表了涉及领域的最高水准，分别是朝代史，中国历史，世界历史。但完全依赖相似性是会死人的，"不像我者生，似我者残，拷贝我者死"说的就是保持独特性的重要性。《世界历史有一套》的独特性，一个是其题材的唯一性，像这样一人包打天下（世界）的事绝无仅有，"草根"杨白劳做到了，一人坐在家里，遍览群书，写下一段段国事人事，刻录一个个历史桥段；一个是其写法的唯一性，就像杨白劳所说，写作前狂看笑话，先把自己笑趴下再动笔写作，因此读者读了才觉得又有才又爆笑，笑读不撒手。杨白劳写作时所有史料都丢到一边，全靠记忆写作，这是一种独特的"反刍"式写作，吃史料的草，挤出麻辣的奶；一个是其笔名可说道，"杨白劳"这个符号被寄予了很多文化想象，任劳任怨，典型的被剥削阶层著名代表，叫这样名字的一个作者会有什么背景有什么手段？大家都有兴趣知道。"地主"与"长工"杨白劳的互动关系也是一景。有人热心肠，开始为红了之后的杨白劳进行"职业规划"，有人指出给大企业做高参，有人建议去大学当客座，有人说杨白劳这么懂老外，开家跨国企业肯定不错。这些动议杨白劳都付之一笑。但听到有人出的一个高招时，杨白劳眼睛为之一亮——杨白劳可以给各国老外讲他们本国的历史。

记者：落地营销有什么特色？你认为你们的营销设计有何与众不同之处？

丹飞：落地营销以疏通销售通道为主，尽量减少营销意图传导到销售终端的信息损耗，销售终端的市场反馈也能第一时间返回，从而使得第二步及后续营销策略能够参考市场的佐证得到有效布控。在几个显著的读者注意力焦点码堆永远是最直接最有效的营销，还没有另一种营销手段能够做到将广告（报刊书影视播网等媒体、书签宣传册海报易拉宝等第八媒体、人际传播等）和产品结合得这么紧密，真正做到零距离，效果立竿见影。网店的重要性日益明显，当当、卓越等网店有着西图等超大型卖场差不多同等的重要量级，对读者购买行为、渠道商的推广铺货有着很强的引导和示范作用，随着网购（尤其是购书）的触角日益深化并形成"独一代""独二代"的主流消费习惯，网店的重要性甚至超过许多超大型地面连锁店。现代出版社选择当当网为独家网络销售商，当当网相当看好本书，特意做了专页专推。具有新媒体、行为艺术特质的以"杨白劳"这一文化符号对作者进行包装营销因为一些原因尚未得到有效实施，但不排除实施的可能性。配合终端营销融合活动营销是落地营销设计的特别之处，高考作文、世博会文化主题活动、上海电视电影节相关话题等大众关注度高的社会热点事件都会为杨白劳设置特别的深度参与模式。

记者：针对该套书的媒体宣传是怎么做的？如何让报道准确找到目标读者？

丹飞：考虑到媒体各有各的嗜好，最大的嗜好就是希望问题由自己提、话题由自己设计，最能"帮"到媒体的就是给足新闻点，既不虚夸，也用不着溢美。新闻点最便利的附着物就是新闻通稿，观点鲜明、新闻点突出的通稿对编辑记者有醒神作用，编辑记者动心了才可能发自内心地想做、做好一篇新闻点足、转载率高的好稿。给媒体提供的通稿分为两部分：一个是一组新闻通稿，由一篇主稿略作增补衍生出一组稿，这些稿子的题目就是新闻点，如《广东成草根说史大潮策源地》《草根说史大潮崛起新领军人物》《网络作家深陷"点击门"》《给杨白劳算一笔经济账》《网络作家轻松跻身"富豪作家俱乐部"》《杨白劳的文字民工生涯》等。前三个标题媒体一见就知道是怎么回事。与这组通稿相关的还有据此提炼出的作品和作者简介，即《世界历史有且仅有一套》《史上最著名长工叫杨白劳》。这个基本功应该说做得比较足。通稿的另一部分是独立的《十问杨白劳》，由我根据《世界历史有一套》及杨白劳特质，揣摩记者意图，模拟记者口吻向杨白劳提了十个问题，由杨白劳作答。这些问题包括罗马、英国、德国"三国演义"各有哪些"读点"，写作世界史"不可告人"的秘密是什么，读者阅读该书的"抓手"在哪儿，当下、十年后、百年后读者如何评价，写作"操作流程"解密，神秘身份等媒体和读者都可能感兴趣的话题，读书、文化板块之外，社会、新闻、娱乐等阅读率更高的板块也会对此产生足够兴趣。杨白劳的回答比我的提问更精彩，这就对了，策划人存在的价值是托举商品，对于图书策划人，这商品就是作家及其作品。

记者：该套书的版式、封面、设计上有没有什么独特的地方，用意何在？

丹飞：《世界历史有一套》的设计理念就是"世界本土化"，即用中国人视角看世界。这也是本书的特色：麻辣生鲜，爽口重味，极有口感和嚼头。吾国吾民有才，网络刚好是牛人们露头 PK 的平台，草根牛人辈出，杨白劳化用活用"民粹"如同化用活用浩如烟海的沉闷的世界史典籍一样有才，网络诞生的流行语，赵本山、小沈阳、郭德纲、周立波等明星牛人的著名段子信手拈来，用出了风格，用出了水平，妥妥帖帖，毫无隔离感，又无"侵权"之嫌。本书的设计突出一个"鲜"字，用色大胆，看一眼养眼，看两眼养心——配色由民间心理色彩大师捉刀，选取了据说是"调色板上最赏心悦目的颜色"来给书名着色。若够细心，可以发现本书用色与"多来多米"LOGO 色彩体系如出一辙。这就是本书设计的独特之处，我的公司 LOGO 采用的五色成为《世界历史有一套》设计的主基色。这也算我的私心所在：因为欣赏，标识也就格外露骨。后勒口是对同系列相邻的两本书进行关联宣传，我的博客地址和手机号也可以找到；封面、腰封、前勒口在"书眼"提炼、吆喝、撰写作者简介方面都务求无一字废话、无一字无趣；封底则摘引了"杨白劳金句串烧"，目的是让读者一顿餐前串烧吃下来，勾起强大食欲，从而进一步进食。

记者：总结一下，在推出该书的过程中，哪些环节做得比较好，哪些环节做得还不够，应该如何改进。

丹飞：好的地方前面谈了不少，这里就不多说了，总体讲节奏控制得不错。不足也有，主要有三点：一个是推出时机，如果要应景，在世博会前推出是一个比较好的时机。而之所以在世博会召开后推出，也有考虑：避开媒体一窝蜂扎堆世博会的锋芒；一个是尽管投入很大，但还有投入空间，说俗点儿，砸钱还不够；一个是对媒体的误会，做的公关措施不够及时、不够到位。有媒体误报"杨白劳自比曹操，称袁腾飞是袁绍+马腾"，马上引起其他媒体大量转载，给作者造成了一些困扰。其实两件事不是同一时间发生的：曹操说是杨白劳说自己犯头痛了，我关切地说牛人犯病都相同，得到的回复是"跟曹操一个毛病"。说起袁腾飞则是在另一个场合，因为当时他说三国正红，杨白劳和媒体朋友在网上玩拆字游戏，自然想到用三国人物来极言袁腾飞之猛，称袁腾飞是"袁绍+马腾+张飞"，媒体报道时把张飞给漏掉了。这个其实是传统"拆字"游戏的普及版，拆的还不是字，而是名字。一个是自嘲，一个是夸人，并置在一起就产生了贬人的"戏剧效果"。

扫码领取
★ 作者问答
★ 行业洞察
★ 读者沙龙

蛋糕是这么做大的

2009 年年底一个火了一年多的帖子闯入我眼里，此时正逢我想重燃草根说史第二春。回望草根说史大潮勃兴以来，应者云集，但能独当一面的看不到。这个名叫《麻辣世界史》的帖子让我看到了希望。以一己之力写遍中国历史之外的世界史，这件事本身就是个事件。我的野心是，经我操作，日后如果读者要用一套书来读遍世界史，这套书则成当然之选。汉语说一个人、一件事出彩、到位、有料、有劲、有嚼头，喜欢说"有一套"，于是《世界历史有一套》的名头就这么立了起来。这个书名的另一层含义是读世界历史，有这一套就够了。霸气里透着信心和期许。作者笔名"杨白劳"也具备相当的传播优势。长长 16 卷下来，一个读者若是刚好看到中间某卷比如第九卷，他会犹豫要不要买，因为如果不想腰斩阅读的连贯性，他会考虑至少还要买齐前 8 卷才合适，多出的 8 卷"负荷"足以压垮很大一部分读者的购买欲求。于是采用不标序号改标副书名的方式，而副书名采取谐谑的路数，《罗马帝国睡着了》《老大的英帝国》《德意志是铁打的》等副书名一合各国（地区）特色，二合文本特色，又多了些俏皮意味。这种志趣尚属首创——两年前我做《向康熙（同志）学习》时小试牛刀，但单本与 16 卷的影响力不可同日而语。

实际出版过程中第二卷《老大的英帝国》提升为首发阵容，主书名占据大半个封面，着以四色，整个 16 卷主书名着色体系取自我此间做的大部分书贴的品牌"多来多米"LOGO 的主色调，略作变化；书眼以读者呼告式的剖白（苍天啊大地啊，历史原来可以这么有趣！）、全民性大热局面（全民齐补历史课！全民听讲，人人争说！）、文本定位（麻辣生鲜，爽口重味！）、作者定位（史上最有才长工杨白劳爆笑伺候各路地主！）厘定；腰封则从"地主"的辣评（杨白劳一出，50 年内无人有胆开讲世界史！）、"前学生"和"历史老师"的感受（前学生们发誓：历史原来不可恶！现在再考世界历史准拿满分！历史老师感叹：现在才明白为什么学生以前不爱上历史课！）、名家历史观〔余秋雨观点：（世界历史）不知道是可惜的，但是又不必知道得太多、太杂、太碎、太滥，只需知道点。〕几方面构建读者猎奇、购买心理的导向体系。封面和腰封的区别是封面恒久，书眼要立得住，具备一定的永恒性，腰封具备瞬时性特点，主要起吆喝作用，临时、可变、略带心理侵略性的信息适合在此露脸。

第三卷是这套书书眼体系的分水岭，前两卷封底从正文中撷取趣点组装成"杨白劳金句串烧"，第三卷开始，媒体和读者的评述开始唱主角；前两卷描述性的腰封文案到第三卷开始移至后腰封，腰封由数据说话，由作者地位（《参考消息》力捧作家、继当年明月之后广东崛起的第二颗写作明星）、销售数据（北京、上海、南京、成都、西安、沈阳、武汉多地畅销榜前三名）、舆论导向（全国五十余家报纸、一百余家网站争相报道，多家卫视、电台虚位以待）三足鼎立该书的理性定位；前勒口作者简介也由前两卷的写作动机和网络现象集成转向作者地位、高额版税和作品地位（被"地主"公推为有料、有才、有趣、有用"世界史最强作"）。

上市之初我即准备了多版本多看点的营销稿，分三类：一个是杨白劳答问，我提了十个问题，由杨白劳作答，是为《十问杨白劳》；一个是我的答问，应对媒体提问，我将策划营销意图渗入回答之中，形成《史上最有才长工杨白劳：当曹操遭遇袁绍+马腾》《出于历史使命感　让读者睁眼看世界》一爆点一板正两个版本；一个是新闻通稿，分《网络作家写出 500 万字世界史》

《草根说史大潮崛起新领军人物》《网络作家深陷"点击门"》《广东成草根说史大潮策源地》《网络作家轻松跻身"富豪作家俱乐部"》《给杨白劳算一笔经济账》《杨白劳的文字民工生涯》数个版本。内容简介和作者简介则分别以《世界历史有且仅有一套》和《史上最著名长工叫杨白劳》命题。多样的关注点使得不同媒体可以找到不同兴奋点。

营销策略一是类比营销。当年明月和杨白劳的广东及天涯社区出身，及相隔四年先后引领草根说史两次热潮这一地位，决定了我将二者类比成为可能。有读者将袁腾飞纳入这一类比关系，也正好可以顺便回应。杨白劳没有读过袁腾飞的作品，说写完 16 卷世界史后会考虑读一读，但称当年明月的作品曾经陪伴过自己一段灰暗岁月，当年明月也认为杨白劳很有才。这种互动关系也构成了营销点。

二是影子营销。卖场中有《明朝那些事儿》的地方就有《世界历史有一套》，如影随形，加上色彩对比强烈的封面给读者强烈的视觉刺激，构成强烈的心理暗示。

三是排行榜营销。杨白劳的粉丝"地主"身份很奇特，用"地主"自己的话来说就是基本没有素质不高的人，以大公司老总、企事业中高层、公务员、媒体从业者、涉外和旅外人员等社会中坚为主流，这么一个庞大的意见领袖群体，构成一个强大的信息发射站群，这就形成了以一书影响有影响力的人、有影响力的人再来影响更多人的良性传播网。"地主"强大的购买力构成销量的第一块基石，一步上位，北京等多地很快在店面码堆，形成强势购买力，上榜的标榜作用促成销售进一步高涨。

四是病毒营销。"地主"队伍随时在扩大，有的"地主"甚至一次就购买几百上千套，分发给员工和客户，"长官意志"因此灌注给员工，MSN 和 QQ 签名、博客和微博更形成强大的病毒营销体系。

五是事件营销。可圈可点的有"高考营销""参考消息营销"和"世界杯营销"。6 月 7 日语文高考一结束，《羊城晚报》就启动了网络高考，请我出任评委，我提出参评条件：带杨白劳同往。8 日的评选现场除了充分烘托杨白劳，我还将头晚选定的几篇好文提交评委会，结果这几篇都摘得大奖，六年级学生的一篇文章更被推为头奖，此消息与杨白劳高调亮相并称为网络高考两大亮点，在报纸和网络热炒。

6 月 18 日智识阶层常备读物《参考消息》用《北京参考》版面力推《世界历史有一套》，于是该信息随当日三百余万份报纸飞往全国各地，直接阅读人群达千万人。除直接作用于看报者，也构成一个事件，放大使用就显得很有必要。

"有一套"的"套"自然而然让一些人联想到安全套，"世界历史"映射到"世界杯"也是情理之中的事，何况本书肇始于奥运期间杨白劳在天涯"直播"各国历史。6 月底，我便安排画手依恒按我的创意绘制各类创意安全套，《世界历史有一套》的书名识别体系则适度处理后与画面有机融合，开启我的"世界杯营销"或说"安全套营销"。先匿名炒作，炒作起来之后再解密"爱套套背后的故事"，依恒深知这是让他扬名立万的一次绝好机会。7 月 2 日一早，依恒完美提交了 11 幅安全套创意画，其中包括 1 幅《老马爱梅西》。在我"淫威"之下，依恒不吃不喝，在中午时分完成了第 12 幅，即《德国捧走大力神》。我随即炮制了《你此生绝对不会用到的套套！牛人〈一打爱套套〉玩转世界杯》和英文版 Chinese Cartoonist Foretells that German Wins the FIFA World Cup（《中国漫画家预测德国捧走大力神杯》）两篇图文并茂的新闻，托付多位网络红人在网络转发或直播。7 月 3 日晚，相托的红人和其他读过帖子的人都来问我怎么这么神，能预言到德国完胜阿根廷。我告诉他们我不是预测，是一种信念，且我押的是德国捧杯，不是进四强这么简单。我没说出的是，我挺德国队只因德国队是杨白劳最爱，而杨白劳正在开足马力猛攻《世界历史有一套·德意志是铁打的》，尽管老马是我少年时代最认可的球星。我对作者的捧和推，全力以赴。

给李学勤教授的一封信*

李老师:

您好! 还是保持在校时的习惯叫您老师吧。您在昨天的电话里嘱学生寄信好让您了解相关信息。特此叨扰, 学生拜请老师支持。

作为背景, 学生及"历史中国"丛书、《吹灯录》杂志合作单位现代出版社总编辑的相关情况向您汇报如下:

学生1993年入读水利系水工专业(其间辅修了法学), 1998年毕业后主动要求到吉林省防汛办、水利厅工作, 参与了1998年松嫩特大洪水抗洪及随后的抗旱工程督查工作; 1999年再次进入清华, 入读人文学院编辑出版双学位, 毕业后读现当代文学的研究生, 2004年研究生毕业后分配到跨国企业贝塔斯曼工作, 2006年起担任民营书业磨铁文化总编辑, 2007年起担任民营书业漫友文化副总编辑。2009年自己开了间小公司, 策划、运作图书、系列出版物, 主要合作的出版社是现代出版社。学生运作过的《明朝那些事儿》《盗墓笔记》《后宫·甄嬛传》《戒嗔的白粥馆》《政协委员》等图书取得了良好的社会反响。2001年在校时编选的《清华九十年美文选》也得到了一些校友的肯定。

---

* 丹飞凭一通电话及本函成功请到李学勤先生担任他策划、操盘的大型断代史丛书《历史中国》总顾问。

中国出版集团旗下的现代出版社，是我国第一家通过 ISO 9001 质量体系认证的出版单位。其上级主管单位中国图书进出口（集团）总公司拥有海内外分支机构 37 家，是我国规模最大、实力最强的文化产品进出口企业，并具有音像制品成品进口业务和在涉外场所销售进口报刊两项独家经营权，是北京国际图书博览会创办和承办单位，中国主宾国办公室、中国图书对外推广计划办公室所在地，联合国图书采购特约供应商和 2008 年北京奥运会书报亭项目合同商。

与学生密切合作的该社臧永清总编辑是一个有胆识、有魄力、做出过突出成绩的实操型、专家型出版人，他曾担任中信出版社副社长、春风文艺出版社副总编辑、北京辽版华宁文化传播有限公司总经理兼总编辑，获得过国家图书奖、"五个一工程"奖及多项省部级奖励。"布老虎"丛书及《流血的仕途》《货币战争》《激荡三十年》等图书的风行臧永清先生功不可没。

《历史中国》大型断代史丛书是中国出版集团重点选题，其中断代史部分 19 卷，另有 3 卷是综合卷，以提供知识养分给更广泛的读者群：

总书名：

历史中国

总顾问：

李学勤教授

立意：

最全的中国断代史·中华民族的记忆坐标

快乐接受中国历史知识·全面揭开历史中国真相

可以留给子孙后代的传世之书

随着考古发现对古代文明的揭示，不定期更新、改版

每一个中国人，都应该了解自己国家的历史！

每一个中国人，都应该以身为中国人而自豪！

一个民族能否得到世界上其他民族的尊敬，一定程度上取决于这个民族整体的文化修养水平，其中扩大全民知识面，尤其是对自身民族历史的了解和认识显得尤为重要。

《历史中国》是截至目前最全的中国断代史，每卷从50个角度观照该段历史，用50篇专题文章，深度阐述历史知识，还原历史本来面目，并融合了当前历史学、考古学、人类学、社会学研究的最新成果，以夹叙夹议方式，讲述远古至抗日战争爆发前的1936年的历史，每卷末附录该时间段的详细年谱，是一部信息量巨大的百科全书式的通俗历史读物。力图打造成一部中国历史精品之作、"中国人都能看懂的中国历史百科全书"。

知识就是力量，知识强国，文化兴国，读《历史中国》，快乐接受中国历史知识，可以开阔眼界，启发智慧，提高修养，培养民族自尊心、民族自豪感和爱国热情，为这一代人更好地投身国际竞争与合作增加原动力。

分卷时间划分：

1. 中国历史从头读到尾（史前文明—2008）*

2. 历史中国：远古（史前文明—公元前 2070）

3. 历史中国：夏商周（公元前 2070—前 771）

4. 历史中国：春秋（公元前 770—前 476）

5. 历史中国：战国（公元前 475—前 221）

6. 历史中国：秦（公元前 221—前 206）

7. 历史中国：汉（上）（公元前 206—公元 9）

8. 历史中国：汉（下）（9—220）

9. 历史中国：三国（184—280）

---

* 按纪年顺序讲述中国历史，叙述点不局限于《历史中国》。

10. 历史中国：魏晋（220—420）

11. 历史中国：南北朝（420—589）

12. 历史中国：隋（581—618）

13. 历史中国：唐（618—907）

14. 历史中国：五代十国（907—960）

15. 历史中国：宋（960—1279）

16. 历史中国：元（1271—1368）

17. 历史中国：明（1364—1683）

18. 历史中国：清（1636—1840）

19. 历史中国：晚清（1840—1912）

20. 历史中国：民国（1912—1936）

21. 《历史中国》快读（史前文明—2008）*

22. 青少年版中华全史（史前文明—2008）**

学生邀请您担任《历史中国》丛书总顾问；您若能同时赐稿给学生策划、主编的《吹灯录》杂志（每年不超过六篇）则再好不过，或您无暇撰文，可否为青年人开列出在您的判断里重要性占据前 10 位、20 位或前 100 位的考古发现。

学生一直盼望能为母校做一点事，他日若能亲手出版老师大作或老师推荐的其他学人的大作则是学生莫大荣幸。此颂

教祺、冬安

学生丹飞　再拜

2009 年 11 月 16 日

＊《历史中国》全史精缩版（篇目齐全）

＊＊《历史中国》缩写版（精选篇目）

一本书的诞生[*]

　　我常常在想，总编辑或编辑应该扮演什么样的角色？发这个问好比在问当下的男人在社会和家庭中要扮演什么样的角色。后一问好答：人子、人夫、人父、男友、情人、上司、下属、用户、客户、消费者、公民、意见领袖、吐槽男、司机、苦力、厨师、保姆、奶爸、按摩师、情绪垃圾桶、心理医生、路人甲，大概就这几类角色吧。这么说第一问不用答了，类比后一问的答案就知道总编辑是干什么的了。简而言之，总编辑是黏合剂，是拓荒者，也是总规划师，还是督导者，具体到一本书来说，还得是这本书关键点的践行者。

　　关键点的践行者，知易行难，比如我现在经手的这本《股战》。今春股市大热烧热了头，各业齐动。凤凰壹力、字里行间和中国好文字网/APP 的创始人贺鹏飞先生动议搞一本影、视、书联动的图书，恰逢其时，署名"道行无疆"的卷发、领带、金丝眼镜男小田华投来了他的长篇小说《股战》前三十万字，这是他计划中两部曲的上部。按他的说法，这部书里的每一个人物和情节都有据可依，每一次"股战"都来自实战案例。小田华强调他的写作不同于其他作家以想象为主，他是秉笔直书，真实写照。我鼓励他对相关情节做了适度补足之后，适逢我公司迁新址，从中国传媒大学隔壁的传媒总部基地搬到

---

　　* 本文首发《出版广角》2015 年第 7 期丹飞专栏"见好不收"。

了北京上东区——一处温度比城里低一二摄氏度、吸一口空气似乎多吸进几万个氧分子的别墅群。见了我发在朋友圈的小视频，小田华称我公司新址像"贺大智的泉翠庄园"（贺大智，《股战》中的人物）。他有调侃和示好的意思，但此贺非彼贺，小说中的大智虽有才干胆识，更多还是提线木偶的角色，而贺鹏飞先生现实中的基业都是靠双手打拼出来的。

道行无疆自小被养父母收养，冠以复姓"小田"，起名小田华，因为结交股市大佬而成为高手，长期为众多散户指点迷津。关于其笔名道行无疆的念法，我念"道行（heng）"，为技能、本领、能力之意，小田念"道行（xíng）"，为行走的意思。我们对笔名的不同解读也反映到做这本书时的心态和文本上：小田华的初稿核心意思是炒股的魔怔可以用"道"来压服、驯服，因此行文天马行空，但显然，"道行（héng）"的天地绝非"道"可比，所以仍需总编辑在关键点进行把握。

以这本书的内容简介为例。小田华版（节选）："因梦魏军进入股市，梦碎一地，魏军迷失于江湖，人海茫茫爱在何方，人生沧桑情花芬芳。在这令人窒息的黑暗里，偶遇奇缘，如一丝微弱的光亮引导魏军寻得股海真经。魏军冲破禁锢了自己的心牢……开创了一片属于兄弟们的蓝海，游刃其间。梦的心思魏军知道，魏军的心思股市知道，股市的心思庄家知道，庄家的心思天知道……狼的血性也就是他们的血性。狼沉默，羊是它们的语言。一花一叶一世界，一股一生一江湖。"这就是该书初稿的基调，如此猎奇，十足电游范儿。

做书当然不能这样过于标新立异，我告诉他要从普通读者乐于接受的角度写，要写出与"我"相关的痛点、热点。从事编辑工作，就同时充当了"泥瓦匠"的角色，拾遗补阙焉能少，譬如这本书，我充分发动作者，加写人际情感、交往、琐事等"文戏"，在股斗的骨架上填上血肉、筋络。经我提笔修改后的简介如下文（节选）："股市来了！不管你是扑进股海，还是站在岸上，都改变不了一个事实——全民炒股时代已经来临。在这个时代，不管你是不是股民，都很难不被股市的大浪溅湿。因为那个看曲线、盯走势、跟行情当饭的

'股疯子'，可能就是你爱的和爱你的人——爸妈、爱人、闺密、同事……《股战》讲的就是一群意乱情迷的'正常人'如何奋不顾身或心不甘情不愿地沦为'股疯子'。散户魏军和他的散户兵团，深不可测的京城八爷，翻云覆雨的黎叔，'霸道总裁'庄家上官青云，女神双娇吕菲菲和格妮雅·黎……这里有你可能闻所未闻的股斗秘密，也有你倍感亲切的人情世故。可以保证的是，你拿起这本书容易，想放下就难了。听我一句劝，开卷有益，麻辣酸爽，笑中带泪！"

此外，我通过逐章起名、更改提要，改写人物小传，改写开篇、大事记等手法，才让这本书得以脱胎换骨。以一本书的简介为例，谈总编辑、编辑于一本书诞生过程中所起之作用，或许过于浅显，但见微知著，就像我所说的"股战即心战"，书作为传播载体，打的也是心战。攻心为上，一直有效，古人诚不我欺也。

扫码领取
★ 作者问答
★ 行业洞察
★ 读者沙龙

清华百年出版界可以做些什么*

考察一所高校的"校格"，最便宜的一个做法就是审看入校新生受到的校史教育。北大的光荣教育和清华的屈辱教育（屈辱与光荣并存）颇有意思：北大学子入校伊始，听的是执"五四"之牛耳，蔡元培对中国现代大学的贡献等辉煌历史；清华学子入校第一堂课受的就是清华始于"庚子赔款"的"挫折"教育，勿忘国耻具象化到勿忘"校耻"。清华流行一个段子：美国承诺拿出来办清华以使中国精英美国化的银子还有一半留在美国国库，或者说，美国欠清华一大笔银子。

北京大学、清华大学明里暗里争"中国第一"时似乎忘记了香港大学、香港科技大学、台湾大学、台湾政治大学等名校的存在。因为如果名校之争的战团中加入如上几所，态势将相当不堪。北大、清华争上游角力范围之广从国家级实验室、国家实验基地、国家重点学科数目，到 SCI 收录论文数目，从两院院士和学术名家人数，到抢到的高考"状元"、各省市前十名人数，从科研、投入经费之争，到模仿哈佛、耶鲁、牛津、剑桥到终于悄声谢幕的赛艇对抗赛，两校骨子里都憋了一股劲。在这一背景下，两校的深度联姻关系又比国内其他任何两所高校来得广泛而深入。除却院系调整时清华文、理、法学院注

* 本文首发《书香两岸》2010 年第 11 期丹飞专栏。

入北大工学院而终于在数十年之间成为"红色工程师的摇篮"这一历史因缘，北大、清华在今天的彼此揳入和融合是空前的，教师层面，学术上交流，课堂上互换，生活上共建共居同一生活小区，两校教师之间缔结婚姻也是常有的事；学生层面，学业上两校可交叉选课，互认学分，婚姻大事上，清华男、北大女的联姻向来被认为是"最好的婚姻"。因此在表象上，北大、清华两校暗里较劲，从骨子里却又彼此关联、渗透得如此之深切。有人说中国（大陆）的大学有两个第一，没有第二，说的就是两校的这种难以言说的情状。只做第一，不做第二的良性竞争，对于两校的发展无疑有着助推作用。

因此，2011 年 4 月 24 日清华大学百年校庆的到来，研究和梳理清华和北大这对当代中国高校"双子星"的历史沿革和渊源勾连，在勾勒各自演进脉络的同时，稍微着力地打问两校的和合大背景和此背景下的些微"对抗"关系，将对理解和认知中国现代高等教育不无裨益，尤其是，两大名校的经验势必对同人高校和普罗大众构成可以互通和镜鉴的经验摹本。

我个人则在主编和编选五卷本的《清华百年文选》，包括梅贻琦的《所谓大学》、梁启超的《君子》、钱锺书的《围城》、朱自清的《荷塘月色》等名篇，杨振宁、季羡林、葛兆光、陈丹青等十人十文列为序文，入选者另包括汪鸾翔、王国维、陈寅恪、胡适、林语堂、俞平伯、沈从文等经由清华留美预备学校考出国门、师出清华或曾为清华及西南联大教职员工。迥异于我编选《清华九十年美文选》时以"美文"为要，《清华百年文选》的选文标准以思想、传播的意义为先，文学性居后，"100 年 100 人·影响中国"是此书文宗。此稿拟于今年 10 月编定，届时寻觅两岸得力出版方在清华百年校庆日前同步出版，所有作者赢得版税或稿费及我个人的编选费用悉数捐建清华大学百年文选基金，或融入既有基金。

清华百年至少有五段历史值得大书，按时序来说就是：一、留美预备学校时期。清华学校对举国学子负笈西学的作用机制，其历史原貌及后世影响值得不虚夸、求其真地进行细节还原。二、国学院时期。严格的称谓是清华学校研究院国学门，通称清华国学研究院或清华国学院。作为现代学术、中国大学进程中的一朵奇葩，作为"一个头尾完整、充满悬念、略带幽怨、可以寄托各种情怀的学术传奇"（陈平原语），对国学院"四大导师"尤其是王国维、陈寅恪、梁启超的研究稍为丰富，但仍未穷究；随着国学院研究生一个个凋零，国学院再传弟子和后人也垂垂老去，从个案、群体等多角度，从学术史、思想史、教育学、心理学、社会学等方面发掘清华国学院独特的师生传承、学统发扬、之所以形成学术奇迹的本相，显得尤为迫切。三、西南联大时期。西南联大是中国高等教育史上另一朵奇葩，如果说清华国学研究院还只是盛开在清华院墙之内，而后芬芳广播于神州大地，西南联大已打破院墙，不舍藩篱，北大、清华、南开三校共治，由"清华大学终身校长"梅贻琦主持，警报声中，教授清贫守节，发愤治学，学子一心向学，学有大成。厘清西南联大学术授受的元脉，破解三校在战火和贫病中联合铸成惊世"西南联大现象"的关窍所在，对于物质富足现实下寻找现代大学精神，让熙攘扩招、学生"毕业即失业"背景下的大学找到灵魂定位，当大有"省棒"效用。四、院系调整时期。清华从综合性大学向工科大学的转向被称为"腹泻"（蒋南翔语），元气受挫的同时，是工科的崛起，这一转向用单纯的肯定和否定来做结论肯定都是武断的。工科的兴盛对年轻共和国大国地位的确立显然有着不言而喻的重要作用。清华的这一次转型对当代中国经济、科技、军事、政治等多领域还在发挥着影响。分门别类地研究、著述、出版当是对待此时期清华的方便法门。五、院系恢复时期。主要从 20 世纪 80 年代肇始并绵延至今的清华外语、中文、社会学、心理学、法学、经管、公共管理、美术、医学、航天、出土文献保护、国学院等多院（系）所、专业的复建或引入，多学科拔尖人才的重金引进，表明了清华复建综合大学的壮志雄心。成绩彰显的同时是否存在提醒和建议的必要？这样的建设对根脉古老但而今毕竟根基年轻的清华文科将大有裨益。另一时期——"文革"中的清华是否可以言说，可以言说到什么程度，则需要若干年后的人们来回答。

当务之急，清华大学、国家有关部门、有识之士、出版界应即时启动"清华影像百年"工程。年月以往，一代代学人、一代代巨擘无声仙去，如果说纸面的研究还可以在大师登仙后后知后觉，大师的谈话录音、影像资料则不可复得。失去了，就永远失去了。这件事，至少对王国维、梁启超、陈寅恪、钱锺书、季羡林、吴冠中等巨擘来说，是回天乏力了。若有新的错失，此等遗憾，永无弥补之日。

谁是当代文学乳母*

这么早就开始回忆了吗？我的回忆指向我做出版之始，穿越从贝塔斯曼、磨铁、漫友到自立门户的站牌。在当年明月、南派三叔、流潋紫、右手、释戒嗔、杨白劳、鲁班尺之前，是约翰·班维尔、伊恩·麦克尤恩、尼古拉斯·埃文斯、尼尔·乔丹及梁晓声、都梁、吕景琳、毛佩琦、蔡志忠、敖幼祥等这串早已扬名立万的名字。当然，张宇、贾平凹、余秋雨、铁凝、曹文轩、李学勤、天下霸唱、樱雪丸等先进后学也都与我发生了联系。这一次，回忆指向四年前发生在梁晓声、张宇、欧阳娟和我之间的一场论争。

梁晓声、张宇是谁自不待言。对于读者来说，梁晓声可以说是家喻户晓。有人说梁晓声是中国"知青文学之父"，也有人说梁晓声老师是"中国的巴尔扎克"。《年轮》《雪城》《今夜有暴风雪》《一个红卫兵的自白》《中国社会各阶层分析》《欲说》，以及《政协委员》，梁晓声的笔触可谓涉及国计民生的方方面面。张宇曾经担任过河南省作协主席，现任河南省作协名誉主席，他的代表作《活鬼》《疼痛与抚摸》在当代文学中占有两个重要席位。张宇与梁晓声都堪称文坛老将，对当代文学做出了相应的贡献。欧阳娟是一位 80 后作家，梁晓声认为欧阳娟改变了他对 80 后的看法，认为这代人大有可为。欧阳娟可

---

* 本文系丹飞为其策划、主持的"百姓情怀 盛世文章：现实主义文学现状及未来十年的走向"研讨会撰述的营销物料。

以说是一书成名，成为 2007 年年底到 2008 年男性阅读市场的关键词。作为新起作家，全国累计近百家报纸自发做过专访（数家文学理论与批评类期刊也加入其中），有些还是整版或头条，有些平民偶像的味道。《交易》之后欧阳娟出版了《手腕》，也引起了媒体和销售渠道的强烈反响，在内蒙古、新疆等地市场，欧阳娟一度是销量女王。为什么把他们三人拢到一起论战？除了因为他们都是我在那个时期的作者，更因为三人之间隐约存在的内在联系：梁晓声一直高扬理想主义大旗，在当代文学版图上高歌猛进；张宇扎根中原大地，影响辐射全国；欧阳娟来势凶猛，一出手就不凡。梁晓声除了在电影厂工作过，还是大学教授，另外一个身份还是北京市政协委员、全国政协委员；张宇还当过县委副书记、建业住宅集团副总裁、建业足球俱乐部董事长兼总经理；欧阳娟也是公务员。我把他们命名为"现实主义文学"三人组，由素有"中国知青文学之父"之称的梁晓声领衔，话题比较大：现实主义文学现状及未来十年的走向。为了鞭辟入里，我向他们提了"七问"：

第一问：对你的人生或写作影响最大的一个作家、一部作品、一个人、一件事分别是什么？

第二问：是什么促使你走上写作之路？

第三问：不同时期，过一段就会有人跳出来喊一嗓子："文学死了！"你们怎么看？请给当代文坛打分。不管打高分还是低分，请阐述理由。

第四问：请列举你心目中的现实主义作家，限三人，一二三排座次。

第五问：现实主义文学的现状如何？请各位把脉。

第六问：作家的现实身份与文学创作的关系是怎样的？

第七问：现实主义文学未来十年的走向怎样？请各位把脉。同时请各位预测一下自己未来十年的文学道路。

我这样给这个大话题盖帽："这不是一个新话题。这个话题的新意就在于：我们坐在今天来谈这个话题……我们的意图也许是想廓清这么一个思路：人之为文，欠缺的也许不是新，而恰恰是旧。"这个"旧"，就是现实主义。

梁晓声首先"发难"，询问另两位对谈者是否有种"温暖的现实主义"的感受。欧阳娟回应说现实主义本来就温暖，因为现实主义讲求悲悯心。梁晓声认为"温暖的现实主义"多少带有浪漫主义色彩，其前身则是写实主义。张宇认为自然主义也可以视为现实主义的某个表征。梁晓声一直对现实抱有关怀。对谈前一天，梁晓声去往洛阳监狱，给一千余名服刑人员做了"头顶的星空和心中的道德律"主题讲演。讲演中以大美语言表现了大善、大爱，同时指出了服刑期间可能的心灵出路。并允诺将会动员民盟与洛阳监狱结成帮扶关系，甚至允诺春节时携国家级演员前来演出。

对谈"七问"，最能激起三位作家共鸣的是第一问。这个简单得不能再简单的问题，却激起了作家热烈的回应和争论。张宇认为一个人的影响肯定不够。尽管如此，他还是把这一票投给了他的父亲。不约而同的，梁晓声和欧阳娟也将自己的那一票投给了至亲。梁晓声说，好像每个作家都说自己的文学之路启蒙于老奶奶、妈妈、保姆，听起来有些"造作"，可这是实情。而这一启蒙都集中在作家"小时候"。张宇虔诚地承认，写作至今没有超出父亲的口语能力。我想，这个判断发自张宇内心。影响欧阳娟的那个人是外祖母，产生影响的那一刻是外婆的去世，那一年，她8岁。她经历了外婆去世的全过程，深深体味到生命的脆弱，恐惧感突然来袭。在日后她遇到的一位老师说了一句话，像手电筒照亮夜路。那位老师说的是一生要做好一件特别想做的事。欧阳娟后来发现，对她来说这件事就是文学。影响梁晓声的人有五位：母亲，高尔基，安广小学校张姓老师，黑龙江生产建设兵团一师一团崔长勇，复旦大学物理系陈姓或黄姓老师。梁晓声说起他们来充满了感激和深情。

早期影响梁晓声的作家是茨威格，他从后者那儿领悟到纯熟的写作经验、写作技法（张宇认为是精锐的描述能力）。屠格涅夫和托尔斯泰的人性关怀影响了梁晓声。梁晓声说他写《一个红卫兵的自白》，称"我不忏悔"，没有人会站出来指责，就是因为文学的力量，教会了他善良。契诃夫则教会梁晓声深刻性。梁晓声说本土作家对他的影响很小，新中国成立以来的革命文学作品，他像其他青年人一样，只读其中的恋爱描写。换言之，他的文学素养来自俄罗斯通俗文学，他的欧化语言习惯和带有翻译特征的语句也都因之而起。而他在电影厂工作那一段看了许多意识流、"生活流"、现代主义的电影，对他的创作也都发生了直接影响。

张宇的"文学乳母"则是王蒙、海勒、昆德拉和卡夫卡。张宇说王蒙对他有知遇之恩，对他特别好，张宇到王家，家里会炒四个菜，聊上四个钟头。张宇在北京的那段时间有"小号王蒙"之称。海勒以创作态度的方式影响了张宇。张宇认为这个态度不是已成定评的"黑色幽默"，而是嬉笑怒骂的态度。而昆德拉是把所有问题上升到理性分析，是从感性到理性，张宇认为自己是从理性上升到非理性。卡夫卡则是张宇"特别喜欢"的作家，"他接近虚无的边缘，对人生绝望，他懦弱、自卑，在狭小的办公室里感受到下世纪的悲观失望，开创了20世纪、21世纪的文学情绪"。卡夫卡的忧郁是美丽的，"增加了文学的才华"。他这个概括新鲜又精准。张宇对普鲁斯特的理解更是获得记者的击节赞赏，他认为普鲁斯特的写作源于对生命本身的坚持，因为生活绝望，用写作延续生命，整个世界对于他不存在，他用写作对现实世界呼吸，他的细腻、精微、描述永无止境乃由于写作一旦完成，就意味着生命结束。

影响欧阳娟的作家是玛格丽特·米切尔和曹雪芹。影响作家的一本书是什么？欧阳娟说是《红楼梦》，梁晓声说出很多作品，张宇颇有深意地说这本书就是生活。同时他把民间音乐（戏剧）追认为影响自己写作人生的"一件事"。

当代文坛应该打多少分？三位作家的反应出人意料。张宇认为作品需要后世阅读的营养，认识当代文学的时候还不到，很客气地给当代文坛打了80分，算得上很乐观的评价。欧阳娟打了个"X+1"分，她的理由是对当代文学的关注又多了一次，就是给当代文学又增加了一分。梁晓声认为文学创作的半径在扩大，中国的现实主义创作理应让全世界刮目相看。现实主义题材的影视相对悲观，现实主义文学相对乐观，因此不给当代文坛打分。梁晓声、张宇也不去预测现实主义文学未来十年的走向。只有欧阳娟做了具体回应。在欧阳娟眼里，三四年就是一个代际，往后走，现实主义文学会走得比较艰辛。尽管如此，读者乐意在阅读过程中体验快感，仍抱有悲悯之心，现实主义文学势必回归。只是她把这一天设定在十年、二十年之后。

　　人不可能两次踏入同一条河流。因此我的回忆只是临水重温。饶是如此，回忆还是把我带到了与他们论争和交往的林林总总。我到郑州会带张宇老师喜欢吃的广式香肠，他也会带我上他家露台，看他"卖掉一棵就够尘尘念书"的盆景。他的娇妻也是著名编辑和作家陈静则在厨房里张罗好饭，女儿尘尘的写写画画集结起来至今已出了三本书，文学评论界普遍认为，90后的尘尘已经成为文学新势力。而与梁晓声老师则在北京、广州、洛阳等地都有过交集。欧阳娟除了数次随我参加活动，也请我给她写过创作述评，私下里则是好友。他们三人对我素有好评，如同我看待他们。春天了，也许该再张罗一次会面，谈文学，或者不谈，哪怕只是朋友似的晤面。

扫码领取
★ 作者问答
★ 行业洞察
★ 读者沙龙

回到"狼来了"

不管怎么烘托其文学价值，都无力否认，《狼图腾》在低迷书市中奇兵突入，仗的可不是一柄唤作"文学"的剑。

诸多唢呐声中，海尔张瑞敏先生那嗓最亮最实在。他独具慧眼，从一部狼故事里看出了阵仗：多谋算，不打无准备之仗；置对方于死地而后快；团队精神。之所以说张先生眼光最毒，实乃他一眼直击本质：《狼图腾》的文化价值。或者可以说，《狼图腾》可以与文学无涉，却不排除它是很好的文化读本。

这么说并非瞎扯，查遍该书策划人安波舜先生的长文，这部"史诗性著作"，作用皆在"对中国历史进行独特解读"，旁涉的其实也许更当下的意义却在"可以给包括商界、文化界、学术界带来重大震撼"。你不一定需要苟同"龙图腾"其实可能是"狼图腾"这一惊人论断，却无法不佩服安先生的文化忧思（是文化的，而不是文学的）：任由内蒙古铁骑和狼群纵横驰骋的游牧草原正在或者已经消失，所有那些有关狼的传说和故事正在从我们的记忆中退化。在警醒国人"狼来了"这一点上，《狼图腾》功不可没。

我却期待更多。我多希望，文学史、现象史十年、百年之后不这么写：《狼图腾》，现象学的意义已经超出文本。

男人的命运谶语*

　　读者对欧阳娟的认识是从《交易》和《手腕》始，他们和媒体共谋，将欧阳娟的名字钉上"80后官场文学第一人"的铭牌。我对欧阳娟的全部认知也都来自自己亲手打磨的这两本书。人格与文格，人品与文品的错位在中国文学乃至世界文学中触目皆是，揭开整个人类文学史，文不如人、人不如文的事如旧痂新创的累累疮疤，格外扎眼。然而还有一种情形是人、文调和，互为表里，文品即人品。这一旧情现状却是"文伦"常态。欧阳娟即归属人文合一的阵营。我对她的认识又不仅限于如上两部长篇。在我操作过的数百位作者中，有一批作者格外得我器重。欧阳娟就是其中一人。

　　在我看来，欧阳娟写官场职场，写情感写青春，写窃喜写伤痛，都是在写人之大欲——佛家"人生八苦"所言即如是：生、老、病、死、爱别离、怨憎会、求不得、五阴炽盛。概言之就是我所谓的"生老病死爱不能"。欧阳娟写此莫不以眼观，以心证，以身体力行。细心体会可以发现，如同鲁迅营造了个鲁镇，欧阳娟也用她的作品建起了一个小世界。这个世界有待欧阳娟指称或读者（包括评论家、媒体）来命名。它尚在浅睡未名，却也呼之欲出了。其轴心是欧阳娟和她经过文学笔法艺术处理后的个体经验。

---

　　* 本文首发《红豆》2010年第2期，被《人大复印报刊资料》（《中国现代、当代文学研究》）索引收录。

　　欧阳娟作品的情节面和逻辑面就以其个体经验为轴心，搭棚架屋。欧阳娟存在的很重要的意义是她与其他作家作品的差异性。这也是所有作家最终能够步出无个性、"无我"沼泽地的终极杀招。

　　"女性的成长必然离不开某一些男人的影响，女性的成长又必然将抛开那些影响过她们的男人。"欧阳娟是个小巫婆，她说出了男人的命运谶语：被依附和被抛弃。她说出了女人的命运正剧：被选择或选择。而这谶语其实是再明白不过的事实，只是世人多数看不穿，或不愿看穿，不敢或不想点破。性别本体的自觉意识贯穿了欧阳娟作品始终，对于这部《最后的烟视媚行》来说，体现得尤为充沛。第二个本命年的作者已经洞察女人的"生老病死爱不能"是个捡拾和抛除的过程——对于男人的捡拾和抛除，对于一切可处置之物及不可处置之物的捡拾和抛除。欧阳娟用男主角的丢失来强化女性主体意识。这是个体的苏醒，也是欧阳娟自觉自省后抛弃技巧的花枝，选择的"笨"办法：通过男主角的丢失得到女主角和一众女配角的丰满。文本背后的潜意识给予我们的启示已经大于其象征意义。女人与女人，女人与男人，女人与周遭，女人与自身，从女性本体出发延伸而成的所有关系，都是老去和更新的过程，迎来送往之间少不了关系与人、事、物、情的叠加和清理。欧阳娟管这种清理叫自梳，叫药。这是多么新鲜的比喻啊。女人的一生都陷在"爱和背叛、摧毁和重建"的迷阵之中。这一迷阵是爱与生的过程，也是爱与生的结果，还是爱与生的理由。女人为爱而生，生而为爱，是天性，也是宿命。这也适用于男人。只不过对于男人来说，爱的征兆隐藏得相对较深，薄情乏爱成了片面武断的人们贴给男人的标签。个体面对选择，面对他人他事他物甚至是面对自身的无力感，是人类开始思考以来的无解命题。这一命题对于男女都是逃不脱的障。

　　"80后"以及再早的"70后"作家翻检出一些标志性极强的词，比如"锦衣夜行""肥马轻裘"，以及用滥了的"荼靡"，以及欧阳娟引为书名的"烟视媚行"。在我看来，这些貌似新鲜、个性的词，在暗暗地展示自我与众不同的开初已经沦入故作姿态的结局。我管这个叫媚俗，或说好听点儿，叫不媚而俗。我把欧阳娟的这一选择当作向读者妥协。这一选择没有抹杀这个"带箭奔跑"的女孩的写作才华，尤其是，她对于人性世相的洞察，如一道光穿越时光的密林，给人们莫名振奋。欧阳娟用"给"名字表达命名：男人给女人名字（或相反），于是一种关系得以生成。关系因为命名启动，这一发现不是第一次，给人的感受却依旧新鲜。这不得不说是作者的心智和能力所至。她安排了个同生的男人作为女主人公的"另一个自己"，女性读者会因此生出诸般感慨，从写作角度来讲，这一设定对于角色的阐述于是生发了二元性。要做新郎官的"另一个自己"不是被指派着扮儿子就是扮小偷，女性在本书中不择手段地弄钱，把爱着的女人或男人带到异国或异乡，结婚或豢养，男性的新郎官"潜身份"，儿子、小偷"隐身份"，及被豢养的"私身份"是男女两性关系的精确隐喻和写照。她发现了时间的长度和令人沮丧的稳态。人生日复一日，千篇一律，百无聊赖，无论悲喜，永无尽头，或在过程中就戛然而止，瞬间抵达尽头。"我们必须歌颂爱情，除此之外，生命毫无指望。"这一絮叨有着杜拉斯的味道，泄露了文学和科学的双重手法：推向极致，而达真理。人、事、物、情的出现和中断、休止、续缘、错失是偶发的，在发生之前没有任何暗示。用过一次之后就报废的不光只是杜蕾斯，欧阳娟安排她笔下的女人们爱过一次之后就失去爱的能力。这是文学的永恒母题，也具有某种哲学和宿命意味。本书中，欧阳娟的语言焕发了活力，"深井"对二人关系做着推进、驱散或掐断的动作，实在形象。她为什么不用"探井"呢？原因在于"探井"太熟烂，尤其是"探井"二字有股子动感，而"深井"的秘密在于讳莫如深。

我向来被奉为善于创造金句的主。仿佛有意无意，我也在寻找或培养善于创造金句的作者，于是不期然地有漫不经心生长金句的作者向我靠拢。欧阳娟就是其中的佼佼者，她说："我们游走世间，渴望寻到最贴心贴肺的那一个我们俗称为同类的生物，与其交谈，拥抱，互相取暖，然而拥抱和温暖都无法改变现状；陌生感总是令人感觉不安，可是只有新鲜的事物才能推动发展，陌生感又是如此的不可或缺。于是我们变得左右为难，寻找相似又排斥相似，恐惧陌生又迎合陌生。"我不只在一个场合宣布青春小说已死，现在看来，这个语焉不详的文类在欧阳娟手中新生。尽管这新生也许是一树昙花，而开花的枝头其实已不是原来的那一枝——她不过给苍凉的浮生披上了青春小说的外衣，其实质是写人情人事人性人欲，这一"伪青春叙事"因此来得格调苍凉，感受切肤。毋宁说欧阳娟写的是一部关于时间的小说，如她所说，世间事"自古有之"。她用她笔下的女性听命于时间又对抗时间。24岁与"终点"之间有着长长的距离，我期待欧阳娟持续的创作能有幸对抗时间。

婉转的锋利 *

一

欧阳娟是个意外。

这个判断对我做出版的历程来讲如此，对当代文学读者的阅读史、接受史来说如此，对"文学史"来讲也是如此。有时候，恍惚间你会以为继《色戒》之后又有某部叫作《手腕》或者《交易》的小说被"张迷"或研究家们发掘出来。这种错觉部分来自欧阳娟"稍稍拐了个弯才出来"的美学追求：塑造笔下人物如此，结构故事也如此。

"交易""手腕"无疑是官场、职场中的关键词。欧阳娟从"我"出发，体认官场关系和官场规则，个别时候甚至是官场"生存法则"。官场中人的"官场性别"的共性与差异在欧阳娟笔下达到了精确的地步，欧阳娟的笔触在官场里游走了一圈，又回到了"我"之上，即一切关系、事件、情绪、故事都是对"女人性"的追问，有种正本清源的味道。尽管如此，我们也不能说《交易》《手腕》就是欧阳娟的血泪书、自传。套用当年"现实主义"流行的

---

* 本文首发《创作评谭》2008 年第 4 期，被《人大复印报刊资料》（《中国现代、当代文学研究》）索引收录。

说法,《交易》《手腕》无疑源于"我"而高于"我"。两书成于欧阳娟对女性性别经验的充分认同和对人、事的深刻洞察、合理取用。她对自己性别及另一性别把握的准确程度与她的年龄多少有些不大相称:她还那么年轻。这些都使得个别热衷于求证、对应的读者对她像《交易》《手腕》中的个别领导、同僚对柳翠烟、陈婉凌一样怀有某种空口瞎话式的猜测。这也是文学的社会功能表征之一:作品在接受与传播层面与读者发生交融、代入、移情、错位的心理效应。

二

尽管一百个读者读《交易》会得出一百个结论,这些结论分解归类之后成了三个结论:官场小说,职场小说,女性成长史。某种程度上,职场小说更贴近《交易》的本来面目。说它是官场小说、官场文学只因为主人公柳翠烟(柳亭)后来升任副市长。说到底,柳翠烟的"官场"没交易,没手腕,对自己,她不接受做人"情人",对表姐柳小颜,她"不能接受一个出卖身体的人",她所做的,只是一个职场女性在常态和变局中的条件反射和自然应对。她的"潜规则"只是她的几任上级刚好赏识她,由赏识而心生爱慕,因此格外眷顾,重点提携,使得她的"仕途"也就是职场之路走得相对平坦一些。她与"数十名"要员之间的"超友谊关系"作为艳史在"民间"流传:她会勾魂,她有技巧,她让人欲仙欲死欲罢不能,甚而说她养了一只火红的小狐狸,每夜与狐同眠,练就一身狐媚。"传说"与嚼舌一样来得滑稽,却也是生命常态。而其实,她在心里把他们当成了心理上的父亲,在彷徨处给她指路。

《交易》好在故事动人,让人看得下去,看了就丢不下。有人看到最后一个字大呼不过瘾,揣测欧阳娟是不是故意刹车,好在日后推出续篇。细数《交易》的好当然少不得欧阳娟活络的语言,也许得益于她的身份和修养,她养成了干脆洗练的文风，寥寥几笔，胜过许多作家说千八百字。着墨不须多，旁人的花花肠子，柳翠烟的直肠子没脑子，官场、职场、生活中人与人你来我往、绵里藏针等情事跃然纸上。她形容分手情人之间的关系是"两段切开的藕"，她说"谣言不一定止于智者"，只举一例："柳亭缓缓地垂下眼睑，几滴动情的眼泪偷偷从眼角滑落下来，她背过身去，不让他看见。"说的是柳亭新婚之夜向夫君坦白曾经"失身"之事，新郎摸了摸柳亭头发，她的反应。起承转合，35 个字，4 个标点，一滴口水都不浪费。想必生活中的她也是不愿浪费表情不愿浪费口水的女公务员。

《交易》能俘获读者的心，角色塑造极其成功恐怕是更为重要的原因。柳翠烟和配角柳小颜、周剑、林鞍、吴帧、郑涛等到了呼之欲出的地步，据说"色女郎"（《色戒》女主角）汤唯评价柳翠烟这个角色简直可以不写剧本，照着小说演就是了。

《交易》本质上是一本女性成长史，是女性性别觉醒、气质养成、性格塑造的生命史。欧阳娟用一支笔，说出了很多女性隐藏在心底的往事、记忆、细节，不乏美好，不乏良善，也不乏不得不和不得已。柳翠烟的特性同时也是女人的共性，柳翠烟的选择和无奈也是女人的共同选择和集体无奈。一个情字，束缚了女人心，却也赚取了更多女人的怜爱和自怜。婚前性行为带给柳翠烟的阴影是她自问怎样"对另外一个人解释这个创口的由来"；她对表姐承诺不会跟她爱上同一个男人，只是她在一厢情愿，她的丈夫后来成了表姐的男人，直至表姐生下她和自己丈夫的儿子；她信奉"要解释就跟自己解释"，能说服自己、过得了自己这一关，做一件事才算是找到了理由；她不想钻进任何"圈子"，却总有"圈子"百般拉拢；她悟到美女想要赢得尊重，最主要的是摆平身边的女人；柳翠烟母亲"教导"她不离婚，"你就拖，拖死她"，不能成全了"破鞋"；她分析公务员队伍里的"打手""武师"和"至尊"，她独到的"拍""藏"之学……会读书的人会发现《交易》甚至是一本社会学，一本接受美学，一本心理学，一本公关学或说关系学。

读《交易》，女人落泪了。落泪的女人不是一个两个。中学老师会端着中学课本告诉中学生：因为感动而落泪是鉴赏作品的最浅最初级的层次。初级好了，浅层次好了，我们流我们的泪。读《交易》不是鉴赏，读《交易》是读者与书相互体认：在经验、历程、情感、情节的脉络和细节上两相印证。《交易》打中了每一个女人几根或某一根神经，除却心理层面的感动之外，还造成了耳热、心口处热流涌起、大脑瞬间空白等生理层面的反应。到这个层面，我们与其说一本书成功了，不如说这本书建了功德，读者的阅读行为已经远远超出了一次预期之中的或毫无征兆的购买行为所能赋予的价值回馈。而这些，是一本书所能发挥的最大价值。这是一本官场小说吗？婚姻十年，伤痕累累，熬到丈夫同意离婚，一场突如其来的车祸夺去了丈夫的下半身，她会离吗？邻床的老奶奶说："你不会放手。因为你的心很软，很软很软，像我年轻时一样。"这么"软"的女人，与其说她置身官场，不如说她置身于磕磕绊绊的职场，置身于每个女人都在面对的难以言说的命运。

三

以上有关《交易》的诸多命题对于《手腕》同样适用。后者在前者已经开掘出的矿井之下又往矿脉深处插入了探头。这一探，探出了《交易》之中没有说出的诸多"秘密"。

《手腕》末尾的《〈手腕〉外篇或十一个关键词》可以看作解读《手腕》的密钥。这十一个关键词从"技术"层面剖解了官场之"术"，对于公务员及职员有着实战指导意义。评说《手腕》的价值所在，不妨以这十一个关键词为坐标切入。这十一个关键词包括：

其一，官场成功人士必备的三种素质：名声、个性、坚持。

书中，付小平因为抄袭论文而败坏了名声。何芳对合作过的上级和同级、下属评价都不高，后者也礼尚往来，对何芳只有恶评。热血过头，功劳大包干，"不可靠"的个性使得何芳在官场上行之不远。刘碧玲认为官场上的较量开始时分是才华和手腕的较量，谁能笑到最后，却取决于毅力大小。

其二，官场中两类即时反馈机制：议论、偏见。

官场说大也小，稍有风吹草动，即时反馈机制立即启动：议论满天飞，"民间"的话语场就这样给人、事盖棺论定，"偏见"由此产生，直接取代"真相"和官方结论。

其三，六种官场动物：自杀者、"张局长"、官场美女、官场丑女、官场"干物女"、红颜知己。

欧阳娟对官场动物的分类很有意思。六种类型中只有"张局长"是专为男性设立，自杀者一类男女通用，此外四种类型说的都是雌性动物。这大概是欧阳娟的性别角色定位使然。官场中的男人走到极端如刘江一条道走到黑，最后以自杀谢幕的毕竟只在少数，大多数官场男都是"张局长"型：多是农村包围城市的产物，早年娶了青梅竹马、春情初萌对象，到后来如年久失修的齿轮组合，动一动的劲头都没了，墙外花香，却又还只停留在"思想犯罪"阶段，张局长对"墙外花枝"刘碧玲的最大念想止于"只是想问问，那天晚上，你是为了我才在办公室冻了一夜吗"。

在欧阳娟笔下，浊男、优质男不是重点。美女、丑女、干物女、红颜知己构成欧阳娟文学体系的庞大网络。她的诸多发现，女性职场人士简直可以挪来作为行动指南。因为受过劳而无获的伤，或秉持的从业哲学使然，官场干物女与八小时之外严格保持距离，可以想见，升职、高位等也与她们保持距离。以与"蓝颜知己""谈谈心解解乏"为操作方式的红颜知己们很显然只能有选择地搁置在男人心里某个角落，若有若无，总在关节点上合理遗忘、遗漏。欧阳娟应是深有感触，不然为什么十一个关键词，独独只有这一个她给格外做了形容："愚蠢的红颜知己。"干物女自甘落后，红颜知己多有闪失，美女是否就能脱颖而出？欧阳娟告诉我们：不记得。她给的答案是美貌利用得好是法宝，利用不好反受其害。陈婉凌与关琳、吴小丽是正反两方面的例子。欧阳娟指出一个振聋发聩的事实：没人察觉，悄没声息地爬到较高位置的，往往是姿色平平的"丑女"，前仆后继拥入官场的美女们往往有始无终。

如此说来柳翠烟与陈婉凌是"官场美女"中的硕果仅存者。如果说柳翠烟的官场"手腕"还稍显稚嫩，她有种被命运推着走的感觉，以一技之长最后荣登副市长高位，陈婉凌则理性得多，她是自主选择，主动出击，加以资源整合，一步一步达成所愿。可以说，在技术操作层面，《手腕》给予读者更多教益。

四

早有"知情人"报料说，欧阳娟并不是文坛新人。报料的人说得有鼻子有眼，称"夏日的阿燃"与欧阳娟的地域、年龄、经历几乎"如出一辙"。看来钱锺书那个鸡和蛋的劝诫对后世没起多大作用。甚至有记者准备拿欧阳娟的"出身"大做文章。现在清楚了，"夏日的阿燃"就是欧阳娟的前身。欧阳娟在成为"官场文学作家"之前是"青春文学写手"，以笔名夏日的阿燃出版了《深红粉红》和《路过花开路过你》两部青春校园小说。回头望去，我相信欧阳娟会与我一样生出隔世之慨：写作笔力老到、画人入骨入髓的欧阳娟也曾经"无病呻吟"过。

现在已经有了《交易》《手腕》，我相信欧阳娟会陆续捧出更多作品，解剖职场、官场、人际关系、情面、命令、规则、道义、操守、责任，写出局中人想说而说不出、读者想说而未说出、其他作家想说却不知从何说起的一言难尽和心照不宣。早在《交易》出版之前我就预言"无人不识欧阳娟"，这不是噱头，也不是故作高深，我是说出一个真相：欧阳娟在每个人的骨子里。她的所谓"官场文学"其实是人学：你我不在官场就在职场，不在职场总该是男人或女人。欧阳娟的官场写作或许还有更深意义——著名摄影家张双俊认为，欧阳娟"选准了咱们民族、国家这个大主题"，在"文明建设、体制改革的前进道路上，鲜明地树起一块警示碑，让每一位有社会责任有人民感情的人暂时停下脚步，站在这块警示碑下深刻反思！坚定选择自己的良心和信念"。

荒诞感：作家庸人的新历史主义或批判现实主义之作[*]

　　美女读者、纯爷们儿读者没商量地将血性汉子温义与作者庸人对上了号。庸人的写作有点新历史主义的味道。庸人这新历史主义换个好懂点儿的词来说可以说是批判现实主义。

　　换个思路来想问题，可以发现庸人的苦心：他虚构历史、消解历史的目的其实是提供给中国读者新的历史想象的可能。满纸荒诞感、不真实感的"伪历史文本"可以看作一个隐喻文本。不愿辩证思维的读者大可把该书当作"纯虚构"小说来读。

　　当在某一个固定时期内全民争说"我×的不是×，是寂寞""你妈喊你回家吃饭"等句式，当全民齐说"雷""打酱油""俯卧撑"，当一本"那些事儿"砸出响动，上百种"事儿"飞蝗匝地，当这"事儿"那"事儿"经数年而阴魂不散，而"回家吃饭"等传个几日就化作"如烟"成了往事，我问自己：这世界怎么了？是该庆幸人民（网民）智慧无限，还是该感叹人情冷暖嬗变无常？有人说，这时代是物质时代。更贴切的说法其实是我们现处消费时代，消费物质，消费资源，消费环境，消费服务，消费尊严，消费情感，消费不可

　　* 本文以《从"荒诞"中感悟新历史主义》为题首发《出版参考》2010 年 Z1 期 2 月上下旬合刊《感悟与思考》栏目。

消费之物。试问还有谁在拷问人类的良心？常怀敬畏心，常怀宽大心，我以为，此二心是化解罪恶的良方。

北京作家庸人多年深挖人性中的美善和丑恶，有扬弃，也有辩证。他也是我视线之内拷问人类良心和良知的不多的几位作家之一。庸人是有历史感的作家，他的笔力公认的尖利，所涉题材刀刀指向曾经的历史、流变的此在、虚构的文学真实，《谋天下》是重构历史，算是独立于小说《风声》《潜伏》《暗算》之外的历史谍战小说；《中国丁克》首度触及中国人丁克现象；《电视》一网打尽 20 世纪 70 年代以降的当代中国百姓生活；《北京爷们儿》《痞爷》追溯 20 世纪 80 年代草根青春；《射雕时代》着笔于大骗子，可称作批判现实主义荒诞文学；《我不是人》堪称《变形记》的中国版本；庸人"向现实主义回归"的《白眼狼》把"人"给骂了个遍：谁都是白眼狼。但同时他又是最没历史感的作家，他在索引历史的同时也在消解历史。最终的效果成了他从现实历史和文学历史那儿借来若干关键词，敷衍出来的则是自己的另一套文学图志。

拿眼下这本《大烟帮》来说，与其说是历史小说，毋宁读作荒诞文学。尽管美女读者、纯爷们儿读者没商量地将血性汉子温义与作者庸人对上了号，庸人潜意识里保不齐也这么自况，不离温义左右的碎催老鸦其实才是庸人的灵魂照影，世间事在老鸦那里都可以用大烟来自圆其说。庸人自己可能也想不到，他一手炮制的温义和老鸦主仆二人成了他的两张脸。

民国史学者指出篡改过的历史不是历史。从字面意义上讲，这一判断是真理。透过字面看过去，庸人的写作有点新历史主义的味道。让我们共同温习新历史主义的这段经典论述："新历史主义实质上是一种与历史发生虚构、想象或隐喻联系的语言文本和文化文本的历史主义，带有明显的批判性、消解性和颠覆性等后现代主义特征，强调主体对历史的干预和改写。"简直就是对庸人写作《大烟帮》的绝妙注解。单看人名，温义（瘟疫）、罗敷（汉乐府中人，文学美女形象）、婷梅（挺美）、张快（快嘴记者）、老鸦（倒霉）、张奇夫

（奇怪的男人）、豆敦（傻瓜）、津井（出甜水的井），庸人正用、反用、引申用，玩得不亦乐乎。书中日本小青年为了证明大和民族血统高贵、自己是比华夏子孙更纯的爷们儿，与温义打赌，六个烟泡烧下来就现了形，由此引发了卢沟桥事变。这么天马行空这么不靠谱的伪历史难怪惹得民国史学者不高兴。庸人这新历史主义换个好懂点儿的词来说可以说是批判现实主义。

换个思路来想问题，可以发现庸人的苦心：他虚构历史、消解历史的目的其实是提供给中国读者新的历史想象的可能。满纸荒诞感、不真实感的"伪历史文本"可以看作一个隐喻文本。该隐喻的深意其实是提醒国人警惕历史健忘症，物质形式上的大烟成了历史，历史健忘症是新的更可怕的精神鸦片。遗忘历史等于背叛，牢记历史不等于泄愤，前事不忘后事之师，历史的最大效用是为后来者提供镜鉴。智力健全的读者读此书应懂小说与历史的区别，何况民国史学者赵云声说《大烟帮》不是历史小说，也就是说，不愿辩证思维的读者大可把该书当作"纯虚构"小说来读。庸人用思想勾兑荒诞，我猜他想说现实比小说荒诞。

我与庸人的机缘始于我在磨铁文化总编辑任上，他那本"骗术小说"《射雕时代》以隐喻手法针砭骗术江湖，尽管不必放大到说他剑指无所不在的人心之伪之腐之魅，不妨碍有心的读者自我检视自己的内心。这一机缘延续到我在漫友文化副总编辑任上创立和操作红人馆品牌之时，一本《我不是人》，从文本到策划、设计俘获了王朔、余华的读者和韩寒的粉丝。眼下这本《大烟帮》和《白眼狼》则是我自创多来多米品牌并与含章行文合作的庸人新作。庸人说，他的作品只要我不嫌弃，都会交给我操作。这一承诺的做出对于作者来说实非易事，因此每个作者如是决断时，我都会倍加珍惜。

出版圈和作者圈中不乏有人常以"我的哥们儿丹飞"况我，大有"我的朋友胡适之"的味道。我称庸人倒可以呼一声"我的兄弟庸人"，我身上的浩然之气和变通之技，与庸人的血性之质和耿直之风存在着某种程度的互文关系。也正因此，才夯实了策划人和作者之间的赏识与信任基质。庸人身上的耿介之爷劲使得他在写作中和人际交往的某些场合显得稍稍有那么一点"不合时宜"。而又是这股子"不合时宜"，吸引了为数不少的铁杆读者和数量庞大的铁杆朋友。对于这部分铁杆来说，他情商大开，游刃有余。另一方面，他又极善于经营自己的小说和剧本创作事业，遍地开花，夺目花红。这么说，他的大开是为友朋而开，他的闭锁是为蝇营狗苟者而闭。这样的作家，值得更多读者为之结"丝"成"迷"。

庸人是个红人，他的小说大都被拍成了电视剧，他还是大戏《欢天喜地七仙女》《幸福来了你就喊》《铁爷茶馆》的编剧。他的红，本质上也得益于他写的是"京味小说"。北京人的爷劲、贫劲让他的作品显出举重若轻的味道。玩世不恭其实是很较真。对于读者们来说，读庸人的书很有乐子，随着未来《大烟帮》连播版、电视剧版的上演，收听收音机、MP3 和网络电台的听众，电视机、电脑屏幕前的观众，少不了还有盗版书、盗版碟的庞大消费群，都可以享受"邪派作家"庸人带来的乐子。而我真正关心的是，当他把荒诞玩尽，下一步会去往何方。

没有生过女儿的父亲不足以谈人生[*]

"女儿是父亲前世的情人",围绕这一主题衍生的文艺作品汗牛充栋。确切地说,这一表述是对父女情感俗化的表达。大概世人眼里,最亲最黏莫过于情人,因此将这个词语挪用到父女关系上来,加个"前世"的前缀,使其表述不背离伦常。当兵是个好教头,做商人是个好合伙人的退伍兵刘干民写书出书不是头一遭——出版过《永远在一起——我曾有一只名叫阿丑的狗》《忘了我是谁》及《我是新兵》两部曲,在其战友、客商等熟人圈有相当反响,还没出版的写母亲的《有妈在——我的母亲程变枝》、写女儿的《女儿,爸爸在》及《催眠》和《兵渣的逆袭》三部曲在熟人圈和各类陌生的读者圈层中产生了更大的共鸣——做父亲却是头一遭。当然,后来他又做起了单身父亲。

写作这件事上,刘干民是一个实诚人,写母亲,因为是非虚构,他母亲的大名直接呈现在书名上;写女儿,因为是半写实半虚构,小说中的女儿名字照搬自己女儿刘沐菡的大名,改姓杨——现实中他的诞生地杨刘村的大姓,他小说主人公们的通姓。有意思的是,即使是在母亲以真名真姓示人的那部《有妈在——我的母亲程变枝》里,"我"也姓杨,自然,刘沐菡在其中相应的也叫杨沐菡。这种小说与现实同名不同姓的高重合度,给读者暗示和预设了一个

---

* 本文为《女儿,爸爸在》序言。

阅读期待：小说中的人与事具有很高的真实度。我与刘干民相熟十年往上，他喊我老大，我喊他少校。印象深刻的是，某一日，他告诉我他离了，女儿归他。《女儿，爸爸在》就是写离婚之后独自带女儿的经历。他带女儿的经历也很"小说化"，并不是常见的日常陪伴，"相爱相杀"。手足无措的"直男"配置，女儿的早慧和初时的多病体质，状况不断，大惊小怪，使得他在心理上经受了锻打，将女儿"送人"又接回，几番折腾，好在有惊无险，给鬼马精灵的女儿"第一次做爸爸"尽管做得磕磕绊绊，倒也乐在其中。

之所以我说没有生过女儿的父亲不足以谈人生，是因为某种意义上，没生过女儿的父亲是不完整的。这么说不是说没生过女儿的父亲不成其为父亲，而是与生过女儿的父亲相比，前者的情感相对粗放，为人父的严的一面占绝对主导地位，不等到生了女儿，其骨子里的柔情就不可能被唤醒。刘干民的带娃经历和写作验证了这个理儿。他与女儿的关联如此紧密，以致无法排遣的心绪也只能与女儿倾诉：

> 2020 年 2 月 8 日，母亲离开这个世界后的第 12 天，我依然会时不时地被失去母亲的悲伤淹没。晚饭后，偶然想起母亲，我便躲到书房流泪。我的女儿杨沐菡轻轻地走到我的身边，问，爸爸，你怎么哭了？
>
> 我回，爸爸的妈妈死了，我以后就是没有妈妈的孩子了。

"我以后就是没有妈妈的孩子了"让读者透过纸面触摸到作者内心的空落和无处诉凄凉。当然，这是父女情延展到《有妈在——我的母亲程变枝》中的段落了——女儿宽慰父亲是轻轻走近他，递出一句话，给父亲回答的机会。这一问一答，情绪纾解就有了通道。一个《女儿，爸爸在》之外的小细节，就袒露出女儿的智慧，父女俩相处得如此之好，可见一直都在努力、永远不会满分的单身父亲正在养成。

向明朝学什么

都说要学会讲述中国故事，各业态也以各种方式，采取不同视角在讲述各自的"中国故事"。避开当下不谈，民国以前，不管是五千年历史还是"精缩"到三千年，最便宜的中国故事一定是中国历史的讲述。同样是由远及近逐朝列阵的文本，相对于民国及以前虚构、民国之后写实的"丹姓家族史诗"《金动天下》，非虚构的历史写作更直观更"便宜"。后者，我做过《历史中国》，从远古到民国，已出版多卷。同时也在研发小部头的《写给青少年的中国历史》。问题是，如果聚焦某个朝代来作传，挑哪个朝代入手？二代而终的秦？攻伐、败落又中兴的两汉？诗酒道的魏晋南北朝？两姓分治的唐？允武允文的宋？改姓马上的元？以铁腕治贪闻名的明？被"阿哥""阿玛"娱乐化的清？都逃不出高开低走的命运。

一个显而易见的问题是，有了《明朝那些事儿》之后，为什么还要《大明王朝》？最"懒"的回答是：前者是通俗历史，后者是历史小说。这个回答也最本质，历史和历史小说带来的阅读体验着实不尽相同。当从出版跳开，谈到衍生领域，比如电影、电视剧、游戏、动画等媒介形式，小说的优势就更加凸显出来。创作手法再翻新，阅读偏好再变化，好的虚构文学和尽管不属于小说但以故事性见长的非虚构文学都跳脱不开人物、故事、语言三要素。《明朝那些事儿》的语言被命名为"明月式语言"，开启了白话说史大潮，人物不可谓不丰满，故事不可谓不精彩——光简体版保守估计就有五百多万册销售的事实就是明证。但《明朝那些事儿》毕竟是历史不是小说，因此人物的敷设、故事的编排不可能太旁枝斜出。《明朝那些事儿》面世八年后，《大明王朝》就有了存在的必要。

从根本上，两书是合二而一的：两书涉笔的人物、事件都生活在同一时间轴上，因人设事，没有突出历史之外虚构历史或"造"史。二者最大的不同恐怕还在于差异化的视角。《明朝那些事儿》是当年明月的视角，当年明月宛如走入了历史现场，在读者和历史情境之间架设起一个瞬时通感的桥梁，当年明月的智慧、知识积累经过历练淘洗后沉淀下来的智性、诙谐、谈笑自如、举重若轻，仿若一介风流儒生临时客串起说书人——也就是后世的"沙龙男主人"，明朝历代皇帝、历朝大员、满纸旧事、风物人情尽数向读者照面扑怀，读者每有躲闪不及之感。这也是"白话说史"之类非虚构文类赋予作者的发挥空间。相较于"明月体"文风、常规特规操作手段、源于"倒明派"又完全悖反其初衷的反炒作，上述这种"轮转时空"的手法恐怕才是驱动《明朝那些事儿》一纸风行的最大动因。当然，当年明月扎实的文史基础提供了知识保障。当年，当年明月常就一些史实的辨正、取舍问题与他的责编叶军商讨。叶军也是实力派历史作家，笔名汗青，他在天涯社区的名头与他的马尾辫一样有名。

诚然，作为小说，作者对小说现场的"介入"和对小说中人与读者的"拉郎配"也尽在情理。方志专家和历史作家出身的小说家朱颜的创作遍及传记、辞典、方志、通俗历史、小说诸多门类。"零度写作"是他写作这一部《大明王朝》的视角。区别于我所称"现场写作"、浸入式写作、半隐身写作，零度写作是作者退隐到文本后面，直至读者几乎感觉不到作者的存在，感觉不到作者的体温和呼吸。《大明王朝》可以说是史实逻辑推动或者说情节推动，在合理的范围内采用文学手法，丰满经过高度虚隐、缩编、提纯后干巴的历史，以史为骨架，在表里、缝隙处补上筋骨经络血肉，拟真，幻真，乱真。

《大明王朝：洪武篇章》浓笔聚焦草根皇帝朱元璋的逆袭之路，以德报怨的一介草民，力战登龙，苛政治贪，而终于还是落入帝王熟用的兔死狗烹途路。徐达、刘基、常遇春、李善长等文武功臣被历史的车轮卷入朱元璋身周，位极人臣又栖惶落幕。《大明王朝》与《明朝那些事儿》虚实相济，将大明王朝剖析得淋漓尽致，惊心动魄。这个大系读下来，不妨都带着一个问题：何以后世的康熙盛评明朝"治隆唐宋"，何以清朝官修史书《明史》评价明朝"远迈汉唐"——一个被后世王朝认可为超越汉、唐、宋的朝代，自有太多值得思虑和镜鉴的大略小节。

扫码领取

★ 作者问答
★ 行业洞察
★ 读者沙龙

"越读"越美：穿越、超越还是僭越

"'越读'？会不会是笔误？是'阅读'吧？或者是'悦读'？"少有人问我，但还是有人问到。因为在日常经验层面，人们用惯了"悦读"，强调阅读的快乐和欣悦。"悦读"流布之广甚至有超过词源"阅读"之势。"越读"？确实闻所未闻。这是我的发明，一本书的名字——《越读》。

我在写给《科技与出版》杂志的约稿《民营书店出路何在——以字里行间为例》中写道："书名《越读》，寓意直指阅读的本质，即作者落笔成文、出版者策划包装推出送到书店，到达读者手里（捧）、眼里（看）、嘴里（读）、心里（入脑产生感染、认同等生理反应），从作者、出版者传递到读者，这个文学生产、交易过程存在'三越'：穿越时空迷阵，超越文字能指，僭越作者本心。"我也乐意在多个场合不厌其烦地反复申说我这"三越"。现在看，我这三句解读仍然是"越读"的要旨所在。或者说，清华国学院四大导师之一王国维先生的"古今之成大事业、大学问者"三境界说：昨夜西风凋碧树，独上高楼，望尽天涯路；衣带渐宽终不悔，为伊消得人憔悴；众里寻他千百度，蓦然回首，那人却在，灯火阑珊处。我这穿越、超越、僭越"三越"可称作阅读三境界：第一境界，是要穿越时间和空间的壁垒和阻隔，去作者生活的时代、为文时的人生况味、生存空间看一看，最好能化身为作者，移情，代入，从作者的情境、立场出发想作者所想，也可晤面、对谈、对茶，交友交心。第二境界，阅读者对于作者的同情、同理心，催发了个体经验的介入，文字能指的轻薄外衣已经阻挡不住阅读者的思想、情感、情绪的野马，个体意志越过纸面，生成各种可能的所指和意义，所谓千人千读法。第三境界，经过第二境界，僭越作者本心之势已不可挡，我们常说的作品创作出来就不属于作者了就是这个意思。这阅读三境界也可以简单粗暴地概括为先移情，再忘情，后无情。传为唐代禅师青原行思的参禅三境界，所谓"参禅之初，看山是山，看水是水；禅有悟时，看山不是山，看水不是水；禅中彻悟，看山还是山，看水还是水"似乎也与我这阅读三境界暗合。青原行思是六祖惠能大师门下首座，禅宗五家中的曹洞、云门、法眼三家即出于青原。在移情层面，读的是作者意志，可不就是"看山是山，看水是水"？到了忘情层面，越过纸面能达到由"我"而生的所指，"看山不是山，看水不是水"。无情层面，读到的是自己的心，作者创作的文字只是"我"心心念念的抓手，"看山还是山，看水还是水"的山和水是我僭越文字和作者看到的"我"的"山"和"水"。

在这个意义上，被《越读》MOOK 诸作者读到的帕斯捷尔纳克、惠特曼、梭罗、莫泊桑、杜拉斯、昆德拉、托克维尔、贝弗里奇、佩索阿、黑塞、海勒、村上春树、三岛由纪夫、德富芦花、蒲松龄、鲁迅、张爱玲、沈从文、萧红、王小波、严歌苓们是有福的，经由名流洪晃、毕淑敏、刘心武、李银河、郭红、柳鸣九，著名出版人、文学评论家单占生，天涯社区资深版主、书评人朴素，知名记者唐山、艾英、黄涌、逄宇昕、鲁彬、周东江、杨雅莲，作家锺慈、叶倾城、郑洁群、欧阳德彬、郑连根、盛文强、高维生、江汀的阅读，帕斯捷尔纳克等人被读者进行了再阅读。再阅读的意义绝对不是"嚼别人嚼过的甘蔗渣"，而是类似乳母般的择其精华而哺。《越读》也不由得被拿来与《大英百科全书》编委、被美国全国图书基金会颁授美国文学突出贡献奖章的克里夫顿·费迪曼的《一生的读书计划》相提并论。这本书在中国图书市场上不显山不露水，悄没声息销了几十万册。诚然，《越读》MOOK 年岁还轻，能不能千锤百炼淬火成为经典，还需要读者和时间检验。但其诚意和用心是显见的。尤其是，在这样一个碎片式语录碾压头脑，阅读式微的逐利时代，还有人愿意不遗余力地搜罗经典作家作品，分享阅读体验，本身就是一件微小但崇高的事。我是读美了，期待你也"越读"越美。

最初和最后的乡愁*

如果说有什么是根深蒂固、冥顽不化的，除了一口乡音，就只有乡味了。江浙沪嗜甜，中南西南人嗜辣，南方人好米，北方人好面。同样是煲汤，广东人每食必汤，他乡人偶或炖汤。他乡的汤够味，荤荤素素也都有滋有味；广东的汤真叫汤，因为只喝汤，其他主配料叫"汤渣"。同样是面，东北、华北、西北……演化出各形各色的筋道和口感。就别说无辣不欢的中南西南了，所谓四川人不怕辣、湖南人辣不怕、湖北人怕不辣，嗜辣家族至少还得算上云南、贵州、海南。

这种对于"味道"的偏好无疑是从娘胎里带来的，任你南下、北漂，还是海漂，张口还是陕西普通话、武汉纽约音。乡味到了国境以外叫中国菜，以国菜的名义怀乡；乡味到了自家餐桌叫家常菜，不管这张餐桌摆在香榭丽舍的衣香鬓影、洛杉矶的沉沉暮色，还是北京赖以寄生的方寸之地。

所谓"老家味道"，其实是妈妈的味道、奶奶的味道、姥姥的味道，或爸爸、爷爷、姥爷的味道。这味道是无害的目光和微笑，离开多久也熟悉的怀抱，少求回报的付出，无条件的爱，也是大到家宴、小到一日三餐的嘴边的生活。烟火人间说的大概就是心与人、心与境、味蕾与味道之间的这份牵念和回

---

* 本文首发《南方日报》2015 年 6 月 20 日"人文·读书"版。

味吧。乡味是"食物魔法师",是"童年味觉最悠长的回忆",是"简单纯净的笑容在外公的背篓中""单薄柔弱的顽皮在外婆的口袋里""蜿蜒的小路上,被吞进嘴里的阳光"这些"恒久慰藉"。

手头这本《老家味道:舌尖上的乡愁》已在以"吃货"自居的新都市人中间薄有美名,概因其中挥洒不去的儿时记忆少年情怀,纯质纸张,泛黄的老照片,似乎能闻出一股乡土味的水彩画,尤为用心的是天头地脚藏卧的黑白素描,一角飞檐,两根大葱,三瓶酱醋调味,四时应季菜蔬,在人心浮泛的当下给人一点宽怀:毕竟还有心安处。有这样的"美食"佐餐,这样一本集多方吃家寻味心得的诚意之作怎么能够不获自嘲自黑实则自矜自诩的"吃货"们青眼?从东北、京津、齐鲁、晋老西一路吃到江南、洞庭、川渝、闽南,吃家专文述写美食专情,佐以寻味记事、美食傻瓜菜谱,天南地北吃到味蕾尖叫的美味,直接带入暖男、厨娘的私家厨房,"让那熟悉的味道重新填满味蕾,那是一种无法言语的满足与喜悦"。

"每每念及某种食物之时,我更想念的,是共享食物的人。"不愿独乐乐而愿众乐乐的"共享"精神,才是这本书悄没声息地走入寻常人餐桌枕畔行旅中的原因之一吧?另一原因则是萦怀的"乡愁"——"年纪越大,越能体会到一些细碎却珍贵的情感……这种细腻,常伴随着偶尔的回忆一次一次催我泪下。"对于"那段时光"及"真爱人情","不舍,不得不舍,得舍,舍得!割舍,成了回忆。回忆,有了经历"。"你走过了,你会了解……最幸福的事,莫过于被一生铭记!"如若读者诸君能够借由本书,用"耳边的喧嚣"换取"边城的纯净",哪怕只是开卷击节赏读,掩卷若有所思,哪怕赢得片刻心安的只是漫长时光中的一些小片段,也善莫大焉。当下人给自己疲于奔波的脚步和躁动不静的内心寻找到的借口是:人为事圈。于是即便是这样的乡愁,已不多见了。

第三性别的俗世叙事

"世上有三种人：男人、女人、女博士。"这个段子简单到只有十几个字，却似乎隐藏着莫大能量，不论昼夜，但凡在酒桌上、办公室、网络上、短信上、枕边说起，说者都能津津乐道，也都能引起听者会心一笑。女博士就成了公众话题里"独立"于男、女二性之外的"第三性别"。这一认定不独存在于话语层面，已深刻到由个体心理渗透、浸润成社会心理：女博士，就是不好归结为女人的"性别：女"。管理学女博士王瓷玫茶恋爱、结婚、生子、交友……全面进入世俗生活且生活得有模有样，以及开始写作那天，其实就狠狠地给了这样的成见一个又一个耳光。

这个笔名就很不"女博士"，而是很女人。四个字除了"王"是她的姓，其他三个字与她并无特别的联系。推想一番，"瓷"其实是瓷杯，例如被人写滥也说滥唱滥的青花瓷；"玫"就是玫瑰；"茶"就是中国茶。这个笔名的意旨其实再简单不过：一杯精瓷盛装的玫瑰花茶。瓷器、瓷杯和玫瑰花茶都再女人不过，都是女人的心头之好。如果来点儿语词考证联想癖，瓷杯谐音慈悲，慈悲二字，也是女人们爱用习用的说辞。说到底，女博士王瓷玫茶就是一个十足的"纯女人"。

说这个女人很"纯"有她的诸多创作佐证。即使在她直接以"第三性别"命名的"女博士"系列《女博士的柴米生活》《机关女博士》中，王瓷玫茶笔下的女博士还是落脚在"柴米"和"机关",其学历是博士,其社会性别依然是女人,博士头衔除了在闲人那儿添加了点儿异样目光,在职称上占点儿便宜,并不能在俗世生活中帮衬到女人什么。或者说,女博士头衔只是一个头衔,女博士作为女人的个体、家庭和社会角色与其他女人并没有不同。瞧瞧王瓷玫茶的着眼点:《家家有本难念的经》《房比天大》,无不着力在俗世人生。"第三性别"赋予她的青眼和白眼她都轻飘飘地脱去了,这过程并不比蝉脱去蝉蜕来得艰难。她在从为人学生做研究课题到走马上岗为人职员,从为人女到为人妻、为人母、为人媳不长的三两年间,写就四部长篇小说,还丝毫不耽误她演好其他角色。与其说这是由她的博士专业"管理学"发挥了作用,还不如说是她作为女人细腻、统筹、自我价值实现的一面成全了她。

　　王瓷玫茶的"婚恋""房子"题材小说写得怎样呢?就以《房比天大》为例,可以说她极尽"碎碎念"之能事,从角色设定、人物个性、地域设置、叙述语言、对话、布局谋篇等方方面面围小说的叙事"城",照顾周延,滴水不漏。王瓷玫茶深谙读者的阅读心理,光靠文字本身就可吸引读者饿马夺食,一口赶一口地往肚子里填食。阅读心理学或说接受美学及文字两技,已足可保证这是一部引人入胜的好书。何况作者还在故事场域的设置、人物性格样式的设定等硬功夫方面做得充满俗世的温暖,或者说,很女人。农村人、城里人,"本市"和省会城市、北京,暴发户家的富二代和穷二代,上海丈母娘和"本市"婆婆,买房还贷与炒股、买福彩,上幼儿园难与上小学难,婆婆"缺点"鲜明的爱和儿媳的误会……事事桩桩都扣紧生活脉搏,在让读者与之"共搏"的同时,又能感受到王瓷玫茶不一样的文脉跳动。显然,这些是她的人生历练和因此积淀的思想和情感反刍馈赠给她的,是她自发自觉的文学修养和文学训练回报给她的,而不是她的博士经历所能给予的。在同时期、同时代的情感题材小说家中,哪怕仅凭《房比天大》一部,王瓷玫茶也是突出的。

　　翻检读者读此书的心得,"感同身受"四字跃然纸上。天涯网友艾娜倾诉:"为了自己一点点模糊的梦想,毕业时拒绝了父母在老家找的好工作,而选择留在北京，几年过去了，我的梦想已经被三环以外一套小小的两室一厅替代，这间小小的房子已经耗尽了我们双方父母毕生的积蓄。"搜狐网友雪影飞狐另有感触："我和老公这几年所有的纠结、争吵都源于房子，看了这本书，我突然明白，原来房子并不是生活的全部。"读者对王瓷玫茶写作知人察人、塑造典型的力道素有盛评，雪影飞狐似乎从中获得了自我救赎和救赎爱人的力量，"感谢这本书的作者，让我换了一种方式思考，在对身边这个男人绝望的时候，突然体会到他的难和他的好"。艾娜更是将此书引为"自传"，"这本书，我几乎以为自己就是原型，连吵架台词都一样"。

　　一间蜗居压死人，这是中国式观念的余威——所谓有房才有个家的样子——也是小民的生存底线。讽刺的是，百年前一年俸禄可买北京城中心一座四合院，百年后房子竟然成了当下中国人人生最大命题，成了驱动当下中国人人生主题的启动键，启动俗世物质和心理的快慰阀门，还可本质上影响 GDP。问题是，房子带来的幸福是真幸福吗？"房比天大"不是伪命题，君不见一座房子压得多少男子汉抬不起头。有人做过中国十城市"窝心事排行榜"，结果"房事"稳居榜首，将排在二三名的"毕业即失业"和"工资永远赶不上物价"远远甩在身后。平头百姓中间，由房子引发的悲喜剧日日都在上演。假结婚、假离婚、真离婚、隐婚族、拼房族、蚁族、蚁居或杂居、骗廉租房、钉子户，新词层出不穷，却还无法说尽世相百态。经济学家算了一笔账，一对普通的工薪阶层，奋斗一生只够买得起一套房子，这还不能考虑通胀和房价暴涨的因素。没房族怎么娶老婆？有人选择不结婚，有人选择"私婚"，对双方父母保密。为了一套宽敞的房子做"小三"听起来像说笑话，却具备足够成熟的现实土壤。有房族幸福指数高，没房子是世上最"悲催"的事。房地产成网络热点，房价涨跌实情和预测、什么地段什么户型哪家楼盘最划算成老百姓每日最热衷的话题。以北京为例，京郊已不是低房价热地，后入市的平民，目光都得划拉到北京地界以外的河北。房子成了负累，家成了每天上下班要跋山涉水才能抵达的月付费型旅舍。所以才有人感叹家事婚事大不过房事，天大地大不如房子大。《房比天大》一书写尽亲情爱情人间情、家事婚事人间事，让读者们换了一个心态生活，原来人生最贵是真情，最贵是用心好好地活。生命中房子从来就不是重中之重，更不可能因此左右和决定所有事。

读王瓷玫茶的网络签名可以视作她对自己小说的旁白。她的昵称是"有子万事足"，她的签名是"幸福婚姻是不断妥协的产物"。女博士也要并一直在回归尘世，这个"第三性别"的"寻常"智慧和叙事文本对于我们的阅读时光是一道亮丽的欣喜。

文学拷贝生活：以"照相式写作"为例

1

论及翁想想的写作就不得不提及"网络写作"，因为那是她的出身：她曾在搜狐网举办的文学大赛中摘得职场小说类作品头名。她也是当届大赛总冠军的最大热门，惜乎那届大赛最后不了了之。而那是搜狐网这项赛事的第一届。作家的"网络出身"成为近十年来尤其是近四五年来的大热话题。关于这个问题，我在《网络写作：文学的撒欢与阵痛》一文中曾做过专门论述。

以热帖成名是网络作家浮出水面的绝杀招，凭借网络文学大赛借势而起则是网络作家另一登龙捷径。未有善终的搜狐文学大赛让湖北女作家翁想想得以冒泡，新浪文学大赛以相对圆滑的处事方式，至今已全须全尾地举办了六届，值得说道的有第一届的阿闻和安昌河（最佳长篇奖和最佳短篇奖），第二届的千里烟（一等奖），第三届的徐东（最佳博客短篇奖），第四届的景旭枫（推理文学类金奖），第五届的夕颜容若（都市情感类银奖），第六届的杜树（情感类金奖）。从各赛事协办机构能看出这类大赛的本质：实质性的协办者往往是某家出版社或出版公司，选稿唯亲在所难免。比如我到任磨铁时就经手出版了新浪第三届大赛的所有获奖作品。这样的赛事纯度几何可想而知。有意思的是，除景旭枫尚未与我正式合作过，这些作者忽远忽近先后与我产生过这样那样的联系：我推荐过安昌河和徐东的书，徐东客气地在自己的书上把我列为策划人，我做过阿闻和夕颜容若的书，又刚推出苏月的《婚姻门》（苏月为我重新包装夕颜容若改的笔名）和千里烟的《女处长》。考量两大网络赛事实力作者，发现三个女作者在网络写作的大版图上脱颖而出：翁想想、苏月、千里烟。三人中翁想想和千里烟凑巧和我一样都是湖北籍。

2

因网络得名的三位女作家成名后与网络的关系发生了微妙的分野：苏月仍然在实体图书出版前执着地在网络上陆续张贴大部分文稿，网民的回帖她会细看，认为说得对的会虚心采纳，并据此修改文稿；翁想想和千里烟对网络发表的兴趣都不浓厚，目光定在实体图书出版。三人的小说都有深厚的影视改编潜力，苏月走在前头，《婚姻门》《婚姻扣》《娶我为妻》已卖出电视连续剧改编权，也有一线影视公司正在评估翁想想和千里烟的小说，想必签约之日不远。以翁想想的《电视门》为例，多位资深人士劝我赶紧投拍电影电视剧，"不拍可惜了"是他们的一致说辞。为什么业内人士都认定《电视门》应该影视化呢？这个话题其实引到了《电视门》的文学特色上。

一是主脉清晰，枝枝叶叶都围绕主干，没有旁枝斜出得太离谱。

二是移步换景快，情节推进快，适合镜头语言表现。

三是唱歌选秀的拟真、保真效果，让人有想象、比附空间。

四是电视台作为强势媒体的"第一媒体"地位在网络出现之后尚未受到实质冲击，电视台仍然是人们窥隐、揭秘的心头好，围绕电视台发生的钱与权、官与商、钱与色、规则与潜规则"黑幕"足以调动小老百姓的敏锐感官。

翁想想的语言也是短平快，不事雕琢，少量杂有武汉话、黄石话，以求灌注一定的地域性进入故事背景。俚语俗语也点缀进小说，在生活气息的营造上做文章。

多有读者被其中一些细节打动，询问为何能如此传神如此真实。这与翁想想所做的前期准备工作分不开，她明察暗访，还充分调动朋友资源，抠打卡机、台长潜规则、女区长等内幕都取材自亲友的亲身遭遇。她有过用一顿大餐换一个生活中的真实情节、细节的狂热举动。作者用了心的信号，读者能接收到，给予的回馈也才会格外热烈。

3

《电视门》的写作模式可以命名为"照相式写作"，虽然不可能也完全没有必要达到全息照相技术的精度级别。艺术的合理留白是信息的合理"缺位""跳帧"，能给人带来特有的审美节奏，以供想象的野马驰骋。"照相式写作"换言之则是文学拷贝生活，文学是生活的拷贝。大学《文学理论》课程有一道辨析题说："费尔巴哈认为，艺术家不能做自然的主子，只能做自然的奴隶；歌德说，艺术家既是自然的主宰，又是自然的奴隶；达·芬奇说，艺术家不能做自然的孙子，只能做自然的儿子；郭沫若则说，艺术家既不能做自然的儿子，也不能做自然的孙子，而应该做自然的老子。你以为如何？"这里的"自然"可以替换成"生活"，或者说，要辨析的是文学与生活的关系。翁想想的"照相式写作"和她的文学追求即在达·芬奇和歌德之间。文学拷贝生活，经过语言、语义和指代方面的转换机制，成就可感可亲的生活大戏。

对翁想想作品的出版并不与她的创作同步，《电视门》可算是我给她的命题之作，我对这本书倾注的心血格外多，首次为一本书创作歌词，且一写就是10首。《电视门》后发先至，她此前创作的包括获搜狐首奖那部《银行丽人》在内的四部小说则被改装成《电视门》后续系列作品，以"非诚勿扰""鲜花战争""围城保卫战""女记者手记"等副书名在今明两年陆续面世。翁想想以"照相式写作"深度诠释文学拷贝生活的内蕴，用心之处入骨入髓。

　　当文本以相对浑圆的文学性竖起来，尤其是引起一定的传播度之后，文学拷贝生活已转义为文学"干预"生活：作品中的人物原型及其他读者无法克制地对号入座，故事、人物连同语言组织方式构成的文本整体撞击读者心扉并引起读者感同身受、值得称道、快拍影视等感喟，是文学"干预"生活的明证。到了这一步，文学已在美学、人学基础上添加了传播学、社会学、大众心理学的意义。

4

　　《电视门》"照相"的另一层含义则是文本投射的人、事、情大多都有所本。好多选秀红人或选秀主脑在书中都可找到影子。"电视台"内部的人事勾连，秘而不宣又心照不宣的那些不好拿上台面说的事都有具体的原型。文学在履行拷贝和干预功能之时，会否踩到当事人、当时事的痛脚？更深一步，会否构成诽谤，触犯隐私权、名誉权等民事侵权？或至少，会否造成道德和道义方面的缺欠？这是作家干预生活的红线。把持一个什么样的度，确实值得作家写作时注意。同时，度在哪里，怎么把握，也是对作家文学功底、心性和心智成熟度的一个考验。作家社会化的程度关涉作家在文学途路上能够走多深远：社会化程度不够，就容易触碰到法律法规和道德的红线。社会化程度太重，就失之油滑，丢掉为文者起码的真诚。更好的局面是作家笔力所至，读者大呼过瘾，被"干预"对象不但联想不到侵权、诽谤，还反过来以被作家书写为豪，因为其真实的一面其苦心素不被人懂，突然有作家不光懂了，还艺术地表达到让世人也能读懂这样一个自己，善莫大焉。这一点，《电视门》做到了。

幸福像花儿一样

　　幸福是什么？也许不是大悲大喜的肥皂剧，而是一出没有编剧没有导演没有主演的生活秀，庸常，平淡，琐碎。打个比方，就像无趣的大饼上星星点点撒了几颗有趣的芝麻粒。要让《婆婆媳妇那些事》里的家琪妈和小诺来说，幸福的最高境界就是相安无事。相安无事也是天下婆婆、媳妇、公公、儿子的理想。但平庸的现实恰恰最不允许人们甘于平庸，不经意间总会来点事，于是相安无事真的就成了理想：可以瞬间达成，不可时刻拥有。这些难得现身的幸福瞬间如此难得，以至到来的时候无比短暂，稍纵即逝，幸福过渡到龃龉、嚼舌、隔膜。幸福像花儿一样，难开易败。对于家琪妈和小诺来说，那些为数不多的瞬间包括爆发女人战争时家琪站在自己这一边，或者家琪和自己结成同盟而对方还蒙在鼓里，这些都是一个人的幸福瞬间。只有当共同的骨血阳阳出现时，幸福才是同步的。因为阳阳身上流淌着家琪妈 1/4 血脉和小诺 1/2 血脉。但深入生活、教育等细节问题中，分歧不可避免地产生了。家琪爸从阳阳身上看到了自己和家琪两辈人，得出结论：人大了，快乐就少了。

　　给快乐减分的是各自的立场和主张。这里面存在着话语权、亲密程度、财权等利益上的划分。家琪爸提示小诺，家琪妈只需要小辈的一点好话和软话就很满足，小辈应以宽容之心来对待老人的不足之处。小诺则认为这样治标不治本，她认定的"本"是婆婆想把一切紧紧抓在手里，认为只有这样才是真正拥有了：儿子，孙子，家里的"话语权"，家庭一应事务。一个要强的婆婆，摊上一个凡事"以理服人"的媳妇，想不生事都难。"医院"急电家琪爸，让打3万元给医院。家琪爸急得火上房，小诺冷静分析肯定是诈骗。一直以和稀泥、打圆场为己任的家琪爸这下子也撂挑子了："父母是死心塌地爱你的，她够死心塌地吗？"

小诺在MSN上与公公说的一席近乎刻薄的"真话"多少说出了婆媳战争的实质："我不过是你们儿子生命当中的一个女人，与我存在关系的，是你们的儿子，不是你们。"对一个男人的争夺，构成了两个女人的战争。诱发战争的金苹果是"爱"。对爱的不同理解和给予爱的不同方式，都给一次战火孕育了生机。婆婆苦，媳妇苦，最苦的其实是身为儿子和丈夫的家琪。家琪爸则充当了旁观、调和和总结的角色。家琪在小诺爸爸辞世后向小诺妈和新亡人发誓"一辈子保护小诺"。他这么说了，也这么做了，只是活得很艰难。家琪爸做的一个噩梦宣示了家琪的困境：小诺在左，爹妈在右，家琪夹在中间。梦里的家琪宁可"死掉"也不愿意选择。因为他"什么都想要"：老婆，孩子，父母，事业，健康，幸福。

没有硝烟的家庭幸福吗？在《婆婆媳妇那些事》结尾，小诺面对着车祸后的家琪悟到了一个真理："不出血的受伤更有一种迷惑人的假象。"也许，战火时起的家庭真能收获别样幸福，因为一次战火就是一次减压。而相反，一次次战火被强压下去，累积起来就是一次天崩地裂的井喷。当然，每次战火燃起，杀伤力不可致命，战火熄灭之后也要及时疗伤。微创及伤后疗伤的法宝之一也许就是以幸福的名义对掐。在口舌之间，压力舒缓，幸福养成。或者说，尽管有时难免会伤和气，家琪妈和小诺这对欢喜冤家未尝不是找到了幸福的稳态。

因为懂得，所以慈悲

总有些事儿出人意表，也总有些事儿抚慰人心。前有《明朝那些事儿》，后有《戒嗔的白粥馆》。明矾从前者获得历史书写与阅读的语言狂欢，《戒嗔的白粥馆》的读者们则从他的故事里汲取抚慰和启发。因为读了《戒嗔的白粥馆》而受到激励的故事随时都在发生。而这些，是对出版人、策划人最大的褒扬和抚慰。触动读者，在某种程度上给读者以向上的、积极的、正面的影响，是我做出版的意义。

在这一点上，读者也许比同行更懂我。同行关注的是我怎么总能"碰"上好书，读者更多的是感激我成人之美，出版了这本让他们感怀不已的书。《戒嗔的白粥馆》的主旨是什么？相信对读者来说、对戒嗔来说，结论会大相径庭。我的看法是，这本书传达的是圆融、恬淡、放下的人生哲学。而其核心是"放下"。在这个意义上，我才将之命名为"让心情放假的每日生活禅"。这里的几个关键词可以简略表述一二："生活禅"之意是《戒嗔的白粥馆》源自生活，若有若无流淌其间的，是标举智慧人生；智慧源自生活，也还给生活：俯仰生息之间，可以体悟、化用其中的禅机。因为禅机的"随时"性，也因此有了"每日"这个修饰语。显然，"让心情放假"就是"放下"的俗化表述，讲究让心情处在"放假"状态，轻装上阵，面对生活。《戒嗔的白粥馆》在读者"放下"的过程中起到什么作用呢？那就是"用朴素的禅机开解生活的迷失"。戒嗔淡如"白粥"的故事，就这样润物无声，将不尽禅意、绵绵佛心灌注到读书者的心灵。

　　我为什么想到出版《戒嗔的白粥馆》？与戒嗔的交往中有何印象和感触？几乎每天都有人问我这些问题。这些个问题其实万水同源，可以一起作答，即归结为戒嗔的故事里流露出来的几个品质。不妨以几个关键词说明。关键词之一：善。善，也是好的意思，戒嗔故事的首要品质是以善心发宏愿，以分享的心打动人。这个根本的立意很端正，一下子打动了我。关键词之二：真。戒嗔讲故事心态很平，情致极真，因为真诚，所以能够直指人心。词义为"端正"的形容词性的"端"是好事，做动词表"端着"却是人际交流（包括写作）的大忌。恰好，戒嗔丝毫没有"端着"的浮躁心态。"成名"之前他怎么样，"成名"之后他还是怎么样，照例中正平和地讲他的故事。关键词之三：淡。戒嗔的故事都从生活中来，商标、花草、彩色玻璃、头发、佛像、假货、彩票、火柴、竹雕、阳光、洗发水、雪、吵架、发烧，等等，就是百姓寻常事，在这寻常之中恰恰体现了某种永恒性。戒嗔刚好把这永恒性给捕捉了下来。因为懂得，所以慈悲。这话据说是张爱玲说的，用在《戒嗔的白粥馆》上面倒很贴切。

　　因为感念，一切便生出了意味。

生老病死爱不能

　　你知道我来评价《我是佛前一只鱼》这本书多么不合时宜，尽管这本书的出版是因了我的动议，且由我操刀，把一本言情导向禅与悟。职业所趋，我的眼光是大众眼光，趣味是大众趣味。萨之鱼的眼光和趣味是文艺的，那个圈子和那个意境，我十多年前几乎就要进入却终于保留在体表游移的状态。我选择操作她的小说，大概因为我看到了十多年前的我，曾经热血轻狂，曾经怀抱激烈，在暗色的青春里做着偶尔明媚的梦。

　　萨之鱼的部分生气应附着在她的小说上。天阴天雨天晴天下雪，轮转胶合，是常态，换了日日是晴天，文艺的身体和文艺的心经不起暴晒。她的小说也适合晴雨无常阴阳交合的天气读，如在漫长晴日，她的小说会少了些光泽，她的人会萎靡不振。她的人和她的小说是水相的，水底藏火，时时水火不容，又时时水火相生。

　　这本书写了多少种情致呢？看重，吸引，对应，相守，爱相随是短暂的。交错，误会，戕害，轻慢，爱不能是宿命，是恒久。所以天性亲水的女孩子家读出眼泪，对相距或远或近、存在或不存在的爱情念着小说中人的念白，在询问和求证间印证自己的无奈沧桑。生老病死爱不能，都形容不整地躺倒在萨之鱼的笔下了。这生生死死，是当局者的爱情和心和身体，也如药，招惹经过、旁观爱情事件的路人，不一定是治疗，也许只是传染。

历史的一种活法*

　　我应是见证了罗杰从"拍案"写手到历史写手的嬗变过程的。在这一从公案到史案的转身动作中，罗杰再一次在文字之外显示出他早就在文字之中转圜裕如的急智，他的转身动作之猛也让我吃惊。尽管某种程度上，我在其中也起了一点推波助澜的作用，罗杰的变化之烈还是要归功于他的自省和智慧：求变，于是变。

　　罗杰首次进入我的视野是在他的"包公拍案"时代，我和他接上头时他已签出，惺惺相惜之余，他和我的紧密联系也由此建立。及至此刻，罗杰出版了两本拍案、两本历史，第二本《命案高悬》由我操作，第三本《历史的体温》由我牵线交由好友杨莉出版。罗杰与我第一次发生关联时，我在磨铁；而我眼下谈论的罗杰第四本书《历史罪》的操作方正是磨铁。时间画了一个小小的圆。

　　我那时为《历史罪》写的那段话现在想来还有其存在价值，不妨抄录于此：

　　　　罗杰从惊心、伤痛、恐惧、迷醉、残暴、贪婪、阴谋等历史瞬间，拨

---

* 首发《彭城晚报》2009 年 6 月 29 日。

开历史迷雾，诉说历史本相，找寻人、事归宿，结果却发现大事件通通是大历史的过客。

《历史罪》带给读者的历史现场感和身份代入感，及叙事的节奏感和分寸感，使得罗杰区别于其他历史写手。每到关节点合理设问，直让人想到百家讲坛没有延请罗杰开讲也许是个美丽的错误。也正因此，我们说他是更具有现代性和当下性的作家。

之所以用"刻"来叙说罗杰制作，是因为罗杰除了有常人不及的急智，他还是常人不及的快手，你永远无法预测他何时又会拿出一部大制作吓人一跳，这份能自如出入典籍史载和创作敷衍，质量和速度又达到相当标准的能耐，恰恰是一般历史写手难以达到的。别人突不破的瓶颈，目前来看，对罗杰来说并不存在。

自当年明月《明朝那些事儿》始，经曹三公子《流血的仕途》光大，到罗杰《历史的体温》《历史罪》等历史文接连抛将出来，勾勒出"白话历史"从异峰突起到尘埃渐定的清晰轨迹。诚然，白话历史这一瞬间崛起、随即应者如鲫、不久各自归位的写作大潮不应只有这数人留名，如若加上月望东山、王者觉仁、锐圆、清秋子、高天流云等十数位作者，就几乎构成整部白话历史的历史。罗杰在其中不是名声最盛者，也非著述最丰者，却是在写手队伍、读者阵营屡被提及、呼声走高，能与当年明月、曹三公子同论的不多的几人之一。我们能够发现，罗杰在白话历史界相当吃得开，他的"才气"照旧受写手们推重，尤为欣喜的是大家已渐渐把更多目光投射在他讲故事的好看度、说理的严密度上，正是在这个意义上，罗杰已经脱掉当年写作公案时"非著名作家"的蝉蜕，俨然著名起来，由"作家中的作家"升级成"读者的作家"，粉丝群一下子多起来。

判断一部白话历史是否够得上一部好文可从两个方面打分：一是是否秉承史实而非自拍脑袋痴人说梦，二是是否打通史实，有所辩证有所发明。第一关是查验一部"历史"到底是白话历史还是戏说历史，第二关是查验一部白话历史到底是原创意义的白话历史还是文言文版历史的白话翻译版，换个说法就是到底是著作还是资料汇编。通过这样验明正身，李逵还是李鬼水落石出。

罗杰的历史文遵古而不泥古，打通史实，诸多说法、记载同台比对 PK，严谨辩证。这是《历史罪》的最大看点。他在李显登基案中的诸般辩证使得这一篇火花迸射，快感一浪接一浪，读来除了高呼精彩还是精彩，除了不忍放下还是不忍放下，吃喝拉撒都想捧着追看。这样的逻辑层递、严加辩证几乎贯穿全书，比如，他在秦始皇死案中对"平舒道的神秘人物"的设谜、解谜过程让人印象深刻，李斯、赵高、蒙毅，一个个拉出来遛，以此为经，史案关隘适时抖搂，直看得人抻长脖子意欲直通谜底，孰料这厮末了称"其实，谁是恐怖预言的制造者，并不是最重要的"，他设了个谜不假，要命的是他到末了才坦白他也没能解谜。罗杰设套让读者钻，读者愤怒有之，抓狂有之，恨不能扎小人者有之，读者一边抓狂，一边迫不及待往下一故事插一腿进去。罗杰在秦始皇案中说："最重要的是结果，秦始皇果然死了。"罗杰用文字推动的读者这一"结果"就是罗杰认为"最重要的"。到了这次第，罗杰笑了："最重要的是结果。"罗杰得逞了。

人活在历史中，当年明月、曹三公子、罗杰等人的白话历史也活在历史中，终将经受当下及未来人民群众雪亮眼睛的检验。自上古至民国数十位主要人物及更多配角在罗杰的《历史罪》中出演，演出了各自的白话版历史，在这个意义上，罗杰的《历史罪》提供了历史的一种活法，这个活法，够猛，够辣，够劲，从喉直爽到肠。

剪一帘风景当窗

　　这卷散文集有着炫目的名字：*Kissable Rhythms of Tsinghua*。翻译过来，就是"清华美丽而令人想亲吻的旋律"。大概编选者和出版者怕灼伤读者的视力，拟了一个很平和的中文书名：《人在清华》。

　　人在清华，确实像极清华人给予我们的惯常印象：朴实得如清华大礼堂草坪一侧立着的那尊日晷，摹状这股朴实劲的，是日晷上那句被清华人引为校风的著名的"行胜于言"。以建筑比附，则有大礼堂的雍容大度，清华学堂的法度森严，王国维纪念碑的平静肃穆。然而清华毕竟还有水木清华的钟灵毓秀，二校门的飘洒飞动，闻一多像的随性载张。这一面，则实在引得视线纠结：清华确乎是美丽的，这美丽又实在太容易引发看风景的人亲吻的欲望。从朱自清的《荷塘月色》里走出来的清华人，确乎有着别于他处的静美和诗性。

　　如许风景，只合剪来一帘，权作窗棂，读者借此适足亲往，发现《人在清华》风景里的曼妙——

　　彭迎喜先生劈头就向朱自清先生"发难"：文章题作《荷塘无月色》。他发现的是"荷叶下一定有许多故事"，以及由荷叶的鼎盛洞见了秋风秋雨中的瑟瑟败落、来年春夏新的萌发和蓬勃。描摹"冷色的童话"，冷中透出淡淡的暖意的笔触，缜密、疏落有致，意犹未尽而言已止，实在深得朱自清笔法。

　　杨民先生的《一枕如舟》似一幅晋人山水小品，又像长着中国面孔的来自英伦的情感和美文。既人情练达，洞若观火，又稚气充盈，天然任真："不知道会往何处去却又明白会被带到某地"，"真希望……能那么尝试一次回不来的梦境的滋味"。这般"细细搜寻一些许久没有弥合的缝隙"的笔力，我以为，方得美文真韵。

林侠女士的《外婆》呈示予人的是另一种面目：仿佛一匹锦，密密匝匝连缀，笔墨绵绵，情意绵绵，汩汩滔滔而来，不设关隘，花色遍染，才戛然而止，留下满口余香，耐人咀嚼。她的心意也是珠钻的色泽：追怀外婆，想到烧纸钱，她说："远在江苏的外婆为了外孙女的这点'钱'要走多远的路哇！"而生活中的善行，则暗许："外婆是个有人缘的人，在那一边也会有人相搀扶吧？"

此外，徐葆耕、蓝棣之、葛兆光、格非、王中忱、尹鸿、旷新年……诸位名家好手都摇笔助阵，本书辟近三分之一篇幅给教师，作家型，学者型，散文型，随笔型，各类美文都是盛宴。

清华学子的笔下则呈现出更多向度，隐忍与飞扬，力量与速度，快感与疼痛，都异彩纷呈。

新春前的大扫除"打扬尘"到了彭晶眼里就成了"打阳春"，"打阳春——用力拉起风箱，把春天放在炉火上，挥动铁锤一下一下细细捶打。渐渐地，春天就在这交替的热闹的敲击与期待中开始发红了，变亮了，成型了……当经过了汗水淬炼的成品脱颖而出之时，又一个让人舒颜展眉的新春就真的来了。或者把春天放在地窖里悄悄藏着，只等时候一到，便猛地将她一拍，把她惊醒，她定会在迷惑慌乱之际花冠不整地走下堂来，让春光像豁然跃出海面的太阳般一泻万顷，如绝代佳人的嫣然回眸令万物为之动容倾情……"细致的工笔，让我们从朱自清、梁实秋那里找到了源与流。"站在门内用手指叩几下，仔细聆听，兴许春天恰好就在门外呢。"思绪在荷塘的氤氲中漫步，才会体味出这样的缜密情思吧？

苈苆《楼的年月》、水凝香《剪一帘风景当窗》也都远承梁文朱笔，节制的笔调又在飘动中打上鼓点，在平顺中涂上一抹轻柔的滞涩。《楼的年月》描摹失恋女生的醉态"谁知我的胳膊被女生当作爱情牢牢擒住"，而总喜欢唤自己中意的女生作"表妹"的某男生"非亲非故也要硬邦邦顶过去，塞给人家一件表妹的罩衫穿穿"，作者的私心，是想延续《清华八年》的血脉吧？让我们期待其续篇。由"捡"风景绵延到"剪"风景，是《剪一帘风景当窗》的胜处，这样的声音确实"空阔而灿烂"："侧过头，瓦阑把笑涂在嘴角，轻悄一滑，已经滑进瓦蓝的梦里去了。"而"看天，今年的秋天，格外瓦蓝"。如许篇章，雪天读来，真是难得的香茗。

"每个人都在圈内，我仿佛成了以极小的概率被遗漏在这一切之外的人。"方方《秋天纪事》的企图似乎就在于制造写作与阅读的隐痛，"北京的生活给我一种预先排演过的感觉，那是一种舞台化的东西，精巧、周到但都缺乏朴实"。她书写的不是一时一地的感喟，倒像是遍尝岁月二字的老人在漫不经心地打捞人生积淀。

穆青《自然神话的塑造与破灭》展露的是醒着的智慧，梭罗被她解读得一唱三叹，一转一折都照得透亮。这是清华美文的另一支，冷静彻骨，思辨彻骨。借用徐晨亮在影评《碎镜的美丽》中的话，这一支美文血脉，是"面对越来越精致的世界却又追寻起生活的'粗糙感'来了"。用粗糙对抗精致，在流行的温情脉脉上敷以冷色，五彩霓虹的匆匆迷失中多一点慢板，也是这卷散文予读者难得一见的馈赠吧。刘煜在《疼痛的抚摸和真实的幻象》中用"到水面去换换气"比况阅读的切肤激动，我也同样深信，对《人在清华》的阅读，是会常常让我们萌生"换气"的感触的：因为她美丽，而且驱赶着我们忍"吻"不禁。

爱情不在场

　　《最 e 小说》甄选的都是那些在各大知名网络久久流传的短篇。有些小说作者已经小有名气，大多数作者还只是在网络上享有盛名，以高点击率体现着作品的受欢迎度。

　　"这所有的喜欢不喜欢，永远好像只是我自己的事情……"知名写手匡匡在她的《永远的伊雪艳》里这样宣泄着爱情的灰色颜料。

　　"灰心？呵呵，你太乐观了，尚且还有心可以灰哪。"

　　"她随身带着她自己的世界，为了跟外界有一种隔绝。"

　　读着这位文字巫女爱情魔咒似的书写，我在的北京正覆盖着今冬又一场好雪。而在南国，仍是四季丝雨，缠绻纤秾。雨打芭蕉点点声，那清脆里也许触摸不到疼，大雪初霁，白光匝地，却是刺得眼睛生疼。

　　匡匡的小说是自我体内启程的一场雪。我听到阳光亮起来，雪一丝一丝绵软下去，没起风，七尺之躯冻彻。

　　她的小说，在读者抱着诗性悬想之旅的起点，就宣告诗性的消解。一个聊斋里走出来一般的女子，一个不咸不淡相与照应的男人，并行，却并不相遇。品得出尝得惯生活的艰难与隐痛的味蕾，才可识见层层包裹中的诗。她的胜处是她的自爱，要说她没有走得更远也是因了她的太爱自己。

　　她是让人不忍不疼的女子——"是有这样的人的，春天对于他们，来得总比一般人要早"。她是这样的善感。然而时间过度漂白过的肌肤仍然光洁而饱满，看一眼，就弹出青春二字，只是这青春负载了太多"日子"。"可是年轻在她的眼角唇边，依旧很丰盈。"只是谁又疼得了她？她借用人物的口宣告了在为数不多也绝不在少的女子那里爱情的无望："你是可以叫人断绝念头的。"嗯，等男人长大吧。

本书另一亮点是燕俊的两篇小说，这位作者的叙事能力和聪明劲头同样出色。他显然带有这个年代年轻作者的常态：从后现代那里借得解构本事，以消解代替建构；他们"身上"流着博尔赫斯、亨利·米勒、纳博科夫、米兰·昆德拉、村上春树等人的血液——或者不如直接说奉《交叉小径的花园》《生命中不能承受之轻》尤其是《洛丽塔》《挪威的森林》为圣经。小说架构和模式驾轻就熟，甚至情绪、爱情、细节、语气、用词都是村上式的。指明这一传承关系丝毫不湮没作者个人的光彩，相反，正是有所背靠，小说才好立见奇崛并因此让人怀有期待。

其另一源流则为日常经验巨细靡遗的检视和书写。自己的脚步/他人的路过，亲历/道听，现实/虚拟，尽数纳入。这种接纳是不自觉的，并随写作职业化梦想的觉醒和写作实践进而形成自觉。借鸡生蛋，旧瓶新酒，这些写手有自己成效颇具的技巧。

说到爱情——总会触摸爱情的——也被技巧化，爱情实现或者渐渐破败的进程其实就是编织故事的过程。精巧化、戏剧化的结果可能会败坏我们的味觉，仿若太甜太腻太辛太苦，或者甜腻辛苦的谱系划分得太过细密，已经不是味蕾能够胜任的了。好在，本书中的近二十篇不管辛酸苦辣，都没有让我倒牙。

写手们来自"名校"，都有着举国有些名声的学院出身。而不管生于哪所知名学府，他们中的多数最后都流入了清华这条河：或为硕士，或为双学士。这座以理工科闻名的"围城"几乎使得人们淡忘其举国翘楚的国学研究院时期，以及绵亘而来的西南联大，直到院系调整。当然，这都是八十来年前最少也是半个世纪前的事了。尽管人文社科、经管、传播、法学、公共管理、美术、医学各科突起迅猛，人们还是无法消除偏见。然而月色作证，荷塘作证，年轻人的血性作证，清华园里确实是诗性涌流的。剑波《成人记》坦陈的少年人的躁动与持守，鸵鸵《故乡》画狮子而写人，Maomy《游戏·MM》呈现的恋爱里的"游戏"人生，胥子伍《心约旧馆》描画的自习与恋爱，都透出一股青涩的少年味，功力不一，却都颇值得玩味。——唯其本色，所以可贵。

扫码领取
★ 作者问答
★ 行业洞察
★ 读者沙龙

盗墓小说害了多少人

盗墓小说一派由天下霸唱发轫、南派三叔跟进之后，浩浩汤汤，泥沙俱下，惜乎难淘得真金。盗墓小说一派当然的两大宗师天下霸唱和南派三叔就多次表达过"盗墓小说"一说语焉不详，不大合乎文类分类常规。他俩指的应是与青春文学、校园文学、架空小说、穿越小说、悬疑小说、恐怖小说等分类法出入巨大，这么看此说有理。但转眼看知青文学、寻根文学、知识分子文学、问题小说、女性文学、这一脉（俗文学与"严肃文学"在分类法上合归一类，这是两派尤其是"严肃"一派始料未及的），使的就是和盗墓小说一样拎出题材命名文类。灵侠因为没赶上《鬼吹灯》暴热之时，又错过《藏地密码》大热之机，时间上、理论上的宗师成为至今的在野派。何马的小说严格来说已不属盗墓一派。珠玉在前，其他作者相形见绌。

但仍有大力金刚掌、阴阳眼、小鸡忙考试、北岭鬼盗、七七试十九等一批实力作者构成盗墓小说第二梯队。尽管未曾登顶，但他们在各支脉上各有作为，其小说各有看点，在盗墓小说成流成派一事上居功甚伟，不可或缺。谭国瑞便是第二梯队中的特色作者。提到谭国瑞，永远要顾及他的前特种兵身份。一个特种兵的血性在其写作生涯直至人生选择上打上了深刻入骨的烙印。比如他为了写作，为了奔赴北京这座他心目中的"文学之城"，先是别妻离子，独自到京安营扎寨，生活设施齐备后，变卖祖屋（在长居地买的房子），携妻带子，举家迁往京城，开始卖文为生的苦修之路。据说他的这种凿空船底的男子气打动了声闻其行迹的许多人，当然心身俱妍的女人不在少数。希望这些妍丽能够丰富他的写作人生，作用他的精神和文本，但以顾及夫人感受和家庭稳定为前提。这种干劲多年前我有，如今不知道除了前特种兵、现盗墓小说作家谭国瑞，谁人还有。谭国瑞参与过非洲维和行动，我相信这又是一个令许多妍丽心动过速的经历，茫茫非洲，猎猎野性，浪漫与艰辛，刺激与苦难，当非洲遇到维和，这一双词句包含了好莱坞大片和英雄美女故事范式的经典元素。不尽于此，谭国瑞还获颁联合国和平荣誉勋章。对于和平年代女性而言，谭国瑞的这段经历具备了足够的诱惑力。

可以看出谭国瑞在成为盗墓小说作家那一刻起已经具备了在其他同流派作家那儿不凸显至少是非主流的性别吸引优势——其他盗墓小说作家作品以吸引男性读者为主，谭国瑞的决断与优柔之间摇摆的矛盾个性、俗常人生难见的经历，使得他在与同人一般吸引男性读者之外，更容易吸引女性读者慈爱的目光。经历女爱，决断女爱，优柔与矛盾女人更爱。这样的特质也化用进了他的叙事体系。因此，当他讲述非洲玄怪、海底秘密、郑和所为这些往往容易被人写得雄性磅礴的桥段时，隐隐充盈着雌性气质。

谭国瑞以独狼笔名出版过《迷失的子弹》《狼》《兵魂》《终极剿杀》《杀手》《我是特种兵》《龙刀》《独狼特遣队》等军旅小说，那是他的本业，由生活中来，直接还原成文字。《尼提南卡》是谭国瑞在盗墓小说领域的首次尝试，而后他在该领域还有更大的抱负。媒体人李晓敏称《尼提南卡》的想象力比《阿凡达》丰沛而精彩，具体如何，请读者评判。与其他盗墓小说作家以读而有感则述不同，谭国瑞是由生命体验出发而涉足盗墓小说领域。非洲的雄奇瑰丽和他那趟维和之旅直接促成了他走这一步。因此他写郑和之死，写郑和下西洋在非洲什么地方留下了宝藏，写索马里海底的金字塔，写这一段声浪盈天的经考古佐证的"大西国"，知识的源头是教育和自我教育，情感的源头则直接来源于个体生命体验。在这个意义上，我才说《尼提南卡》归入与丹·布朗同源的人文悬疑潮流。第一代网络作家飞花说谭国瑞"描写非洲的功力国内无人可出其右"也因此不是虚言。作家马文强所称"在历史大板块中，我们有太多并不知晓的罅隙"，就是谭国瑞志在充填的文本实践。

青春是件伤身体的事

青春是件伤身体的事。

发现这个秘密的，不是我，而是苏。也就是诗人、广告人、摇滚少年、女作家苏枢。一个生理上生于 20 世纪 80 年代，精神上却把自己归类于 70 后之列的"异数"。这个词用在这里恰恰没有叛逆、突兀等尖锐的含义，它指向的是一种规约，一种背向一个阵营面向一个阵营的精神坐标。

我说的是苏枢第一本书《暴蓝水记》。

有别于 60 年代生人的光荣与梦想，也有别于 80 后的乖戾与嚣张。这是 70 后的不在与永在。

像许多读者一样，我看这本小说跳转着寻找艾米丽的流向，"艾米丽"这三个字在哪儿发光，我的阅读就指向哪里。谁有艾米丽那样童稚的眼睛和睡姿呢？寻找原来不独是 70 后的境遇，默默流传，也流淌进 80 后（艾米丽）的身体里。相比于苏晨、So 等面目模糊的女孩子——尽管辛迦南用力地将苏晨当作自己的精神指归，殊不知，"用力"恰恰是无力，恰恰违背了本心——只有艾米丽暴露在阳光、舞台灯光、读者的目光照射中。辛迦南也不是，更大程度上，辛迦南躲在文字的阴面，在那个层面上，辛迦南窥视读者阅读本书的心境，也在接受读者窥视的过程中自爱自怜。

苏枢在这本书里来了次性别倒换，第一人称就是 70 后，辛迦南，出租车司机，一个长得像木村拓哉的家伙。请注意这三个字：长得像。这也构成艾米丽——一个有着天使名字的 80 后——对辛迦南的身份误读和辛迦南的排斥反应——仅仅是（毋宁说全部的"隔"都在这里）为了捍卫自己的身份：我是辛迦南。这个也许苏枢本人都没有注意到的征候也许可以解释为什么辛迦南面对艾米丽的离去想要伸手抓住却终究没有伸手。当然，这只是 70 后症候群的一次发作：抓不住其实是"生"在 70 后耳边的耳语，类似于天启。抓不住也是 70 后对生之大限的悲悯和领悟。因为懂得，所以慈悲。也因此，成了 70 后的宿命。

性别转换在这部作品里来得并不彻底，因其不彻底，成就了这部作品的立体和复杂，也正好反照出存在的本相：模糊，似是而非，不确定。辛迦南的第一人称叙事里常常可以发现苏枢的影子。或者说，每个女孩子身上其实都没有苏枢的影子，连那个影子似的有着苏枢的姓氏的诗人、记者、以自杀收场的苏晨也不例外；恰恰是在辛迦南身上，苏枢说出了自己。成长，精神养分，也许还有物质生活，困惑，行为方式。

昨天我对苏枢说，这是一部百科全书式的伟大作品。现在我还不曾反悔，这个判断下得真的无比贴切。《暴蓝水记》是一部边界模糊的大制作，因其包容，所以成其伟大。当然，也还是因其包容，它没能更伟大。即使这样，它已经显露出大师来过的痕迹。一杯水的晃荡，记录了一个大师的不安和曾经的在场。

如果她再"用力"一点，或者说不那么用力，故事里的孩子们只谈论一张 DVD、一个乐队，背景中从头至尾只出现一本书，只喑哑歌唱一张 CD 甚至一个曲子或一首歌，再深入一点，如果故事不在别处，只在辛迦南的出租车上，苏枢成就的又该是多么伟大的一部作品呢？那时候我会说，这是一部有力的作品，这是一部"卖"的作品，这是一部可以传之后世的作品，也因此，这是一部伟大的作品。

这本书和我的缘分在于如同苏枢说的，没有我的鼓励，这书不存在。当然我没有那么大的功力，不过苏枢这么告诉我，我还是在心底里欢欣骄傲，像所有人该有的那样，欢欣和骄傲一起来得那么自然。应该是在三年前左右，苏枢从网上递给我近二十首诗，我随手挑了十几首说，这些，不需要改一个字。在我与艾美说起一个写诗的天才之后没几天，苏枢告诉我《芙蓉》悉数采用我挑的那十几首诗。这是我们认识的缘起。在等待天才焖成大师的过程里，苏枢这部小说经受我的挑剔审视，我的意见她谦虚采纳了，当然，也有所保留。我在想，天才出版人与天才作家的互动大概就是这个样子吧。

前天知道苏枢的书出版了，下班后去西单图书大厦买了一本，为了让苏枢签名。这是迄今唯一一本我买来请作者签名的书，是祝贺的意思，也是表达我对作者的天才、本书厚度的肯定。天可纵才，人不可自纵。

候地铁的时候，列车卷起的风刮走了这本书的腰封。现在，被我重新读过一次的《暴蓝水记》成了一本没有腰封的书。粉嫩的腰封就躺在西单（复兴门方向）地铁轨道上。我犹豫要不要下到轨道上去，然后想起铁轨也许带电，而我下到下面，会是怎样一场闹剧。

烫伤一杯水

伸手试了纸上的温度，就是一杯水的体温了，它被煮沸时，我透过杯中水看模糊下去的匡匡的字，想，一杯水，就这样烫伤了。

还记得 2000 年的光景，我写下这样的文字，关于匡匡的《永远的伊雪艳》的：

> "这所有的喜欢不喜欢，永远好像只是我自己的事情……"知名写手匡匡在她的《永远的伊雪艳》里这样宣泄着爱情的灰色颜料。
> ……

> （编者：详见《爱情不在场》一文）

那时或更早，我做的选本里给匡匡（她那时大名 Raku）留下了比萝卜要大的一个坑，稳稳地把一篇《永远的伊雪艳》栽了下去，只缘我太热爱——尽管我怀疑作者的身份：他有多年海外生活经验，结论就是，某位兄台的大作被这个叫 Raku 的昧到自家名下。

于是多方求证。

求证未果，忽一日，"文抄公"自己撞到网上。

先是文字，后是声音，再越洋电话，再网络。

他与我的臆测一一符合，除了两点：文字自是自家文字；"他"本是她。

才两点，却致命。

其时她在网易女性频道、新浪女人公社、西祠胡同，更早是在水木清华BBS，风光无两。

岁月摇摆一副肥腰，越发显出可心的人和字留驻的短促。

从匡匡的编者，我渐渐沦为匡匡的读者，也渐渐读出匡匡在东瀛的乐处与苦处。她常常拣了最大的乐，敷衍给爱她字的人们看，沾了些生存争斗的颗粒，却不忍让那疼痛的锋芒触着爱她的人们凝视的触角。

是长着角的女子，这样绵柔地汪着一湖水。

虽然不忍伤人，读她也爱她字的人无一幸免。

也无心设局，遇她人与字的，爱与忧伤与疼是唯一的局。

不难懂她为何偏爱《风尘抄》，仙风道骨被她研磨出风尘味，也正是她的胜处，胜出同期捉笔写字的男女，胜出活在风尘里的两脚兽。这风尘却也并不是那风尘。风中尘烟，总有一些文字不被风轻佻地掀起裙角。

匡匡的字，大约是这般重量。

她将你我由尘埃里拔高，她却也将他与她从半空中打落。

是一个容易让人爱上的女子。

尽管最终没有哪位男子有勇气将一个爱字贯穿到底。

或者也可以说，匡匡终究没那心气爱上纷纭痴情老少男人中的任何一个。

是一个差不多让许多心房与心室爱上的女子。

是一个让许多心房与心室差不多爱上的女子。

只是一声"差不多"，却也悬于一线，而终于不胜其重。恨她无来由，爱她失去勇气。这差不多是爱她的宿命。

还好她还有字在，爱她字的尽管在暗夜独自缱绻；恨她字的尽管捂死那份心思，在襁褓里，如果你暂时说不清恨的来由。

多少年过去，我的目光里远去少年。

再读这些撒在岁月履痕里的字，口颊仍然生出香来。

四年之间，我从京师移身上海。当时钟情的字和人，如今只剩下遥远的路——她写的字铺路，写字的她仍然只是传说。

往日还常听得一声压迫进长长电话线网线里匡匡哐哐砸门的嗓音，而今比陌路还远。

那曾经是多么绵长的一条线呢？挤迫进那么细的腰身，教人心疼。

扫码领取

★ 作者问答
★ 行业洞察
★ 读者沙龙

忍不住惦记

我一直不喜欢喊她爹妈给她的两个字，我习惯叫她的四字网名。一度，我劝说她就用那个亮闪闪的名字做笔名。她不愿。我要我爸妈知道我写字不是瞎胡闹，她说。她的愿望应该达到了。当我长时间失去她的音信又在一个瞬间重新接上头后，我第一句话就是：你爸妈高兴吗？出名要趁早，怎么看怎么像说她。20 岁多不了几天，在台湾、在大陆一口气出版六部长篇，爹妈能不乐吗？

我们在 QQ 认识的时候她叫九号小妖，我策划的"文字域"里伸手还触得到当时的温度：

很难找到比九号小妖更乖的小妖。

谁想得到，她写小说、印行小说的用意只在让爹妈看见：小妖不是瞎忙乎，写的字那么多人追着看，巴巴地递出银子换白纸黑字以及白纸黑字上傻呵呵的签名。

问小妖为啥签名都签得那么傻呵呵，猜小妖怎么说？小妖说：本小妖幸福嘛，还能不乐傻了！

世道越发是她们的世道：爹妈们的子女，叔叔阿姨们的侄儿侄女，哥哥姐姐们的小弟小妹。不出手则已，一出手就是长篇。想想我经营了多少年还只是在诗歌散文中短篇小说的胳肢窝里滚爬，脸皮都尝不出害臊的滋味了。

我都没来得及好生害一回臊，九号小妖递话说：其实我写了五个长篇……

她才不会让我羞倒在地，只见她抛出一颗石子，硌在我腰眼：小妖已为自己的长篇画了数百幅插画！

要过声音，听筒里的小妖沙着一副被人喊作性感的嗓子。

要过脸相，画面上的小妖圆滚滚肉乎乎——其实是刚好称得上丰满，只是那开始长大的目光和体式逃逸出来的每一缕肉香都化作了绮丽的字。

小妖的小说无疑是有力的。她常常习惯借助文字撕裂你也许就是拼力守护的伪装，再默不作声地缝合。她缝合的手段如此高明，以致轻易寻不出针脚。但被缝合的肉和肉的主人清楚：针脚已经来过了，平静的肤色下，其实结了一个时间的痂。

如同那个年纪的青涩男女，偶尔不自信于自己的缝合术，于是拽来一根鞋带，引出龇牙咧嘴的一截针脚。然而这行针脚托了编辑的利刃，更换篇、章的眉眼，立时气韵贯通。

令正襟危坐者脸红的字眼，在九号小妖笔下，其实再纯不过。淡淡的忧伤，淡淡的牵念，一切都是淡淡的水，淌在淡淡的情绪里。网络错综，细节纷繁，小妖的细细编织，画出了文字的经纬阡陌。

"文字域"后来胎死腹中，这篇编辑手记后来也就没见天日。这下敢情好，小妖出头了，我的字也可以翻出来晒晒太阳。

《月亮带我去吧》不是小妖最得意的长篇，却照旧好看。岁月二字在她的文字里结出晶莹的茧，只要"啪"的一声破空，她就可以化蝶。这声动力可以是春天的风，可以是热爱胶着，现在，还可以是你的我的阅读。谁想得到坚持与懈怠，凡俗与卑微，想象的"也许可以"与现实的"结果"如此之间不过肌肤相贴的距离，山阴山阳，却相距一座山那么远。小妖熟悉生活里每一道细微裂纹，炫如"次天使"，如"最后还是会"，非常如黑白道，如意外横财，如琐细如婚配，如失却离婚的勇气，她都抚摸得棱是棱角是角。

如果说这部小说有什么硌着我的眼的话，那就是小妖对叶辉的溺爱。卫慧在《我的禅》里安排了一个"杀"女人无数的美男尼克（年轻人的叔叔），小妖在这部里摆设进一个"完美"的叶辉（老富婆的小丈夫）。她不可谓不用心，以至于只要是雄性都会读到灰心读到忌妒，不为他的"完美"，醋坛子都砸在小妖煽动的一拨女人们对他毫无遮拦的爱头上。这种肆意泼洒的爱产生的后果就是他的形象越长越落不到心坎上，旁生的一个后果是我不禁揣测小妖用了太多心力在叶辉身上，或者说，叶辉就是小妖爱着或爱过的一个男人的投影。她在字里行间忍不住惦记他，正如我们在快意翻书的时候想起：她有那么大把握，搅动那么多触角。然后，忍不住惦记。

为什么需要文学

这里是苏州，2013年4月19日，全球约两百万人的生日，其中也包括一个小人物——我。

今天是农历三月初十，我三十九了，过了今天我就跨入四十岁的门槛。四十不惑是理想状态，人可以独立思考，但不一定能独立解决所有问题，所以才邀请在座各位一起来解惑。这些迷思和解"迷"行为本身，也许具有更广泛的意义。

这是一个劣币驱逐良币的时代。然而我们内心深处还萦绕着最初的梦，濒死犹温的赤子之心，驱使我们频频撞到南墙也要守住底线，力争做一枚含金量高的良币，且不被劣币驱逐。

感谢你们，春天里一枚枚温暖我贴身口袋的良币。

不用怀疑你们是良币，在情字都要议价的年代，你们搭上时间，搭上表情，搭上旅费，就为了这一次聚会，以文学的名义。这是什么精神？这是物聚抱团的精神。

文学还有存在的必要吗？

如果还有一丝必要性，怎么做才能让文学活得更坚挺？

我们曾经活在文学中，碎片时代，至少在座的我们还在文学的小溪边调情，惹它溅几朵水花到蕾丝黑丝、裸腿或牛仔裤脚上，个别想不开的始终在文学的"苦海"里痛并享受着，不回头。

中文核心期刊《出版广角》的当家人朱京玮人不在场，但盛情在。她期待着我们这一场思想沙龙的成果整理后发表在她的刊物上。感谢她！

庖丁解牛，分区分块，我也设置了几个分议题，由各分议题报告人主题阐述，从个人人生历练回应笔会主旨——"为什么需要文学"。分议题包括：

戏如人生——生是艺术品，活像一出戏，"完美"的人生幻梦不过如此。她是红楼里的晴雯，她是歌者和编剧的李清照，她是话剧舞台上的腕儿。安雯对人生和文学的感受必然更爱，更痛，更真。

影视·文学——影视是文学的近亲，影视在多大程度上成全了文学？又在什么层面上对文学构成了伤害？报告人苏月已经是炙手可热的编剧，她的作品被多位影视大拿相中。她的感悟最直接。

文学梦·中国梦——文学最大的主题是人。我国纪录片界王牌导演，广东电视台王牌栏目《人在他乡》制片人、总导演马志丹教授用镜头聚焦一个个生动的人。她也在筹划新栏目《我的梦，中国梦》。她另一身份是学者和作家，文艺批评、散文、古体诗都有建树。"阅"人无数的她，文学是切肤之爱。

历史——杨白劳是企业主、操盘手、作家，近期也有到编剧界插一脚的打算。她是"话题王"，和谁交流都不怵，因为肚里有货，唐诗宋词，古今中外，奇闻逸事，冷笑话冷知识张口就来。听听她的文学历史观。

消费主义——世纪初我还赖在清华念书的时候，新科诺贝尔文学奖得主莫言与余华等先锋文学作家到清华演讲，主题就是消费主义。消费崇高，消费传统，消费威权，消费三俗，消费消费本身……十多年过去，情况并没有大的改变。这个分议题的报告人是做过电台台长和音像出版社社长的王国庆。

文化时空——文化是文学的表哥。搞文化研究的喜欢说文化比文学大，通俗一点说，文化可以"代表"文学。曾经到"学术超女"于丹签售现场搅局的 IT 精英汤军是个公知，在做苏州园林的学术研究。他眼中的"文化时空"

长什么样？

两性，在文学里栖居——在女性的躯壳里省察男性，从男性的目光里审视女性，翁一罗应该算是钱圈里最懂文学的、文学圈里最懂钱的。两性圆融互通之路在哪里？

对于有的人，文学什么都不是。

对于另外有些人，文学意味深长。

以文学的名义，让我们一同咀嚼，怀想。

扫码领取

★ 作者问答
★ 行业洞察
★ 读者沙龙

不会破坏，那么建设吧*

其实我应该起一个类似《我对〈出版广角〉的一点建议》或《〈出版广角〉办得好》之类的标题，问题是我这样一个不乐意弯弯绕的人直来直去惯了，还是穿老鞋走老路，开宗明义吧。

转脸我也是出版界的老人了，《出版广角》创刊之时我在念大学，即使把我从事出版的年份提前到我编辑自己第一部诗集的 1999 年，对于《出版广角》来说也是后生。这么一份新锐的老刊物，贯穿了我从接触出版到随后的出版生涯，在刊与人之间似乎发生了某种分说不明的关联。记得我的观点第一次见诸《出版广角》是在 2008 年第 9 期，早几个月，"贝塔斯曼死了"。那个叫贝塔斯曼的巨人，是我做出版的第一站。我当时谈了个大题目——《巨鲸退场，海域重生——我们向贝塔斯曼学习什么》，与业界普遍额手称庆的情绪背道而驰。这么说，在《出版广角》露面之始，我就是一副"醒客"面孔。然后到了去岁，我为《出版广角》写了三两个字数爆表的专题文章，也开设了专栏《见好不收》，开始了与《出版广角》的深度交往。打那时起，形成条件反射，谈及出版，第一个必然想到《出版广角》。甚至新创古诗文并英译如《西湖泛舟记》，自鸣得意之余，也幻想过刊载在我的专栏之下。逢上业界贤

---

* 本文首发《出版广角》2013 年第 7 期。

达或读者对我某篇言说有所褒扬,《出版广角》会说给我听,敲打我多写。有意思的是,尽管与《出版广角》的同行《中国图书商报》等早就结缘,我在《书香两岸》等刊的专栏也远早于广角,甚至早在我首次在广角上发言的当月,我就联合了《中国图书商报》办了首届中国动漫创作与出版圆桌会议,然而我终究俨然有了"广角人"的幻觉。这感觉就好比我和《中国图书商报》在玩浪漫,和《出版广角》在过日子。

我是真心认为《出版广角》无可挑剔。如果斗胆建言,我倒乐意看到《出版广角》保有品质,深耕拳头栏目外新增属性,新辟功能。交互性:生活日用层内的"云时代"还在云雾里,"微时代"却已是切肤感受。敏锐的传媒不应钝于响应微时代信息传播随机性、片断化、交互性的嬗变特点。在场感:求真的传媒何妨"回到"出版现场,一刊呈现出版阵地鲜活的律动。做什么的问题解决了,怎么做就只是战术问题。我给出的方案是:其一,做大做实微信(申请为"公众账号")、手机数据包、手机报等流媒体,也不时利用微信、QQ、微博等即时互动媒体开展传播、交互活动。其二,创建境内外版权交易平台,整合出版资源,合理创收。其三,设立《出版广角》谈书会,定期不定期聚拢同段位或跨段位出版从业者谈如何做书。其四,设立《出版广角》读书会,一做诗会,名家、非名家配乐或不配乐诵读名篇;二做出版从业者、媒体、读者单一人群或跨人群的读书会,深读一本书。其五,新辟栏目:1. "微言大义"。网络、手机言论摘录。要求短而精,有爆点。主动摘录与定向约稿相结合。评刊栏目可糅进此栏目。2. "关键词"。以对话方式众口说一词。3. 一本书的诞生。各方探究一本成功之书或失败之书,对话方式和专题文章方式各有所长。4. 版权交易厅。5. 文苑。刊载出版从业者文艺作品。——这条,好像出于私心,哈哈哈。

作家
印象

来，给作家摘帽

　　我正式把图书策划当职业是 2004 年 4 月，开始于贝塔斯曼。进入这一行会更久一些，那时主要策划出版高校作品集、两性关系研究等，时间可以前推到 1999 年，较为重要的作品是主编、编选的《清华九十年美文选》。那个阶段也出版了自己的两部诗集《五月的流响》《那时美丽女子》。

　　媒体提到我有时会说我"专职"从事网络小说出版，这话也有一定道理，我从 2000 年开始，就大量关注网络文学，很多约稿、来稿都来自网络。被一些严肃作家号称"离诺贝尔很近"的网络写手米米七月，那句评语其实改装自我的话，只不过我说的是"有时候我甚至怀疑她就住在诺贝尔隔壁"——两个说法含义相差十万八千里。进入贝塔斯曼之后，大量出版的是欧美大畅销书作家的作品，其中有通俗作家，也有严肃作家。在这之外也做了大量崛起于网络的阿闻、菊开那夜、匡匡、辛唐米娜等写手，及甘薇、陈世迪、连谏等"类网络写手"的作品。从我 2006 年担任磨铁总编辑那时起到现在，出版的图书除了梁晓声、都梁、贾平凹、余秋雨几位"传统作家"的作品，几乎全都来自网络。

　　经我出版过的网络作品粗算有数百部。叫得响的有《明朝那些事儿》《盗墓笔记》《后宫·甄嬛传》《漫画兔的玩笑》《戒嗔的白粥馆》《交易》《七年之痒》《婆婆媳妇那些事》《青囊尸衣》等。

每年联系我的网络写手有几百人，这其中会有不到一百人的作品通过我出版。部分我不操作的作者也会习惯找我聊聊，我也养成了"指点"作者路怎么走、往何处去的习惯。

我向来认为所谓网络写手、传统作家之间的壁垒是伪命题。这个壁垒是人为的，或者说是媒体和所谓"公众"集体意淫的结果。如果说存在网络和传统两个阵营的话，其根本区别在于"发家史"的不同。"传统作家"的发家史很传统：通过写诗歌、散文，逐步过渡到随笔、短篇小说、中篇小说，在文学期刊和报纸残留的文学版挤得头破血流，漫漫长路走过，再可能战战兢兢写作长篇小说。他们中有的人已向网络靠拢，有的可能一辈子都不会触网甚至宣称与网络势不两立。"网络写手"为世人所知是近十年的事，其发家起于网络，但写作的源头不一定始于网络——这是信息传播的特点，对显山露水之前的隐性历史给予有意识的蒙蔽，这一信息的选择性也是人类的集体无意识。可以看到，"发家史"的不同源于"工具"的差异性，"传统作家"中最"传统"的那部分多是靠纸笔写作"爬格子"，他们中的一部分人至今不会使用电脑，当然，越来越多的"传统作家"已经爱上电脑写作，重新拿起笔来写作倒不习惯了。大部分的"网络写手"使用的写作工具就是电脑，"首发"媒介就是网络。

当网络的传播度和影响力日益扩大，当网络发表"竟然"还可以赚到钱（稿费），当网络作为媒体的地位在"传统作家""传统"读者和"传统"媒体这些"传统"派那里上升到与报、刊、书、影、视、播等量齐观，"传统作家"与"网络写手"的壁垒就会不攻自破。

我们再来考究一番来自写作阵营内部的这两股力量融合的内驱力："网络写手"向有写作"正统"象征的作协靠拢其实是国人古已有之的正统化观念，似乎只有被"正统"接受了，自己才算是个"作家"。"网络写手"出书的两个动因一个是国人都有的铅字崇拜，似乎出书才是"立言"；一个是出书可以赚版税或稿费，个别作者甚至可以通过出书致富。也有为数不少的作者出书的另一个目的是证明给父母、给别人也给自己看，自己在网络上写作不是"混"、不是没出息。"传统作家"接受网络伸出的橄榄枝是因为网络是传播度得以几何级数扩张的一个机会，网络化也可以借此影响有影响力的人群——那些可能从不买书的网络化生存一族；另一个不需说破的理由就是"网络写作"（这又是一个伪命题，或者说对于目前的网络技术来说还是伪命题，这个伪命题的真命题是"网络发表"）也可以让"传统作家"挣到钱。

好了，所谓"网络"与"传统"的融合其实是古人名利双收理想在当下的回归。名利双收是耻辱吗？非但不是，健全起来的人们反倒要对这一理想唱赞歌，不隐瞒自己的内心渴求，勇敢说出自己所想所要并努力得到，多么崇高！要名得名，要利得利，利益驱动机制使得人为分割的两个阵营及其人为壁垒正在消融并将彻底瓦解。

这一日，为时不远了。

我希望这一日来到之前，我们可以摘掉人为挂在作家们头上的"写手"和"作家"帽。如果还做不到，请我们一起来称呼"传统写手""网络作家"吧。

不可说：蔡志忠印象*

"蔡志忠"三个字已经成为一个符号。某种程度上，这三个字分开来就失去了意义，唯有以此方式排列。更多时候，说出这三个音节，脸前浮现的是长发及肩的蔡志忠。这人虎目、方鼻、阔口，目光在"钉"人与游离之间换台，面容沉静，语言跳跃，时而开怀大笑，你跟着大笑之时冷不防他的笑声戛然而止。按很多人的说法，这是一位"高人"。读者和媒体对蔡志忠的寄寓很多，这当中想象的成分大于真实。讲讲我认识的男人蔡志忠也许比高谈阔论漫画家蔡志忠更有意义，也更负责。

我与蔡志忠先生晤面在岁初的广州。机缘是首届中国漫画家大会。在此期间，有"动漫奥斯卡"之称的金龙奖将这一届的华语动漫终身成就奖授予了蔡志忠。蔡志忠留穗的四天时间里，我作为出版人全程作陪。因此我对蔡志忠的印象不如说是四日印象。只不过所谓"全程"，我选择只在适合出现的时候出现。这话还不能说满：蔡志忠在对到场的动漫名家、从业者、媒体、读者开讲时出了点故障。担任主持人的小伙子可能怕冷场，趁蔡志忠演示幻灯片（PPT）的当儿频频插话，拿话引蔡志忠开口。蔡志忠先生开始还礼节性地应付一两句。孰料主持人"引"得过于频繁，蔡志忠终于发作了——撂挑子了。

---

* 首发《出版广角》2012 年第 5 期丹飞专栏"见好不收"。

"幻灯就放到这里。"蔡先生谦和地说完这句话就走下讲台了。相关工作人员总结说，出"故障"的原因就在我当时没在台上陪同蔡先生。我理解他。他的图他的画宜静观，不宜喧哗。主持人破了这境界，没了观画的心境，当然就没有观画的必要了。

读者眼里，蔡志忠多少有一些"仙"气。他的拘谨放诞，他的寡言阔论，他的谦和自大，他的对立统一，他身上诸多可能与不可能，都藏有"仙"的影子。他会告诉我如何"唯心"，比如想着自己变高，就真的会变高，想着手指会变长就真的会变长。其实这也不是蔡志忠的发明，也并不唯心：这不就是心理暗示的自然效应吗？

很多人把蔡志忠看作化外高人。在我看来，他时而是化外高人，时而是红尘中一凡夫俗子。他在这两重身份的中间地带又衍化出诸多变身，应需而变，平衡感、分寸感极好。他喜欢着"休闲装"：宽衣大裤，常常是棉布或仔布质地，配合他的过肩花发，走起路来有翩然欲飞之观感。他又喜赤足而履。脚上那双牛仔布鞋小拇指处穿出一个小洞。进了房间则蹬掉鞋子，赤脚走在家里的地板上或酒店的地毯上。蔡志忠先生吃得很少，这一点难免让我生出他不是俗人、凡人之想。蔡志忠画国学经典，他的茶饮却不中国——他嗜咖啡，也好烟。咖啡拌奶，烟则抽得很凶。媒体把他和老子、孔子、庄子并称"中华四子"，他坚辞。他说："说我和牛顿、爱因斯坦一样伟大，没问题！"他说他发现了微积分，发现了"时间的秘密"，这就是那个谦虚过头又狂得可以的蔡志忠。

蔡志忠这副"尊荣"，再收敛光芒，在哪儿出现都很招摇，走到哪儿，都有读者拿着书、本、纸片儿请他签名。他是来者不拒，签"名"独特：掏出随身携带的画具，大开大合，画上一幅画，画里是观音，是达摩，或猫。观音、达摩吐纳皆禅。猫的慵懒之姿也是禅。画幅之上还会站着一只或数只小鸟。蔡志忠开"签"了就罢不了手。读者也格外耐心，排起长龙等候，因为知道前方会有惊喜。劝阻数次都无果——每劝，蔡志忠抬起头，用"无辜"

的眼神看我："我签完这几个好不好？""几个"签完，又会要求再签"几个"。蔡志忠不是一个贪婪的人，对待读者的盛情，他却很贪婪，每个都想照顾到。

蔡先生读者既多，难免的，酒店侍应中就不乏蔡先生的粉丝。我有幸见到蔡先生此行所要的唯一一笔"润笔"：一壶咖啡。蔡先生解释说："我要让他们知道，文化是有价值的。"微笑的蔡先生说："当然，我的画绝对不止值一壶咖啡。"在"报销"的问题上，再一次看出蔡志忠先生心善。按道理，蔡先生住宿、旅费都该组委会负担，事到临头蔡先生不干了："不要你们出机票钱，我帮你们分担一点。"这个蔡志忠！

留穗期间，我张罗了一个"众妙之门无主题派对"。事前做了折页，用了一张古荷、一张蔡志忠先生的达摩参禅，我则对"众妙之门"做了文字阐述。月无星稀之夜，天微寒，院子里点了六盏汽灯取暖。列席的都是居留广州的文化界、画坛、新闻界名流。尽管未设专座，众星捧月，蔡志忠先生自是上宾。出席的各位相谈甚欢，宴饮畅快，至今还在品咂那个难忘的一月"无主题之夜"。那晚蔡志忠先生喝了一瓶还是两瓶德国或丹麦产的啤酒，其余时间都在埋首画画，在座的名士风流每人都得了一张画稿。

陪同极有分寸感的蔡志忠先生，我的分寸也掌握得颇到火候。考虑到蔡志忠先生健谈，尤其是心慈，总不忍拂了记者的兴致，采访与采访之间我会安排半小时间隔。早于约定时间或准点到，但蔡先生房间里隐有语声，我会退守到回廊处，坐在沙发上候着。因为我给蔡先生的空间让他感受"刚刚好"，他对我的好感和信任也就建立起来了。

无人时分，蔡志忠先生和我也会谈禅。我说到那晚"众妙之门"其实该叫"不可说"，我说我对蔡先生学问的理解即是这三个字：不可说。蔡先生听闻，眼睛倏然一亮。我知道，我打中了蔡先生的情意结。

不管我告诉自己我多么秉承写实笔法，甚至有实拍照片为证，我还是清醒地知道：我的蔡志忠印象只是漫画蔡志忠。真正的蔡志忠，或者说蔡志忠真实的一面，永远隐在他的行止之间，不可触摸，不可说。这个"真的蔡志忠"

甚至他自己，都无法全盘认知。

我以为，蔡志忠漫画适合放在枕畔、台灯下这些随手可以取用的地方。如果愿意，也不妨放一册在洗手间。这不是亵渎高明。对于智识和智慧，最大的亵渎是耳闭目塞，具体来说，就是放在书架上充门面。读蔡志忠漫画，最好的读法绝不是从头读到尾，而是读哪一本、从哪一页开始读都可以。这与悟道的机缘类似：悟道不分早晚，苦思、苦修也许都悟无可悟，而在一事、一人、一花、一尘埃等某个关节点上就顿悟了。这当儿，彩色版《蔡志忠国学经典》漫画正散发着油墨香，中国大陆读者将早于全球其他华语地区的读者，品味彩色蔡志忠经典漫画带来的智慧灵光。我告诉自己，我该再读一遍蔡志忠。

北京爷们儿：影像都梁*

还没老就开始回忆了。

都梁那年出版了他的第四本书，也正拍摄他的第三部戏。第四本书有两个版本，小说版叫《荣宝斋》，文学剧本版叫《百年往事》。因为气脉流畅，都梁的"文学剧本"可以当小说读，这也就是为什么我做《百年往事》时图书类别注明是长篇小说。为了这个，都梁颇为不悦。尽管如何分类要过出版审查的关卡，我还是认为这事怪我：我可以也应该注明是文学剧本。"对不住"作者和读者的时候真不多，这个事算一宗。

都梁对自己和自己的作品很"挑"：饶是火了好几年的电视剧版《亮剑》《血色浪漫》，在都梁这儿也难得讨得几句好。电视剧版《亮剑》还能获得几句肯定，电视剧版《血色浪漫》几乎被都梁全盘否定。在拍完《狼烟北平》之后，都梁会亲自操刀，重拍《亮剑》和《血色浪漫》。这个北京爷们儿身上，有股劲儿。你看得出，我看得出，但没人能够用三言两语确切说得出那股劲儿到底是什么。说起来，那叫"爷性"。

我们不妨追溯一番都梁的"身份史"。他先是"大院"里的孩子，少年参军，钟跃民的青春应该更吻合都梁本人的青年时代。他写那段岁月大概写到一

---

* 首发《出版广角》2012 年第 8 期丹飞专栏"见好不收"。

代人的骨髓里去了，以至《血色浪漫》出来之后，很多当年的"玩主"都希望有机会见到都梁，一叙当年勇。复员后做过教师爷，当过公务员，办过公司，采过石油，误打误撞当上作家，没想到一炮而红，行情持续走高。尽管如此，都梁"清醒"得有些不近人情：他说自己是个"业余"作家。他开始玩起拍戏的活儿，经常是小说、编剧、制片、艺术顾问一肩挑。现在，他也有了自己的影视公司"传奇时代"。

这么多身份转换，都梁完成得不着痕迹。在大众眼里，最扎眼的还是作家都梁。《亮剑》《血色浪漫》《狼烟北平》《荣宝斋》四部巨制，砸到书架上、砸到读者的心坎上都沉甸甸的。这分量从都梁血液里、文字里流淌出来。从主题到角色到文学之外的文本意义，都给这分量加了筹码。

都梁作品首要的两大主题无疑是文化施加在人身上形成的根性，这个根性反过来又作用、影响文化气候，二者形成对话关系，互为因果。第三大主题则是变革期。"文革"、知青、抗战、清末民国，构成都梁的文学图景。第四大主题则是军人。即使是《百年往事》的文化大背景下，仍有浓墨重彩留给军人或类军人形象，郑元培等人的正气读来令人血脉偾张。第五大主题则是大院与宅门。《亮剑》与《血色浪漫》是部队大院，《狼烟北平》与《荣宝斋》则是百年老店、宅门深院。

都梁笔下的主要角色无疑清一色是男性。他写的是男性文化和男性文学。男性在他笔下呈现出立体或多面，因其复杂，因此拥有了丰富性。可以看得出，都梁在彰显他认定的中国男人应该具备的品格。李云龙、钟跃民、张幼林共同的性格就是大大咧咧，耿直，血性，心眼好，讲义气。不同的是李云龙多了一点儿匪气，钟跃民多了一点儿痞气，张幼林多了一点儿取大放小的霸气。文三儿相比于同书中的徐金戈少了太多魅力。在都梁的男性角色群像中文三儿也是例外，他虚荣，爱起哄，容易热血上头跟风而上，动真格时就腿脚发软，暴露出中国男人"袍子底下的小"来。都梁对男性性格再造的愿望在《荣宝斋》中找齐了：张幼林之外，一、二任掌柜也都是男主角，张幼林的正气加上庄虎臣的忠勇、王仁山的经营智慧，三而合一地构成了中国"优秀男人必须具备的品质"。

都梁笔下的女性相对单线条，在男性话语体系中，女性往往不在场。这也是对现实生活中性别认知的真实反映。"北京爷"都梁把男性性别写活络了也就足够了。话是这么说，他笔下的女性角色绝不单薄。《荣宝斋》里的张李氏主持大业是在"幼主"未能当家之时代言——代替夫权、父权在场。对待故人遗物胜于生命，舍物救人之际体现出的丈夫气没几个男人做得到。都梁欣赏的女性文学角色应该都像《荣宝斋》里的少奶奶何佳碧、《血色浪漫》里的周晓白、《亮剑》里的田雨、《狼烟北平》里的杨秋萍一样敢爱敢恨，执着一念，直肠子，多有丈夫气。

都梁的准发小水木对都梁作品下的按语极为精准：大象无形，大音希声，大智若愚，大直如曲，大雅似俗，大巧似拙。都梁盛名之下保持了难得的自省，"侃来侃去，吃吃喝喝会毁了我的创造力"，他认为"作家就该坐在家里，静静地思考，感悟人生"，这和他的身份、修为和自律意识分不开。

四部作品文学之外的文本意义可以说颇为耐人寻味：《亮剑》可以说是民族刚性人格养成，《血色浪漫》则是男性励志，《狼烟北平》可以当作爱国主义教材，《荣宝斋》则是一部管理学大戏，从中可以学企业管理，学商业智慧，学人生规划。另一方面，都梁本人的人生规划可以说非常圆满，他的角色变身本身，可以当作绝好的励志范本。

知青梁晓声[*]

　　我在清华前后整十年，与梁晓声先生并不相识，尽管他所在的北京语言大学与清华同属"五道口学院群"，仅几条街之隔。那一片也是我当时主要的生活圈。真正与梁先生发生关联是我在漫友创立"红人馆"品牌之时，我那时操作了梁先生当时的新长篇《政协委员》和筹划中的《梁晓声全集》——由于种种原因，"全集"只出到《伊人，伊人》《欲说》两卷。我离开漫友前，才从电话中听梁先生说他不好意思问我，因为长期没见后续作品面世，他"以为"漫友不打算出版了，于是授权给了别的出版机构。一个细节暴露了梁先生知识分子的一面。

　　在这前后，除了多番电话和快递信函往来（他手写我打字然后签名，均白纸黑字），我与梁先生有多面之缘。2008年五一，梁先生、蔡志忠先生与其他六位新作者在北京做签售，全场焦点自然是蔡、梁二先生。饶是蔡先生传授签售之道：每本书签得慢一些，就会显得火红一些。梁先生还是"学"不会——写字必然快，蔡先生作画必然相对慢很多，因此梁先生总是很快签完，排在蔡先生面前的则是长龙，梁先生签完就安静看蔡先生画达摩、猫、小鸟，不时称赞几声。谦和、礼让是我与梁先生历次交往中旁观到的核心元素。因此当

---

　　* 首发《出版广角》2012年第10期丹飞专栏"见好不收"。

两三个月前网传梁先生在一次发言中说若十年之后中国还是这个样子，他要么移民要么自杀，不啻一记惊雷炸响。我回帖说这不是我认识的梁晓声，应是网民的良好愿望。

哪怕被大众和媒体架成"民生代言人""愤青"，梁晓声终究是个温和的言者。在体制内"反体制"不光没有群体层面的可能性，也不符合梁晓声的个体真实。再次把他抛上风口浪尖的是《知青》。不同的是，这次他从"时代的良心"变成了"昧良心"，从"真正的作家"变成了"说谎者"，从"自己人"变成了"异己"。这是个戏剧性的转变，昔日的"知青文学之父"摇身变成知青和青年人口中那个"把血泪写成天真，把屈辱演成浪漫"的人。以至于网民搬出"真正的知青文学"——邓贤的《中国知青梦》，称尽管邓贤才写出1%的真实，而梁晓声"长期生活在新闻联播里"。最形象的"陈词"是："《奋斗》与奋斗无关，《知青》与知青无关。"知青的一句话振聋发聩："我们还活着。"

梁晓声对网民诸多诘问的回答和自我辩驳主要体现在他于6月26日执笔给《知青》研讨会的书面发言，和做客凤凰卫视许戈辉《名人面对面》栏目。梁晓声把自己书写《知青》称为"闯关"。因为当前存在"一种对'文革'的回潮追忆"，"文革"题材经历了从规避、屏蔽，到一片空白，到泛红的过程。"给我一个机会"，"经历过的人要说话"，有梳理历史的任务和责任，尽量还原历史事件的真相。破框和还原到梁晓声所言的"闯关"。

许戈辉尖锐地发问，知青们回忆那段岁月是苦、涩和伤害，是因为梁晓声格外幸运所致，还是日后把痛苦回忆给"滤掉"了，梁晓声称"可不愿意听""不喜欢"知青言必称苦难。插队十年不宜过分夸大，唯有死伤者有资格说苦难。那个时代的恶是使同代人"丧失掉思想的能力"。"确实有一些人在那十年里践行当初的信仰、理想"，无怨无悔——不抱怨，对所说的话、对当时的选择负责任。他就遇到过不少声称无怨无悔的人，他本人当年所遇也是"一片友情"。"今天的中国患了一种病"，眼前有"形形色色的中国病人"，他给出的病名是泛物质化和泛达尔文主义。

许戈辉的节目中，梁晓声从随身布袋里掏出一本蓝皮书翻开来朗读，摄像师格外给了特写。2011年出版的这本书里其中有这么一句话似乎就是为今天有关《知青》的质疑事先备好的答辩状："义无反顾地批判种种假、丑、恶之社会病态"，"用温暖来慰藉众多沮丧的、疲惫的、冷感的、迷惘的人心"。梁晓声前后两年所说丧疲冷迷的人心与中国病大概二者为一。《知青》一书的题记则有"人无法选择出身和所处的时代……仍有选择人性坐标的可能"的字眼，他的目的是让读者领悟"反人性也反人格"的"寒冬般的时代人性的温暖"。

他对《知青》过于美饰过于"温暖"的解释是当年的知青人数众多，情况及后来命运"千般百种"，他没有才能创作一部"知青苦难大全"。他只能"象征性地重现"那个年代。梁晓声承认他对剧中某些知青的"人性自觉、正义坚守、人格优点进行了特别理想化的塑造"。他的理由是"这倒也非是出于美化我们这一代人的目的，而是企图为当下冷感的中国呼唤正义与善良"。认为中国需要补上"好人文化"这一课，即"其实人可以不那样活着"（指人和人斗）。

凤凰卫视那期节目中，梁先生拿在手上的那本书叫《歌者在桥头》。本质上，梁晓声是个歌者。

胡因梦的笑 *

在与胡因梦先生发生交集之前，她于我是作家，翻译家，演员，灵性导师克里希那穆提在华语世界的代言人，一个碌碌活在当下的我们当中唯一配得上"敢爱敢恨"四字的人，一个轻易获取、不断舍弃、好似不断在掰玉米的谜，一个传说级的美丽存在，以及，当代狂人李敖的前妻。这位李敖就是曾被提名诺贝尔文学奖的台湾大名鼎鼎的"第一名""禁书"作家、西方传媒奉为"中国近代最杰出的批评家"李敖，他与胡因梦的婚姻曾经名动一时。

你以为当着胡先生的面言及李敖她会愠甚而怒吗？这样想你就错了。这件事在胡先生那里也经历了"看山是山，看水是水"到"看山不是山，看水不是水"进而到"看山还是山，看水还是水"的过程，好比一次禅修。到我2008年年底见到她时，李敖先生在她那儿算是千帆过尽的过往。这段情事胡先生已在公开出版的自传《死亡与童女之舞》中直白梳理，那一年是1999年。许多人对胡因梦的这一层身份怀有浓厚兴趣。胡先生之所以走到今天的人生道路，不讳言促使她往这条路上走的有两个最重要的人物，一个是她母亲，一个是李敖。胡因梦坦陈，李敖促成她将目光投射到人类的爱恨主题上，从这个意义上说，这对"遗世独立才子""风华绝代佳人"堪称精神伴侣。

---

* 首发《出版广角》2012年第11期丹飞专栏"见好不收"。

这些都是突袭到我脑海的我未曾谋面的胡因梦。在晤面之前，我在编选纪念5·12地震的文集时想到了胡先生。上下两集《很多爱：说出来已是泪流满面》中收录了她两篇近三万字的讲演长文，题为《世界就在你心中》《身心觉察与关系互动》。与其他作家一百来字的"简"介不同，书中胡先生的介绍近千字。只因她比一般作家更丰富，更"芜杂"。当"很多爱"不断被人提及，我知道，其中有胡先生给予的辉光。

我见胡先生是在那年圣诞次日。其时她处在知天命和花甲之年正中。她当然已不复金马影后的容颜，也没了当年闪婚闪离的那股狠劲，然而她在的场合，还是犹如掷入了一块美丽的磁铁，牢牢吸引我和其他几位与文化沾边的大小男人。我还记得那晚我为胡先生安排的菜式中有泰式咖喱蟹、泰式香辣南瓜牛腩、清汤东山羊、海南水芹菜，用的是产于意大利的高脚杯，喝的是西班牙产的红酒，酒不一定多好，胡先生还是夸杯中物不酸不涩，入口醇厚，有回味。菜是真的好，食材取自原产地，做法也独一味而尽天然，胡先生频频引箸。场子是我当时兼任品牌总监的场子，房间也都由我命名，当晚房名香格里拉。香格里拉，梦开始的地方。这间和湖心岛、瑞丽一起，是场子里的诗意所在。当然，在餐厅里设书吧，也是少见，因此引得胡先生多拍了几张照片。客串摄影的老总叹我和胡先生长得很像，我们去看，似乎还真有几分神似。

我在宴饮当晚写于餐厅影壁的字言犹在耳，我再叙说胡因梦，也不过于此："以'20岁已见遍人世繁华'著称的胡因梦在台湾岛可是响当当的人物，她曾从演15载，出演了40余部电影，是台湾电影最高奖金马奖、亚太影展最受欢迎女演员奖得主。息影之后的胡因梦以写作和翻译的方式对人类常常忽视的'自我'进行长期探索，书吧售卖的《生命之书》是胡因梦译作，该书原作者克里希那穆提被胡因梦视为'真正彻悟了禅境的人'，认定他是全世界最重要的精神导师。如果有人认为此言犹可商榷的话，那么纪伯伦、萧伯纳等大师的话可以从另一个侧面印证此言不虚：大生物学家、《天演论》作者林胥黎说听克里希那穆提演讲就像听到佛陀在现身说法，有阿拉伯现代小说和艺术散文主要奠基人之称的黎巴嫩大诗人、作家、画家纪伯伦说他第一次看到克里希那穆提就像看到菩萨，诺贝尔文学奖得主萧伯纳说克里希那穆提是他一生中见过的最美的人，《北回归线》作者、大作家亨利·米勒称克里希那穆提的思想打破了人类所有的权威，瓦解了人类所有的幻想。该书在台湾及大陆出版以来，如一道永恒之光，照亮了诸多读者的心灵版图。这其中，胡因梦畅达雅致的译笔和大力推举功不可没，而她的人生历练及身心灵修炼和传道经历，则绝佳地反哺于她的写作和翻译。胡因梦自传《死亡与童女之舞》（亦名《生命的不可思议》）对她的个体生命历程进行了极为率真的梳理，其坦率程度令人咋舌又心生敬意。"咋舌的是胡先生直言情事的直白大胆，比如谈到和时任男友类似欢喜双修的心得。

那一晚胡先生逗留了近四小时，相约"再见"，但过去十余年，也还没再见过。胡先生身形保持极好，最好的是她看人事物入木三分的修为之下，并不拒人千里，反而静美圆融，即使没在笑，眼睛里也蕴满了笑意。灵修像把一束光罩在了她周身。或者说世人常有的浑浊的那一面已经从她身上抽离，只留下纯粹和干净。她做的很多"无用功"对于沉重的星球、累赘的肉身也许正是无用之用，比如她第一个将克里希那穆提引介到台湾，她推动"新时代"的意识革命、生态环保。《很多爱：说出来已是泪流满面》一书指称的胡先生身心灵导师身份之外还有一个身份叫深度心理占星咨商师，果然，她随身带着的电脑里有一套周密的测算工具，饶有兴味地为众人测算"能量场"。她测算我的宜居宜业之地似在上海、台湾。上海是我出版传媒生涯的首站，我的户籍也落在了上海。2006年台湾之行倒是让我生出日后不妨到台做几年出版传媒的念头。胡先生的一句话点醒了我，并直接促成了我至今不曾偏移写作、出版、内容产业轨道——她说：何妨始终做一件事，把它做一辈子。

下街那条汉子

但凡那条汉子打来电话，多半是喝好了。只有在高了时他才会打电话骚扰我。身边同时抢过手机和我对话的总有他车轮转似的"哥们儿"。汉子是谁？摊开在我面前的是这样一份简历：于宁，成名之初常用笔名潮吧，男，草根作家，已出版长篇小说《决不饶恕》，《下街往事》系列之《混世》《乱世》《现世》，《老少爷们儿拿起枪》，《誓不低头》。《铁血江湖》系列、《铁血抗战》系列、《道可道》系列火热上市。他的多部小说经由我经纪拍摄成电视剧。这也使得于宁与流潋紫、庸人、苏月、王瓷玫茶、马宁、雅祖、高克芳、徐徐等作者一道，组成作家"触电"的一道风景。

这份沉甸甸的书单从一个小小的侧面体现了一个 60 后作家的文学成绩，其中《下街往事》《铁血抗战》《铁血江湖》《道可道》四个系列均达洋洋百万言，粗算于宁迄今为止的创作成果，已过千万言。就创作字数而言，恐怕只有与他同时代最勤奋的先锋作家如余华、莫言、苏童、格非等少数几个作家能够达到。如果不算专为网络收费阅读写作"奇幻"小说的作者（姑且称为"纯网络写手"），70 后、80 后作家中创作成绩最丰富的安妮宝贝、郭敬明、韩寒等人在未来几年内恐怕都难以企及。

之所以不算上"纯网络写手"，是因为从文学品质上看，于宁与余华、莫言、安妮宝贝他们是一路的。"纯网络写手"的目的不是出版纸质实体书，他们受惠于已经初步形成风气的网络收费阅读，他们的收益是点击率或可以转化成点击率的跟帖数、收藏数、好评度。这批作者最不缺的就是情节设伏、勾人心痒的本事，因此剩下的问题就是两个字：字数。换言之，字数多，收益就高。因此出现不少雷打不动日写万言的"纯网络写手"。这样"一个人的流水线"上生产出来的作品其品质可想而知。

于宁与他的同行者余华等作家一样，是"名著派"，翻开《铁血抗战》《铁血江湖》《道可道》等书，名著气质扑面而来。你在阅读中间总能有邂逅《活着》《许三观卖血记》《红高粱》《妻妾成群》的惊喜，这种惊喜是从字里行间不经意流淌出来的。以最能代表于宁作品名著气质的《铁血抗战》为例：

看他写风的意象："顺丰马车店的院子同样清净。徐汉兴孤零零地蹲在门槛上看眼前那些弯弯曲曲的风。""日本鬼子也太欺负人了……汉兴望着那些白色的风，鼻孔一掀一掀地喘气，打从他们来了下街，下街就变了模样，以前的生活尽管也艰难，可是大伙儿总归没怎么憋屈，现在不一样了，大伙儿似乎是活在什么东西的阴影下，喘气都不顺溜了。""汉兴的腿蹲麻了，坐到门槛上，看着那些风一缕一缕地走过鱼堆，走过院子，爬上墙头走远了……"风是什么？风是自然现象，空气流动形成风。在于宁笔下，风是生命体，会传情达意，挠得小说中的人心动，挠得读小说的人心痒：弯弯曲曲的风、白色的风、一缕一缕会走会爬的风，难得有几个作家写风写到如此精湛。

看他怎么运用形象化镜头语言："下街西边的海滩被海浪送上来的鱼尤其多，退潮时远远望去就像倒了米罐子。""如果你是一只鸟，从天上往下看，下街就像一条头大尾巴小的虫子趴在海湾边，顺丰马车店就在虫子的中间位置。""传灯这才看清楚，北野武的身下压着一摊沥青色的血，海胆一样四处延伸。""嗓子被一个瓜子呛住了，撒了手，捧着脖子，在一串咳嗽声中，遭了夹子的老鼠似的回了茶楼。""三嫂儿的脸抹得比石灰还白，一笑，脸上掉白渣儿，然后就露出火车道一样的皱纹来：'小二，进来跟大姐要要呗，不要钱。'"将冲上海滩的鱼比作打翻的米罐子，将血比作海胆，将脸上的皱纹比作火车道，简直是神来之笔。而状地貌尤其精彩，看客是鸟，鸟瞰之下的地貌就是一条虫子，这一对喻体极有戏剧张力，全面调动了读者下意识的视觉、味觉、情绪、动作，冲击力极强。鸟见到虫子还能有什么反应？唯有奋不顾身地抢扑下去。

看他写动作："汉兴被传灯推了几个趔趄，摇摇手说：'好，我说不听你，有人能说听了你，你等着。'一甩头回了家，街门被甩出闷雷般的一声响。""三嫂儿吐了手绢，紧撵两步，一把揪住传灯的裤腰：'灯，要过年了，你爹咋还不找个暖被窝的呢？你回家跟他说说，就说你三姑操心这事儿……'""传灯轻车熟路地绕着一只只大箱子，不几步就赶到了门口。一个把门的汉子伸手接过传灯递过去的几张角子钱，偏头让他进去。后面跟上来的栓子趁那汉子不注意，嗖地跟了进来……传灯贴着墙根走到最南头，扒着一只箱子跳上墙面的一个风扇窝子，一提裤腿蹲下了。"直指经络，嘎嘣落地脆，只有经典作家才有这修为。下面这几段则可以作为动作描写的典范列入大中小学语文课本：

外面传来一阵摩托车驶来的声音，少顷，摩托车声在马车店大门口停下了。

徐汉兴纳闷地站起来，张眼一望，大门外走进来硬挺着脖颈的徐传灯。汉兴心中的石头落了地，刚要过去拉传灯进来，门后稳稳地转出一个身穿日本军装的人来。汉兴一怔："次郎？"吉永次郎的脸上没有表情，默默地将木头一样杵在那里的传灯往前一推："人我给你送回来了。请你告诉他，以后不要再做那些危害共荣的事情。"汉兴尴尬地笑笑，想要上前拉传灯，传灯晃一下身子，迈步进了堂屋。

汉兴回头望望传灯硬硬的背影，再回头时，吉永次郎不见了，街门口传来嗡嗡的摩托车发动声。

汉兴甩甩手，冲天一笑，背着手进了堂屋。

横一眼哥哥，传灯肿胀的脸阴得像鞋底子："你倒老实……咱爹去了宪兵队，你咋不去？"

汉兴不接话茬儿，嘿嘿地笑："挨揍了是吧？"

传灯冲门口翻个白眼，从怀里摸出一沓钞票，啪地摔在炕上："值！"

汉兴扒拉着那沓钱，笑道："值？你能囫囵着回来，恐怕不是这个原因吧。"

传灯的脸红了一下："咱爹低声下气地去求一个白眼狼……"

汉兴知道传灯说的白眼狼是谁。下街人都知道，民国十一年冬天，日本侨民走得恓惶，失散了两个孩子，被赶车送货的徐老爷子从街上捡回来了，这两个孩子就是吉永次郎和他的妹妹。有一年秋天，徐家来了几个日本人，次郎兄妹低眉顺眼地跟着走了。街面上的人都说那是两个白眼狼，走的时候连头都没磕一个。因为这事儿，徐传灯跟徐老爷子闹了好长时间别扭，说他多窝囊得像古时候的那个东郭先生。

下半晌的时候，徐老爷子回来了，站在门口默默地脱棉袍，铁青的脸色和微微颤抖的手，看得两个儿子一阵心悸。

老人家不言语，两个儿子也不敢说话。

待徐老爷子回屋躺下，汉兴冲门外努了努嘴，传灯摇摇头，提着气走了出去。

传灯走出大门，正好碰见一脸晦气的栓子，传灯气不打一处来，当胸推了他一把："我挨打的时候你去了哪里？"

栓子缩着脖子，声音小得像蚊子："吓死人了……鬼子开枪了，谁敢靠前？"传灯哼一声，大步往码头那边走。栓子跟上来，期期艾艾地说："你还是不要去码头了，刚才我看见宪兵队的几个鬼子喝得烂醉，正摇晃着往那边走呢，里面有拿枪顶着你的那个大狗熊……"传灯顿了顿，晃开他，继续走。栓子跑到前面张开胳膊拦："晚上西北仓库赌拳，大狗熊要是看见你，拉你上台过招咋办？你敢跟他打？"

传灯闷闷地吐出一个字："敢。"继续走。

栓子拦不住传灯，转头冲拎着一挂肉往胡同里走的瘌痢头喊："周大叔，快帮我劝劝传灯。"

"滚一边去！"传灯把一根指头横向瘌痢头，"当心溅了血身上。"瘌痢头哼哼两声，甩着肉进了胡同。

"那好，既然你不怕，我也不怕。"栓子跟上，讪讪地嘟囔，"反正我老实'看眼儿'，没人打我……"

站、张眼一望、硬挺着脖颈、转出一个人、一怔、木头一样杵在那里、一推、尴尬地笑笑、晃一下身子、迈步、硬硬的背影、甩甩手、冲天一笑、背着手、横一眼、脸阴得像鞋底子、嘿嘿地笑、翻个白眼、摸出一沓钞票、摔在炕上、扒拉着那沓钱、脸红了一下、默默地脱棉袍、铁青的脸色和微微颤抖的手、努了努嘴、提着气走了出去、当胸推一把、缩着脖子、声音小得像蚊子、哼一声、大步走、跟上来、期期艾艾地说、喝得烂醉、摇晃着走、晃开他、张开胳膊拦、闷闷地吐出一个字、把一根指头横向瘌痢头、哼哼两声、甩着肉进了胡同、跟上、讪讪地嘟囔，徐传灯的耿直血性、徐汉兴的沉稳柔和、徐老爷子的骨气道义、吉永次郎的两难心态、栓子的畏缩性格、瘌痢周与徐传灯的不对付都在这里了，够中学老师和学生们吭哧吭哧分析半天的了。用词之妙，描写之精确，鲁迅、余华之外，找不出第三个人堪比。

可以断言，写出这样作品的于宁，应在当代文学史上占有一席之地。从写作的功力层面上讲，于宁人物塑造、情节敷设、意象创新、意境营造、遣词造句诸方面已臻化境，俨然跻身经典作家之列。他以草根作家身份与启蒙作家鲁迅、京味作家老舍、乡土作家沈从文、武侠作家金庸、先锋作家余华等人构成了一个蔚为壮观的中国白话作家梯队。

因于宁写作太过真实，笔力触及市井民生的诸多方面，读者怀疑他笔下每个惊心动魄的人物都有他自己的影子。是不是真的这样呢？对这样的质询，于宁不置可否。姑且不论这些人物的经历是否就是于宁自己的经历，仅就人物性格而言，于宁必然在其钟爱的角色身上投射进自己的感情。有的时候甚至就是他自己的血泪。拿《铁血抗战》来说，日本侵略战争对中华民族的伤害影响至深，抗战胜利和中日友好都来之不易，伤痛和教训都同样锥心刻骨。青岛则是一个缩影。大厦将倾，浴血舍命，需要一代代中坚力量书写经典作品，客观留史，以警后人。小说的末了，"下街七虎"唯有徐传灯一人独存。那份死生永隔与生之寂寂，没有深尝过生活的人无法体会，也不可能写得出来。这些血的教训应当成为民族的集体记忆。须知这代价是用血换来的。

尽管于宁创作了洋洋千万言，他的身份仍然是草根。他是山东汉子，祖籍、出生、成长都在青岛。他好交友，朋友遍及三教九流。他好酒，豪饮，每饮必醉。醉时喜欢给当时心里最想说话的朋友打电话，不管这朋友在青岛，还是在千里万里之外。他爱老婆，爱女儿，女儿出生不到一年，一大一小两个女人都是他的宝贝。一边是老婆孩子，一边是写作，哪边他更爱？这个问题很残忍，恐怕他再爱写作也会选择回答更爱老婆孩子。问题是，孩子哭起来他就没法写作，他每天一定要割舍开老婆孩子一段时间，到相隔甚远的房子里去写作。这样的"窘境"很中国，很经典，很作家，也很草根。因为这状况鲁迅遇到过，老舍、沈从文遇到过，余华、苏童一样遇到过，而与于宁一样的草根们更是必然与之相遇。

观察于宁的写作，发现无一字庙堂言，字字句句全数着墨于社会底层，三教九流，各色职业，而角色以"混"社会的居多，他们中有的吃过牢饭，有的干尽坏事，他们的天地里在规则之外有潜规则，在秩序之外有小秩序、反秩序，道义与反道义、义气与反义气常常在他作品中交织，在黑与灰的人性地带，总有良善、侠义、正气、大义的亮色。即使抗战"七虎"，也有闲人、小偷、道士，全民抗战符合事实，也更具典型性。于宁不遗余力地书写"下街"草根的底层生活，笔下的角色可以归类为狗、狼、虎、狐、龟、鸵、羊等类型。个别角色贯穿他的多部作品。这也使得他的千万言作品构成了一个自足体系，可以打通阅读，多部作品联动，纵向丰富人生走向，横向厘清命运细节。于宁的草根性极具代表性，也进行得格外彻底。鲁迅有一个鲁镇，莫言有一片红高粱，于宁搭建了一条"下街"。他执着一念的底层叙事语汇可以概括为"下街叙事体系"。

同慕容雪村、西门大官人、当年明月、释戒嗔、曹三公子等作者一样，于宁也成名于著名网站天涯社区。

痛是爱酿的酒

终于看到了《马龙：我的痛我的爱》。尽管一页一页耕作过，再看时，还是感动。

马龙·白兰度。

我想起去年在北京国际书展（BIBF）上见到黄家昆女士，去她坐落在外研社的版权公司安德鲁·纳博格，读到一份装订精美的小册子，一页页复印件上集结了法国媒体对一本书的溢美之词。书名直译就是《马龙：我的爱我的痛》。不由分说，我就允诺签下这本书。只因为传主是马龙·白兰度。

当然，传者为马龙爱过又伤害过的女人——他的第二任妻子塔丽塔·特里帕亚，这一点为我的决定加了大筹码。马龙及其子女的爱恨情仇本身就是一出传奇。对于我的"红木马"书系的子系"传说"来说，这本书，只有这本书，可以成全。

黄家昆女士推荐了一个女孩子给我，她在飞往法兰西的航班上充当空中翻译，俗称空姐。她在巴黎看到法文版，马上买了来，二话不说，动笔翻译。翻到一半，想起该找出版社了，就找到贝贝特——与贝塔斯曼中英文名颇有些类似的一家出版机构。辗转问到黄家昆女士那儿，才知道版权已经落在我这儿。设想我如果没能看上她的译笔，她的一腔热情可不就付诸东流了！问题是，我看上了。她的译笔仿佛是塔丽塔·特里帕亚用汉语耳语：

一天，当我看着他的时候，我发现有什么东西和以前不一样了，我仿佛得到了上帝的恩赐。是上帝的恩赐，还是他深藏的神秘的灵魂？我无从知道。从那天起，我爱上了他。

——我从来无法接受一个女人对我说：我爱你，马龙。从来不！塔丽塔，你听见了吗？

——我再也不说了，马龙，我向你保证。

我一直等到他79岁，在我最后一次住在他洛杉矶的家里时才自食其言，但起因在他。他突然看着我，仿佛非常疲倦，我听见他微弱的声音：

——你知道，塔丽塔，我一直爱着你，我在等你，现在你来了。

——我也是，我一直爱着你。

我低声说。这一次，他没有反对。

死亡终于平息了爱他的痛。

策划、引进、编辑《马龙：我的痛我的爱》时，我在贝塔斯曼做编辑，如今我回到了北京，在一家民企（磨铁）做总编辑。翻看我亲手炮制的内页，一处处配图的文，每一个亲手打造的细节，心还是热了起来。像做其他许多书一样，我也是这本书的版式设计者。因了这个因缘，我与我的书之间就多了一份别的做书人不曾亲近的深情。

从《马龙：我的爱我的痛》到《马龙：我的痛我的爱》的转换基于一颗诗心。从读音的韵律感、节奏感来看，后者无疑回味更悠长。从马龙与塔丽塔·特里帕亚的爱痛纠葛来看，马龙给予塔丽塔·特里帕亚的首先是痛，在痛彻心扉、痛彻一生之后才留给生者绵延不绝的爱。不走遍瀚海，不可以言浪涛。不历经人事，何以言沧桑？在痛的伤疤之上，其实掩埋了爱的真相。塔丽塔·特里帕亚，那个马龙深深伤害深深相爱的女人，就这样，层层揭开一个真相。

　　痛是爱酿的酒，念是心堆的坟。马龙·白兰度合上眼睛，塔丽塔·特里帕亚的生活在继续。世间已无桀骜者，一把黄沙动情人。

　　再细致一点，再苛刻一点，这本书也许可以矫饰得更完美。可是又有什么关系呢？吴君的译笔，我的制作，都是保证。即使没有这些保证又有何妨？

　　谁让他是马龙·白兰度。

与世界拥抱之前先与自己和解：
胡因梦的生命观*

　　近日，"中国商界第一高端人脉与网络社交平台"正和岛与以出版发行双语读物、经典名译和人文、社科、文艺、科普、生活等"大社科"图书知名的凤凰壹力联手推出的正和岛首个专业读书部落"正和岛读天下"部落举办首期读书会，主题图书是被纪伯伦叹为"菩萨"的大哲克里希那穆提的箴言集《生命之书》。线下活动请到中国政府认定的西藏转世活佛、当代最重要的象雄佛法导师、国家重大社科研究项目《古象雄大藏经汉译与研究》发起人兼首席译师孜珠·丁真俄色仁波切。线上分享会则请来该书译者胡因梦现身说法，讲述她与克里希那穆提的相遇和修持故事。作为读书会主持人（此时我是凤凰壹力总编辑），这是我与胡因梦的第二次相会。第一次是晤面，时间要提前到 2008 年，当时我辞去磨铁总编辑一职转任漫友副总编辑一年余，因为主编和具体编选"十分爱"献给汶川地震的图书《很多爱：说出来已是泪流满面》，选用了胡因梦两篇演讲稿。晤面是为答谢。真人当面与声音相会两相比较，后者对信息总量进行了削弱，却对某部分信息强度进行了放大。

---

　　* 本文系丹飞为"此世如何与我们的身心共处"系列读书活动胡因梦专场撰述的营销物料。

所有相遇都是久别重逢——一句话成就一个翻译家

我们不妨从一份"简介"来体认胡因梦：

> 她曾经是著名的电影明星，35 岁息影后致力于意识和心灵的探索。在长达二十多年的实修过程中，直探生命真相，体证身心灵的整合之路。
>
> 她从事写作、翻译和公益环保等事业，其 30 多本译作涵盖东西方哲学、艺术、心理学和宗教等多个领域，在华人世界的文化整合和深度心理揭示等方面成就斐然。

从表演成绩受到大众和专业肯定的明星，到名动台湾岛直至影响华人世界的"台湾第一美女"、名女，到急流勇退，自觉褪去声名的光环，执着于从身心灵角度出发，发现生命的真相，那句说滥了的"洗去铅华"说说容易，这种从根性到外在的蜕变——"换心"又"换颜"，荡涤净化内心内在，去除"美"的外在，在芳华绽放之年仙风道骨——是脱胎换骨式的改天换地，不是谁都能做到的。身心灵的修持、自证和利他之外，胡因梦还以另一种便利的途径更深广地延展自己的身心灵发愿——翻译。她翻译 30 多本著作，每本都修改润色十次以上方才作罢。而追根溯源，这一切要归因于一个人、一句话。那个人就是克里希那穆提，被胡因梦译介到华人世界、被誉为 20 世纪最重要的身心灵导师的印度大哲。

胡因梦这么回想当时触动她的玄机："跟克氏的相遇是非常奇妙的，当时我住在纽约，在纽约的一间神智学会形上学书店里头，看到了克氏的书。其实我当天没有戴眼镜，模模糊糊看到书店最底端一排书架上的书，书架上面同一个人的书满满堆在那里，但是这个人的样貌从童年到老完全不一样，就好像每一个阶段都是不同的人，于是我开始产生了好奇，便一本一本地去翻阅，然后我翻到了其中的一本传记，看到了一句话，就一发不可收拾。那句话是观察者就是被观之物。然后就在心中做了重大的决定，要把克氏的作品翻译出来。"胡因梦说克里希那穆提"样貌从童年到老完全不一样，就好像每一个阶段都是不同的人"，其实胡因梦又何尝不是。

一句话成就一个翻译家，也是一种殊胜机缘。胡因梦自此著译不辍，又力行心证，历练之后多有悟得。听胡因梦言说活法，关于《生命之书》，关于译、传、修、证、悟、得，关于障，关于执，关于念，关于"我"。胡因梦口述，我和正和岛的朋友打字。文字和声音都是有能量的，胡因梦经历生活冰火淬炼后年轻悦耳、舒缓平和、充满正向念力的声音在正和岛近两百位高端会员心里，种下求真向善的种子。探究生命真相，做身心灵工作坊，写作杰出，译作等身，涉及哲学、心理学、文化、艺术、宗教等方方面面。平常人做好一件都很难，胡因梦件件都做好了。她是怎么做到的？也是从这个意义上，拥趸们封推胡因梦为不老女神、励志坐标。

"不成体统"的"菩萨"——克里希那穆提是禅师

克里希那穆提有多"火"呢？以《北回归线》暴得大名、有美国文坛怪杰之称的文学大师亨利·米勒称誉克里希那穆提的语言赤裸而富有启发性，令日常生活变成一趟达成喜悦之旅。禅修大师杰克·康菲尔德赞誉克里希那穆提的博大精深"犹如浩瀚的虚空"。《纽约时报》超级畅销书作者、颇受美国前总统克林顿和脱口秀女王奥普拉推崇的灵修上师迪帕克·乔普拉承认在他的人生中，克里希那穆提曾深深地影响过他，帮助他突破了重重的自我设限。广为国内读者所知，被称为阿拉伯文学主要奠基人、艺术天才的纪伯伦及严复所译《天演论》作者托马斯·亨利·赫胥黎的孙子、反乌托邦文学殿堂级作品《美丽新世界》的作者阿道司·赫胥黎对克里希那穆提赞誉得有些过火。纪伯伦说："当他进入我的屋里时，我禁不住对自己说：'这绝对是菩萨无疑了！'"

赫胥黎则称听克里希那穆提演讲，就像在听"佛陀传法"。

老子被迫留经，孔子述而不作，佛陀不留一个字，克里希那穆提尽管被誉为 20 世纪最伟大的灵性导师，又有何德何能堪与佛陀、菩萨并称呢？质疑克里希那穆提没有形成自己的理论体系、不成系统的人不在少数。其中就有兼有电影导演身份的藏传佛教导师宗萨仁波切和著名的尼采哲学阐释者和翻译家、作家周国平先生。

胡因梦一针见血："克氏不是某个体系的导师，他其实是一位禅师。"胡因梦认为禅师只有一个目的，那就是只破不立，破除掉终极实相上面的障碍，而没有任何意愿要建立任何体系。她举了一个纽约心理学家的例子说明追随权威带给追随者的困惑："因为克氏只破不立，有相当多的人跟随一段时间后就不知道怎么办了，纽约的心理学家跟随克氏一段时间后，心理学也不能再继续下去了，也不能做心理咨询了，因为他觉得自己做的都是无聊事，后来他就去画画，结果也画得不怎么样，自己就像光着屁股坐在冰块上，什么事也不能干了。这就是克氏只破不立带给许多人的苦恼，因为克氏只关心一件事情，那就是在世间开悟。"

克里希那穆提主张真理是无路可循的。真理无法屈就于人，人必须通过努力来亲近它。"高山无法自动移到你的脚前，你必须不畏艰险地穿过山谷，攀过悬崖峭壁，才能到达山顶。""个人的特色一被抹杀，便无法见到那无限的真理了。"他反对树立权威，也自觉地对自己"去权威化"。能人所不能，大概是纪伯伦、赫胥黎之流激赏他的原因吧。

人为什么不满足——驱力：想成为更好的自己

人与人之间一定存在一种叫机缘的东西。这东西说不清道不明，但它来了你就知道了。2008 年 12 月 23 日晚，胡因梦在我当时运作的广州一家餐厅与我们共进晚餐，也在书吧留影，她还给包括我在内的多位朋友看星盘，感觉很美好。一晃七年过去。胡因梦译著《生命之书》及《耶稣也说禅》多年前即交由凤凰壹力策划、出版、发行，合作期也差不多是七年。

胡因梦来大陆办身心灵工作坊大概已有十年之久。从台湾时期读书会形式的宽松氛围，转换为来大陆之后专业疗愈者身份互动和互相影响的视角，经历了由浅入深的历险过程。眼下炙手可热的"自在园"课程，可以说是对世相人心的一次里程碑式的探秘。四天课程，启发和引导被疗愈者洞见和敞开自己深藏的秘密，最难以启齿的生命经验，让人发现和回到那个真实不虚但又似乎全然陌生的真正的自己。对人内心世界的进入和揭示，也从现实例证的侧面印证了胡因梦30多部译作的重要心灵教诲：自我内在的烦恼。

胡因梦认为人的烦恼起源于想要变得"更好"的心态，可以称之为理想主义、完美主义或自我苛求，或者是心理学所说的内化的监督力量。胡因梦谈到的亲子经验，暗合了号称拥有9万多成员的豆瓣小组"父母皆祸害"，此话听起来危言耸听，特指50后父母用自己时代特征留下来的印记教育子女，也用自己的生活思维来规定子女的学习、事业、爱情、婚姻、人生轨迹。胡因梦说她一辈子从来没听母亲说过一句赞美她的话，要想听到母亲的赞美还得辗转地从别人口中间接听到。胡因梦认为大部分人没有得到父母真正的肯定和正向的爱，中国父母习惯用责备、要求、权威掌控来表达爱，来显示内在的关怀。因此，中国的孩子或多或少都会存在对自己不满、自卑和缺乏安全感的状况，呈现明显的自我矛盾和二元对立。这种内化的二元对立矛盾问题，没那么容易解开，甚至用力过猛，在沟通表达、人际交往中出现强迫性驱力。胡因梦给出的处方是自我觉知甚至"无我"。

终极与"每一个当下"——怎么起心动念怎么作为

生活所遇、生命历程中的种种经验，都是一场修行。胡因梦的建议是在生活的每一个当下，与人、事、情，与任何一个现象互动的那个当下，立即去看一看是什么样的内在反应屏蔽住了我们的开放性。胡因梦认为空性跟内在的开放性以及一种没有结论的状态，是息息相关的。

人生多烦恼。谁都难免遭逢让自己不快、不睦，与自己不和、不容的境遇，胡因梦提供了一个应对的方便"法门"：当对方与"我"互动时，他的心态也好，行为举止也好，说的话也好，都会让我们产生内在的反应，也许反应的模式是厌恶或是批判，不论是什么，我们能不能立刻意识到自己在批判，自己在厌恶，或是在下一个结论，而在下结论产生反应的那个当下，如果想体悟到什么叫作空性和无我，就必须要把当下产生的这个反应放下和看透，也就是单纯地觉知而不去对抗，这样我们的内在就会有一个空间突然出现。这个空间就能够让我们以开放的心胸继续与此人或事情互动下去，而这样的互动就是怀着一种客观意识，有意愿继续聆听、观察和探索。《金刚经》里所讲的如梦幻泡影，如露亦如电，应作如是观，我们生命中的亲子关系、两性关系、同事朋友之间的互动，每一个当下所呈现的喜怒哀乐也好，恩怨情仇也好，各种内在的反应也好，都是瞬息万变的，没有一时一刻是可以固化或结晶化的，也都是抓不住的。这样的心态就会让我们体悟到无我和空间感，而这个空间感跟克氏所说的极致的善或是极致的爱，都有着非常紧密的关系。

理入禅——与自己和解：放下了什么

克里希那穆提说，实相就是事实。举凡《生命之书》，实相有几个特质：①它是无法累积的。②它是不可能衰萎的。③它是无路可循的，没有路径可以通往实相，它会自然降临到你面前——不请自来。④它是永不驻留的，无时间性的，只能在每个当下发现它。追求安全感和永恒的人无法发现它。⑤停止追求、追寻实相，实相才会出现。⑥实相不可思议、无法度量，不能被言语道断，不能被揣测诠释。实相是什么？怎么样才能"活出实相"？

胡因梦主张道断是必要的，如果不能用言语解释的话，就会进入禅宗那种非逻辑性的开悟方式，那其实是不适合现代人的，因为克氏讲的东西是理入禅，也就是他的每一个揭露实相的过程，其实都有逻辑可循，所以是可以道断的。为了证得所谓"终极"，胡因梦采用了反证法：终极实相虽然不可直接道断，但我们可以反向入手，也就是去看到，我现在出现的心里头的执着是个障碍，不是终极的空无实相，这个不是那个不是，如果能不断地认清我们的阻碍、认清我们的执着，不断地把这些阻碍跟执着放下，到某一天当身心真正成熟的那一刻，便有可能揭露心底深处的那个所谓的终极实相。

"安静"二字在《生命之书》中举目皆是：安静地坐着，安静地听，安静地看，安静地觉知，心安静下来，头脑安静下来，思想安静下来，念头安静下来，心智安静下来。与此相关的是"感受力"和"创造/创造力/创造性"。人要做的"不是完美的人而是富有创造力的人"，是"具有创造力的无名氏"。但胡因梦认为克里希那穆提所有论断其实都不是铁板一块的概念，都要跟每一个当下自己内心的起心动念连接起来，所以心安静，头脑安静，思想安静，这些都不需要刻意。每一个当下都要保持内观，看到内在的不安静，看到内在执着的结论反应，看清楚了，自然就会安静下来。安静、感受力、创造力这三种状态是一起的。一个人内在不安静的话，不可能有真正的创造力，也不可能百分之百去感受自己和别人，所以安静是一切认知的起步。安静可以从聆听开始做起，克氏非常强调聆听的重要性。而有没有认真听别人说话，心里头有没有一种诚恳的、对他人的好奇和兴趣，会作用于人与人、人与社会、人与世界的关系。胡因梦认为克里希那穆提所说的聆听与一行禅师讲的"深观"殊途同归，她认为真正的好奇和感兴趣的聆听，会使人有深观的意愿，这种意愿会帮助我们敞开内心，一层又一层地深入探索，探索别人也探索自己的反应。

传统佛家的说法是"定能生慧"，克氏却说"定"不能生"慧"，但"慧"里包含了"定"。为什么"定"不能生"慧"，因为"定"是聚焦在点上面，完整性观察的涵盖度是不够的。通常定力修炼会要求我们专注在呼吸，或是像内观法门所说的一寸一寸地扫描，但克氏所说的观是全面性的，能同时留意到自己在呼吸，留意到别人在说话，留意到周围的环境发生了什么变化。克氏更重视全观的状态而不是"定"的修持，他有许多的著作都在探讨"定""慧"之间的不同。我们所谓的慧，其实就是客观地观察，当我们把主观性放下的时候，当我们拥有一种客观态度的时候，这个里头必然有"定"的成分。但是非常聚焦的、专注的"定"里头，不一定有客观意识。我翻译的"钻石途径"系列和克氏的著作，包括藏密系统里的一些教诲，都在强调客观意识，等同于佛家所说的般若智慧。

扫码领取
★ 作者问答
★ 行业洞察
★ 读者沙龙

我们在现代，贾平凹在……

写《废都》的贾平凹就是写《静水深流》的贾平凹。

平凹散文是中华散文的异数。其实平凹的文、字、画甚至存在本身都与快餐文化有点儿隔：我们在现代，平凹在汉唐，在秦，在魏晋，在长安。

平凹为人的素朴反衬到他的文章、字与画上成了古拙甚至笨重。而这，恰恰是欲成大事者寤寐思服、求之不得的境界，贾平凹轻松做到了：他生而如斯，从未强求。此所谓大师风度、大家风范。

《静水深流》是这本大散文的书名，也是平凹为文、为人的写照：面如静水，胸有深流。

（注：笔者曾策划出版《贾平凹的长篇散文：静水深流》）

又见文化苦旅*

　　提到北大青年学者撰写的"知道点"丛书，就不得不提到余秋雨。余秋雨除了为该丛书题写丛书名，还洋洋洒洒千余字，慨然作序。序称，"知道点"系列带领读者俯瞰中外文化"万仞群峰"，居功至伟。在这篇千字文中，余老师说到中央电视台举办的某次全国直播的青年艺术人才大奖赛，言及于此，余秋雨称道的是观众无法容忍选手"居然"答不上文史知识试题，由此折射出国人"习惯于在文化上寻求自身尊严和群体尊严"，余老师的评语是：这很不错。说话间到了青歌赛赛季，今年的青歌赛与"超女""好男儿"等选秀节目狭路相逢，还好，余秋雨救了市——据媒体曝光，青歌赛最高收视率往往出现在余秋雨点评时。感谢"大文化"散文的倡导者和践行者，给了文化与大赛 PK 的机会。

　　回到文化话题，还是余秋雨给了"年轻人"辩驳文化的机会。2006 年 5月 15 日晚余秋雨留在中央电视台评委席的一席话多少有些振聋发聩的效果："青年歌手在接受文化考试，其实文化也在接受时代的考验。""比赛在给选手打分，全国观众也在给文化打分。""知道点"系列就是这么一套"年轻人"给文化"打分"的书。"知道点"系列举凡中外文学、历史、哲学、文化、名

---

　　* 本文为丹飞撰述的由其挂名主编的"知道点"丛书营销物料，发表于《出版人》。该丛书由余秋雨题写书名并撰序。

人五大门类、十个品种，网罗中外文化热点，每篇文章用 1500~3000 字篇幅讲述一个知识点，以点设局，直笔勾连，每本书约 20 万字，含图片 200 幅左右。该系列图书迄今已销售 50 万册，成为市场上不多见的畅销加长销的文化读本。此次全新修订、增补出版，相信会给市场带来新的惊喜。"知道点"以宏大的开局、高屋建瓴的全局视角，着眼于中外文化中外历史上的大宅门、胡同口、大野地上纠结的变幻风云、人事悲欢，以牵一发动全身之功，梳理史前结绳记事、人类文明兴衰。

以《知道点世界文化》卷为例，世界或其文化何其宏大，作者以"知道点"的遴选原则挑选古文明的脉络、远古七大奇迹、推开异域之门、信仰之旅、希腊的光荣、罗马的梦想、中世纪的十字架、文学心灵的历史、现代科学与哲学、神奇的艺术旅程、当代文明之光十一个大板块勾勒世界文化轮廓，应该说分寸感把握得很好。着力点除了放在人类创造的历史遗存之上，在哲学、科学、艺术方面撷英采华，也聚焦在曾经失落的文明上，法老的诅咒、所罗门王的宝藏等热点话题也收罗在内，见微知著，以小见大，一个个知识点的串联其实勾勒了世界文化版图概貌。

借用余老师在青歌赛评委席上的说法，文化是一棵大树，总有枯枝败叶。"知道点"的能耐也许就是指出文化矿脉，标记出文化这棵大树的枝干和走向，至于根茎感受大地脉动、枝干与根茎合作联动、树叶借阳光光合作用的具体真相，则不是题中之义。换句话说，这是一本文化导览，而不是文化大百科。这世上需要知道"许多多"的学问家，穷追深耕，深入体认某一学科门类某一分支上某一具体症结的细枝末节。然而毕竟不是每个人都有必要成为学问家，占人口绝大多数的人毕竟还是需要像你我一样，每门学问只需要知道一点点就足矣。说句掏心窝的话：参选青歌赛等将文化堂而皇之纳入选秀环节的"秀"场，不妨将本丛书列为参赛必读书。如此，选手侃侃而谈，评委频频颔首，观众如痴如醉，岂不大好。

余秋雨先生以下论断也许不无道理："必须在文化的群峰间标画一些简明

的线路，在历史的大海中铺设一些浮标的缆索，使人们既领略山水之胜又不至于沉溺。这种做法用一种通俗用语来表述，就是不必知道得太多、太杂、太碎、太滥，只需'知道点'。""'知道点'，不是降低标准，而是提高标准。这就像线路的设定者一定比一般的逛山者更懂得山，缆索铺设者也一定比一般的游水者更熟识海。不仅更懂、更熟识，而且也更有人道精神，更有文化责任。"从这个意义上讲，"知道点"不光是一套热销、长销的文化读本，更将一种文化精神、一种铁肩道义传承给每一位捧读"知道点"的人！

以文化传承为大义固然紧要，如果某些读者势利到只是为了在人前谈天说地之时不至于落个口舌不利落也没什么不好——这也印证了余秋雨为"年轻人"做的辩护词：不要总是责怪我们的年轻人文化素质低，在很多时候，更应回过头来责怪我们的文化的有效性和溶解力太低。深受余秋雨先生肯定的"知道点"丛书恰恰可以满足文化知识与读者的"互补""互哺"。

余秋雨的震颤和重量

世界级文化学者余秋雨无疑是今世当之无愧的散文大家。

他的散文素以文采飞扬、韵味悠长、见解独到而备受读者喜爱，被视为"智者之思"。发端于 20 世纪 90 年代初而持续勃兴至今的"文化散文"即因他而起——"文化散文"另有别名叫作"苦旅体"或"秋雨体"。

秋雨散文见常人所未见，思常人所未思，在叩问历史的同时追问天人、古今，哲思绵延，情致高远，其审美价值、文化价值和史学意义自不待言。

《历史的暗角》收录的篇什历来被文学史和读者目为历史、文化美文的典范之作而广为传诵，堪称秋雨散文中的泰山北斗。读者自会体悟到余秋雨在历史追溯之中体现出来的心灵的震颤、思考的重量。

铁凝是生活家

铁凝心中的世界是快乐而美好的。铁凝笔下的文字是甜蜜而温馨的。铁凝的美文别有一番韵致，是微风中开放的花朵，不张扬，不喧闹，芬芳静静播洒。"得道自在"说的就是这样的气韵吧。铁凝写人、论事、寄情、说理，都是款款的步调，入情入理，不疾不徐，人生琐屑因此拥有了生趣。她让定见拥有了宽度，让隔膜拥有了体温。时间在她笔下变得温润而丰满。

从这个意义讲，铁凝是生活家，读者是美食家。

成都有的，比荷尔蒙更多

　　成都这地界很怪。我早听说男人有三怕，第一怕就是到成都后悔结了婚。而这一怕是铁定了的。与成都沾点边的女人都有令人过目不忘的效果，如张瑜、刘晓庆、靳羽西、宋怀桂、李宇春、张靓颖、陈法拉、张嘉倪、阿兰·达瓦卓玛、张力尹、江映蓉等。雷坤强和其他几位成都作家多次鼓动我去成都，好带我深入成都的风情万种，深入成都的一怀春色。我没有交过成都籍女友，交际圈里竟然找不到一个成都女孩，这让我感觉很不体面。

　　现在雷坤强又用《穷大学生创业发财记》来蛊惑我。这个书名很潮，但不是我好的那口。雷坤强在《穷大学生创业发财记》里化名为熊奇，他们的执着难分高下。我相信雷坤强在小说里是包藏了"祸心"的：他把自己的那点印迹斑斑的情史晾晒到书里，精致处细微到毛发，就不怕勾出前任们的相思吗？一旦念及雷坤强千般万般好，豁出去折回来反攻倒算，就够他受的了。也许我多虑了，说不好雷坤强正求之不得等着消受这份"罪"。

　　如今的大学毕业生不如十年前骄傲，那时大学扩招还没现在这么凶；更不如 20 年前骄傲，那时大学生还包分配。大学生以及多数人都认定，如今的大学生是受惠于扩招的一代，我的看法是天之骄子们恰恰被扩招给祸害了。扩招前能考名校的考名校，考不上名校的考非名校，考不上本科考专科，考不上专科考中专、技校，哪儿也考不上的学手艺、务工、务农，龙游龙道，虾走虾道，各得其所。扩招魔咒一念，全民皆高知。走出大学校门成为"待学生"于是成了时代一景。雷坤强的《穷大学生创业发财记》就是对这样一个大背景进行思考、指戳之后的交代。因此字里行间流淌的不只是荷尔蒙，尽管荷尔蒙仍然是熊奇生命中不能承受之原动力。

"待学生"们可以从《穷大学生创业发财记》里找到绝地求生的法门。这法门一是知命。人与人不一样，适合他人的不一定适合咱，首先是不失去底线地活着，然后才是活出质量，活出尊严。二是勤勉。人活一世，勤勉是一世，庸碌无为是一世，怎么样都是一辈子，混日子于心不忍。三是头脑。机会只垂青有准备的头脑，说的就是这意思。雷坤强说，他的书是写给"民工眼里的白领、农民眼里的大学生、自我意识里的牛人"看的。相信这样的话，"穷大学毕业生"会很受听。

据说，飞机经过成都都能听到麻将声。我不通麻将，同样不通其他玩乐，所以我乘坐的飞机经过成都时我没听到过麻将声。该书副书名"血战到底"是成都麻将的精髓，闲散的成都人，可以把日子过得像一桌麻将，也真新、奇、特。雷坤强在小说里大秀麻将文化、麻将历史，大秀麻技，也许这是他"麻坛圣手"的一面。显然写麻将不是添头不是炫技，因"麻文化"已走进成都人血液里去了。

同样吸引眼球的还有熊奇的情路。雷坤强质疑"爱情成流水线"，这是宿命，质疑是无效的。不信命又怎样？看看自我修炼及向情爱对象的内涵"移情"能不能医好爱情病吧。正常的欲望是个体提升的动力。一个从未放弃努力、自食其力又有正常欲望的人，生活是可以因此激情四射的。我早过了"穷大学生"阶段，因此，对我来说，我现在就开始后悔没和成都女孩处过朋友了。

我前后路经成都几次，每次都没来得及感受成都的诱惑就匆匆而过。想来都是我自找，哪怕夜宿成都，也是闭门不出，出门吃了夜市就匆匆回归酒店。成都的好我是知道的，再去，我一定深入成都的前凸后翘玩味一回，雷坤强这本小说正好可以当作成都寻欢地图。你知道的，寻欢不只是追逐荷尔蒙。

请把追光给那个说故事的女人

　　怎么安放周游在草根说史作者群中的位置呢？这是我从读到她的文字之始就开始考虑的问题。《明朝那些事儿》之后，"草根说史"一脉如遭强光朗照，一下子从人后凸显到人前。其实，草根说史或说历史爱好者而非专职研究者以当代口语写作历史的传统由来已久，一次出版事件成了这一脉曝光显影的触媒。数一数与我相关的草根历史作者，基本上网罗了这一脉的半壁江山：我任磨铁总编辑时，操作《明朝那些事儿》，当年明月一飞冲天。我任漫友副总编辑时，操作《向康熙学习》《命案高悬》《武则天》《墓中王国》《这样读资治通鉴》，送了金满楼、罗杰、清秋子、北极苍狼、锐圆等作者重要一程。我做独立策划人、经纪人的现在，操作 23 卷本《历史中国》，罗杰和金满楼继续留守，王者觉仁、班布尔汗、姜狼、张嵚、醉罢君山、张程、墨香满楼等作者也加入战阵；16 卷本凡 500 万言的《世界历史有一套》则捧红了杨白劳；8 卷本的《二战秘史》、4 卷本的《非常民国》、4 卷本的《忍看历史：陪你到各朝看风景》、3 卷本的《睁眼看历史：100 个被掩盖的历史真相》、3 卷本《谁的国家谁的家》《我的清帝笔记》《我的明帝笔记》《史上最牛帝国 BOSS 打架史》《原来民国》《加密的历史》等舌灿莲花的历史作品，将陈咸宁、李清找、王者俊杰、曲昌春、汤军、麻辣摇滚、小学生阿萌、雾满拦江烘托出来。周游就是在这个背景下与其他高手一道为我绽放草根说史第二春的。

周游不是那种能够瞬间大红的作者，她的精彩需要时间积累才能焕发。这是为什么呢？

我曾经为周游量身定做拟定了五六个选题，试图让周游挑选，按我的创意来写作。这么做是因为我认定她能写好。她"考虑考虑"之后回答我，她还是想写她想写的。对于这样一个内心强大的作者，她给自己划定了一个疆域，独耕耘、不旁涉。这样的作者短期内难一朝爆红天下知，但放到一个比较长的时期来看，是可能有大成的。从她的历史写作能够窥出一点端倪。

说周游是知性女人她一定不屑。说她有知性智慧她大概不会反对。《原来宋朝》除了书名由我改定，每个章节名都是她自己想出来的，不像很多书书名章节名都由我来定。周游起的章节名单个看起到给当前章节抛光提亮的作用，所有章节名连起来看则张弛有度，有内在的韵律感。这与她的文风也是一致的。周游超越了她的性别，女性常见的情绪主导逻辑，论事说理和稀泥等症状到她这儿打住了，她有将一件事条理化的天性。对历史人物、地点、时间、事件头疼的读者读她的书后也能讲得头头是道，赵二、赵三、寇准、赵普等人办的那点事在周游笔下交代得嘎嘣脆。周游还特别欣赏王禹偁，她当然不会放过在本书礼拜偶像的机会。从中或许可以窥见周游内心世界的一角。

周游切入的是小格局，精工细作。言出必有考据，偶有枝蔓，也是网络时代阅读需要。她写历史章法森严，却也不干巴，偶或一现的机巧也能惹人一笑。好比是一个不苟言笑的女人，正襟危坐说出的一句俏皮话，格外出效果。"成龙说，我不过犯了一件绝大多数男人都可能会犯的错误。赵炅要说，我不过做了一件大多数皇帝都会做的事。没办法，这权力问题跟生理问题还真是天生一对，全是屁股决定脑袋。"

明眼人对比之后会发现，市面上现有的草根白话宋史，周游这本是主脉最清晰、决不注水、读后不会后悔的一本。因此，请把追光对准这个说故事的女人。

写什么，怎么写，为谁写，每个人都在做选择题。每个选择都有代价。周游选择了窄门。少有人走的路不一定不是好路，走起来需要多一些胆气面对寂寞。这是周游自己的选择。

手执柳叶刀解剖世相人心*

从统计学上讲，理工农医政法经管兵学商百业从文，有先天优势。优势有二：一曰杂交优势。生来从文的，容易在文学的小圈圈里打转，所交不过文学人，所知不过文学事。异业转文或兼文，异业接触到的人和事、冷眼旁观乃至切肤体味到的世相百态，都成为为文时的滋养，尽管取而用之，"来料加工"。二曰降维打击。如果说所知所感所见所得的差异还有办法通过睁开巨眼从现实人生里弥补、找补的话，非文学出身的异业思维，恰恰是文学出身的人最匮乏的。概而言之理工科思维，可能是生而为文者不好通过自身努力而得到的。

不说别的行当，单说医生从文——开白话文之先的新文学运动旗手之一的鲁迅，学医出身，转文之后执笔如刀，伟人说其笔墨是匕首投枪，向旧的制度和国民劣根性投射去，解剖乡人、国人灵魂深处的癌——乡愿、麻木、自利。巧的是，小鲁迅11岁、在"鲁郭茅巴老曹"现代文学巨匠阵列紧随鲁迅的郭沫若也是学医的，不说他的做派常为后人诟病，他的小说确实写得有模有样，伤怀、伦理、时代病、永恒的人性在他笔下化为一个个带着各自命运奔跑的角色，人文性和文学性都达到一定高度，尽管为他暴得大名的是随时间祛魅的新

＊ 首发 2023 年 1 月 6 日《作家报》。

诗。我们把目光投射到当下，著名的协和医学院妇科肿瘤专业博士、后来的咨询公司合伙人、企业高管、"古器物爱好者"、70后冯唐写起小说来，医学生本色袒露无余。与他的前辈不同，"18岁给我一个姑娘"，部分暗合了大众想象中的医生——见色不起意，看人就是器官的组合——写起男女大方直露，借用医学用语，可以算得上"强直"。反观80后女副主任医师唐笑，她写《王阳明传》，写《张仲景传》《叶天士传》，笔下无性，所涉乃国之大者、义之大者。

60后胃肠外科主任医师邱红根与他的医学前辈、晚辈都不同，他治诗、治小小说。如果要细究，鲁迅可算作他在文学上的精神之父，二人至少在六个维度上存在精神谱系的相似性。

其一，两人都是人性大师，追问人性、述写人性的幽微，深挖人性的暗处。在诞辰相差87载的两代作家之间，横亘的是社会的巨变，鲁迅生存和观察到的是1936年之前的中国。邱红根生也晚、知也长，鲁迅身后发生的民族危亡、改朝换代、历次运动、纠偏整顿、改革开放及至市场经济占主导，部分构成了其集体记忆，部分成为他的人生经历，外在的变化必然酝酿和导致国民性内里的嬗变，邱红根敏锐地抓住了这种变化，他自剖之所以选择小小说，乃在"心中的许多题材，不能用诗歌表达出来"，"诗歌不能言说的某些东西可以借助小小说轻易表达出来"。他念兹在兹的"许多题材"和"某些东西"就是人心人性人情。

其二，二人牢牢注目当下性。鲁迅写国人津津有味围观族类被杀头，写精神胜利法，写见人就念叨失孤之痛的先可怜后可嫌的母亲，写讨人血馒头给子嗣治痨病的愚民，写父亲的病，写母亲的故乡，写标记童年美好的草木鱼虫，写童年玩伴和风格独具的先生，都是存在和发生在其生命历程中的当下人当下事。邱红根写主动让"我"共伞后成"我的妻子"的小兰，写在豆浆店想三峡职业技术学院"眼镜大哥"画像而不言的二丫，写总光顾豪爵足道小琪的枝江同乡蒋哥背着得阿尔茨海默病的老母请小琪教自己怎么给老人洗脚，写肺部湿性啰音被村头诊所医生以玉兰花开相勉的 10 岁的洋洋，写在城里儿子家的阳台上盼鸟来馋腊货自己好驱赶从而体现存在价值的傻根娘，写出轨的秦大江花钱请哥们儿碰瓷想跳江寻短见的媳妇莲香，写富都歌舞厅的舞池里猎人钱财的阿贞被王大伟打着爱情的幌子反猎……走笔的都是当下普通得不能再普通、平凡得不能再平凡的芸芸众生，与鲁迅笔下众生异曲同工。

其三，二人聚焦的当下性恰恰具备一定的永恒性，鲁迅笔下无法叫醒的看客、损人自肥的悭吝人、耽于铁屋子的禁锢不愿打破甚至不愿呐喊的群氓、当时形形色色的痴迷癫狂，历近百年而矗立，无他，盖因个中写画的是不随时间流逝而消减的人性——成功塑造的典型性文学形象，恰恰是从普遍的共性中提炼得来的。同样，我们有理由相信，邱红根反复刻写的小镇小民，将历时久远而弥新，《听鸟语的人》活脱脱就是 21 世纪的醒世恒言，一则人性恶的寓言。该文设置了三奇：一奇——镇卫生院的超高医生竟然能够听懂鸟语。二奇——鸟们善察人阅世，东家长西家短，杨副县长、某副镇长、财政所李所长、县教育局局长、隔壁乡镇镇委书记、镇初中校长、杨林沟村一农妇、镇派出所所长、镇卫生院院长、市委书记、县公路局局长、财政局办公室主任、影星，权钱色利情，贪嗔痴慢疑，尽收眼底。三奇——鸟们传到超高医生耳朵里的鸟言鸟语还都在随后的现实中变成了现实——鸟是人类社会的旁观者，还是神算子、预言者。当然，超高也由开始的听而疑之到听而信之，进而听而传之，一个鸟语的触媒受虚荣心驱使，蜕变为贩卖鸟语的人，成了另一层面的贪。超高医生的蜕变可以说是前述杨副县长、财政所李所长、县教育局局长诸人权钱色利情贪嗔痴慢疑诸症患者的一个缩影，一个代表，也因此将在中文文学形象长廊中留下一席之地。

其四，不动声色的零度叙事，即放任笔下角色在各自命运轨迹里发展，尽量摒除作者的个人情感。在这一点上，陈丹青说，他喜欢看鲁迅的肖像，他忍不住赞叹鲁迅先生怎么可以那么"好看"。这个"好看"固然有鲁迅精神魅力的因素在，恐怕也少不了其面对权力、威吓、命运的不屈服和诉诸笔下的"零度"。余华也承认,他 35 岁之前不看鲁迅不懂鲁迅,35 岁之后因为业务需要通读了鲁迅,被深深折服。鲁迅作品折服余华的理由很多,其中断然少不了鲁迅冷峻的笔锋,他深谙戏剧和文学之魅:作家和编剧自己不要哭,平静甚至笑着写,把读者和观众看哭,才叫好的悲剧;作家和编剧自己不苟言笑,甚至板着一张脸,把读者和观众看乐了,才叫好的戏剧。那些恨不得跳脚大喊"笑啊,快笑啊!""赶紧哭啊,这么好你们怎么还不哭啊!"向读者和观众讨笑讨哭的作家和编剧是蹩脚的、无能的、卑琐的。同样,邱红根的不少小小说,作者本人并未急吼吼地跳将出来对笔下角色指手画脚,而是退居作者角色本身,不高举高打,不顾左右而言他,只管不枝不蔓,娓娓道来。《带着母鸡去旅行》横眉冷对"怪现状",就因为讲述自己春节期间旅行,带着姐姐送的一只母鸡行走了一路的一条微博,被《武汉晚报》记者张红盯上,写成报道让"我"出了名。浙江卫视《是真是假》节目盯上了"我",本市晚报的记者也嗅到了这事的新闻价值,可那只新闻鸡已经成了全家的盘中餐。作者对此事不置评,小小说中流露的荒诞感和反讽味道却溢出纸面。

其五,零度叙事的底子是温暖。很多人对鲁迅的误解是他永远挺着一对浓眉中间紧缩的"川"字,横眉冷对千夫指。问题是后半句是"俯首甘为孺子牛",冷的背面是暖,是热。殊不知前医学生鲁迅除了写"袍子底下的小"、写吃人血馒头,还写过"无穷的远方,无数的人们,都和我有关"。堪称小小说中的鸿篇巨制的《明晃晃的锄头》讲述了 92 岁、独居 9 年、耳聋 40 多年痴痴呆呆的"父亲"的故事,"父亲"疑似"撞鬼",吃土,把所有菜苗当草薅掉,反复磨一把已经磨得锃亮的锄头,"我"利用年假难得地陪伴了"父亲"两周,身为胃肠外科医生,治好了父亲吃土的症状,药物和陪伴起作用,"父亲"能找到家,也能清醒地劝勉儿子不要因为他耽误了工作,病人比自己更需要儿子。"父亲"是家的守护者,总觉得家里有宝贝,他一离开,左邻右舍就可能过来偷走点什么,底色全是暖暖的春意。盼鸟来却盼不来鸟的傻根娘、勉励洋洋待得玉兰花开的村头诊所医生、猜到二丫心思给她画了像寄来的

"眼镜大哥"、出轨却请人艺术地成功阻拦妻子跳江的秦大江、背着母亲上洗脚房的蒋哥，带给读者的都是融融暖意。

其六，鲁迅"反转"运用之奇崛自不待言，仅举一例：收入其被后世目为神作的散文诗集《野草》中的一篇。散文诗和小小说同样是微篇作品，对比来看更有意义。那篇叫《立论》的散文诗写了一个一户人家生了一个孩子，"说谎的得好报，说必然的遭打"的故事，其中就充满了神转。神转也是小小说之所以成立的立身之本。邱红根就深谙此道，他的多篇作品末了可称"骨折式反转"。带给"我"巨大声名的新闻鸡（幸运鸡）的价值还没发挥殆尽，就因为虽然瘦但吃米有点凶，就被妻子带去市场请人杀了；超高医生能听懂鸟语，故事的结局不是鸟的预言不再失灵、超高再也听不懂鸟语，或是现实中的多余的欲望的恶的淡出消隐，而是超高医生买了顶带护耳的棉帽子（俗称雷锋帽），把自己尤其是耳朵捂得严严实实，"悄悄走路"——新生的欲望被旧有的顽固的权力的恶给压制住了；莲香不想死了，她会怎么看待秦大江的出轨、秦大江怎么对自己的出轨进行善后，一概不提，以无声胜有声的神转，让读者去脑补；《明晃晃的锄头》中，"父亲"病好、"我"放心则有如"悬空寺"，留给读者隐隐的不安——"父亲"真的不会吃土真的好了？"我"真的放心回去医院上班吗？那把反复被磨的锄头，则成为比"我"发的母亲住破屋、各种蔬菜会说话会奔跑、锄头追着蔬菜割出鲜红的血液的梦魇还要沉重的隐忧。

如果硬要鸡蛋里挑骨头，可以指出邱红根个别作品里还存有"造作"的痕迹，那就拿《温暖的坟墓》说吧，文中敷设的姐姐掉入一口枯井，弟弟搬空了铁生母亲的坟墓救下了姐姐。但这也可以理解，类似篇什就好比是外科大夫给病人做的手术，手术初成，还没到拆除缝合线的日子，手术"造作"的痕迹肉眼可见。缝合线就那么碍眼吗？未必，它是病人康复的必由之路，只是缝合的程度有异、缝合手段可能与时俱进而已。或者是，多数时候，外科大夫或者病人让你看的是拆除缝合线之后甚至是愈合已久的创口。另外，卖出破绽、保持作品一定的颗粒感，或俗称的"瑕疵"，也是作家成熟的标志——初生牛犊和挤破头钻营的作者才需要做小伏低，打造"完美"的"文设"。

以手法的娴熟多样，涉笔之广，之深，之举重若轻、举轻若重，以及佳作的密集程度言，邱红根的小小说创作是该文类的最新收获。

★ 作者问答
★ 行业洞察
★ 读者沙龙

这才是青春*

清华素有聚天下通才而育之的传统，远非时人"工科老大"的"偏见"。不谦虚一点说科技、人文道统"半国出清华"，多半也是成立的。不说邓稼先、周光召、唐敖庆、郭永怀、杨振宁、李政道、陈省身、林家翘、吴大猷、吴有训、华罗庚、赵九章、钱学森、彭桓武、钱伟长、钱三强、王淦昌、陈岱孙、叶企孙、周培源、张钰哲、梁思成、林徽因、金岳霖、茅以升、杨廷宝、侯德榜、竺可桢、陈芳允、屠守锷、王希季、朱光亚、顾毓琇、萨本栋、熊庆来、王大珩、邹承鲁、姚期智、丘成桐、施一公、颜宁，单说梁启超、王国维、陈寅恪、赵元任、李济、吴晗、夏鼐、吴金鼎、罗家伦、梅贻琦、胡适、闻一多、吴文藻、朱自清、洪深、穆旦、胡风、费孝通、潘光旦、汤用彤、吴宓、冯友兰、钱穆、张岱年、曹禺、钱锺书、杨绛、王力、王瑶、姜亮夫、林庚、贺麟、吴芳吉、刘永济、吴组缃、许宝騄、费正清、陈梦家、赵萝蕤、姚名达、吴其昌、陆侃如、刘盼遂、杨树达、谢国桢、蒋天枢、罗隆基、吴景超、何炳棣、季羡林、姚锦新、傅璇琮、英若诚、于光远、许国璋、王佐良、李赋宁、何其芳、端木蕻良、黄秋耘、李学勤、乔冠华、胡乔木、陆璀、荣高棠、胡启立、熊向晖、杨述、韦君宜、冀朝铸、黎东方、张志让、徐铸成、宗

---

* 本文为《好姑娘光芒万丈》（清华大学出版社，2020 年 9 月）序言。

璞、汪曾祺、张弦、中杰英、钟源、资中筠诸人，几乎构成半部中华百年人文史。"通"之一义即不拘本业，诸般会通。如果了解到1952年院系调整，北大工学院并入清华，清华文、理、法学院并入北大，就不会惊讶于被今人误传为"红色工程师摇篮"的清华何以文脉如此兴盛——以美国返还部分清廷"庚子赔款"立校的清华一度是举国"文宗"。或者说，清华人血管里流着"不务正业"的基因，比如创业大潮中涌现的诸多领军人物可以出自理工文史哲艺医各院系，比如音乐才子宋柯、"水木年华"卢庚戌分别是来自环境系、建筑系的"理工男"。曾参与过"水木年华"，如今已成优质音乐偶像的李健也毕业于电子系。清华文学之盛比之音乐又有过之而无不及——清华出歌手，也出作家诗人。音乐风格有人大爱有人不屑的"幸福大街"吴虹飞也是诗人和小说家。以《北京折叠》摘得雨果奖的郝景芳则先后毕业于物理系、天体物理中心和经管学院。著名诗人大解是我的水利系同门师兄。音乐、文学、体育是这所日渐综合、国际化、全科化大学的三翼。音乐与文学又有互哺、互补的意味——谁敢说以音乐立身的清华人宋柯、李健等不是诗人？

如今，建筑系毕业的奇幻小说大拿潘海天的同门师妹中也出了一位作家。当然，她也是我鄂南高中和清华的双料师妹。万静雅习惯以初登职场的称谓"小万工"示人。潘海天、郝景芳、小万工等人以各自的方式继承了梁启超、王国维、陈寅恪、赵元任、钱锺书、季羡林、闻一多、朱自清等文宗接续鼎定的清华文脉的一端。以小万工论，她所执者乃浩然正气，私以为其文所以吸睛走心，根即在此。也是因为这个原因，人民日报、新华社公众号才会点赞称道小万工为"理想的化身，时代的清流"。这个评价稍显肉麻，但也还恰如其分——小万工身上有着某种程度的"不合时宜"。一方面，她在本职工作中颇有建树，"盖房"无算；另一方面，她始终醉心于表达，捕捉思想的野马，在键盘上撒野，定格。一方面，她是不断炮制10万+爆款文章的网红，俗世意义上的成功不言而喻；另一方面，她的精神世界与文字呈现存在所指与能指的撕扯、撕裂。某种意义上，这种现实与理想、此岸与彼岸的反差和落差，造就了她的个性魅力。这是她吸粉的一个重要理由，也吸引了曾拍摄过我五部纪录片的"南派纪录片"领军人马志丹导演摄制关于她的纪录片《小万工，好姑娘光芒万丈》，列入庆祝改革开放 40 年、恢复高考 40 年《四十年，美好生活》系列，2018 年 11 月 9 日在广东卫视及多个视频平台播出，创该台近两年纪录片收视纪录，登上"学习强国"。

这本书从文学性、艺术性、美学上来讲水准如何，读者诸君都有自己的判断。这里单说本书写实的一面：长期以来，通行市面的"青春文学"离不开打架、堕胎、多角恋，这样的青春文学在曾经历过、正经历着青春的人们看来，无异于经过了多个棱镜的层层折射，早已失去青春的本来面目，无论是甜到齁的糖果青春，还是混子气草莽气横生的残酷青春，或是颓废无聊了无生气的灰色青春，都是别人的青春，真实的青春，真实的高考青春就是拼，比，领跑，逆袭，进击着守成，彷徨着奋斗，焦灼而明媚，躁动而坚持，那时的动心还不是爱情本来的样子，只能算是"类爱""疑似爱情"。是的，一部《好姑娘光芒万丈》就是青春本来的样子。是否可以说，小万工在借这部小说给青春正名？往者已矣，来者可追，《好姑娘光芒万丈》还具备某种未来性：对于未经青春但日后必经青春的"代有才人"们，厘清势必败坏来者口味心性的五色五音五味，还其本色本音本味——还原青春的本来面目，实在具有拨乱反正、去芜存菁的意义。正是在这个意义上，我说小万工是个好姑娘。

与我一样欣赏本书的，可以认为小万工有创见，当然，认为小万工是生活的"摹写师"也未尝不可——本书就是真实的青春写照——她的粉丝可不只当下的青春男女、小花、"小奶狗"、宝妈、宝爸，目前已知最年长的粉丝是八字班（1948 年入校）清华老学长。在创作的同时她也善于兼收众"长"，比如，她会将她认同的校友、粉丝的诗文习作不着痕迹地化用到小说人物身上。不仅如此，我还被她调皮地写进文末，跑了回超级大龙套。

对于以"学渣"自嘲的小万工，学渣言者，不过是赢家的话语策略：赢家的逻辑是，过去越不堪，赢面越大，赢得越漂亮。她执着于自己起的原名

《我如果爱你》，她的理由是"一点都不觉得自己是好姑娘光芒万丈，我觉得我是灰姑娘灰头土脸"。小万工如果是灰姑娘，是"理老师"（小说中考上清华的筱雅的北大恋人李理，也是生活中小万工北大毕业之后选择做中学教师的夫君）给她穿上了水晶鞋吗？显然不是，她走的每一步，靠的都是自己的双脚。如果说"理老师"在其中有什么贡献的话，那就是与小万工相互撑持的爱情婚姻和爱意融融的家。

　　小万工出差途中，在万米高空重看小说，给我发了条微信："深刻体会了理老师说的：'你写的不是小说，是犯花痴。'"小万工说想不通自己当时（其实才新鲜出炉没几天）怎么能写出这么花痴的文字。想想我们每个人的青春萌动，对于"爱情"，对于大学，对于世界的想象何尝不是在犯花痴？那个以为一生只能牵一双手的少年少女傻得可爱，唯其纯粹，唯其只有一次，唯其无法从头来过，才值得我们用一生的时光去追忆。约1200年前，"小李"李商隐就已"预知"到了我们今天的后知后觉："此情可待成追忆，只是当时已惘然。"好在现在有一卷小说，不偏不倚，映照了我们最初的样子，那时的我们干净、纯真、光芒万丈。

扫码领取
★ 作者问答
★ 行业洞察
★ 读者沙龙

幽兰花，今夜谁以青春温热 *

　　记不清初识黄小邪，是被她眉心的痣牵动了哪根神经，还是被她那篇《等不到的日落》给惊到了。两个因由都还立得住脚。后者，惊才绝艳，说的就是这个意思，容我下文再表；前者，她单薄的身形裹在"床单"里，眼底光、眉间痣都张扬得不可一世。说是床单，其实是单衣，不过用的布料花色是20世纪80年代常见的床单款。在黄小邪的"床单"照之后，才有张姓艺人晋升"床单女神"、北京时装周上胡社光的"东北大棉袄"秀火了老爷子王德顺。

　　我眼中的黄小邪，是众人眼中的才女和美女，文能写小说写剧本，武能挥刀（油画刀、各种男友力爆棚的工具）、摄影、演戏，还有世人顶多萌生在梦想阶段因此多不具备的"浪"经——她天涯行走，游历过欧亚大陆30多个国家，国内更是任由她踏遍。如此"游侠"，我们是在生活，她是在"阅"人经事，阅历之丰，大概只能从她落笔到本书中的11个故事里管窥一豹了。黄小邪是这个时代盛行的斜杠青年中的一员，她是演员、编剧、作家、卖花姑娘、文创工作者、摄影师，而在这所有身份当中，她最重要的角色是人世间隙的穿行者、旁观者、共情者、记录者。当然，重中之重，她是旅人，英文叫 Wan-

---

　　* 本文为《有一些故事，只讲给深情的人听》序言。

derer，汉语没有恰如其分的词与之相应，大约可以叫作漫游者、徘徊者，其实质是精神的流浪和放逐，自足却永远构不成闭环，永远在路上。她遇到的人遇到的事落在心底，显影到笔下，无形增加了人生的厚度和宽度。其精神源头可以追溯到"迷惘的一代""垮掉的一代"以及知青、70后、80后并延展到黄小邪所在的90后，这一流向指向过往，也指向未来。黄小邪们不过是活得更纯粹，更清醒，是熙攘时代的"醒客"，既不"迷惘"也不"垮"。那些被她倔强而多情的嘴念叨过，被她纤弱而坚忍的笔书写过的人，不管是仍在路上的，还是已经在已知物质层面归零的，都何其幸运。

而我心底的那个黄小邪，是红的好女儿，卖花的好姑娘——"红"是黄小邪母亲的名字，黄小邪对外称呼母亲"红"，当"红"的面则称"红小姐"。"红"也是她母亲花店的名字——红的花店，混合了她的女儿（某种程度上更像是她的姐妹）游历的北欧、日漫和韩剧的三般滋味。花店也糅合了这三种调性，性冷，简约，文艺。母亲只希望黄小邪做自己喜欢的事：看世界，写作，不做与文学无关的任何事。有一段，花店还没走上正轨，黄小邪就睡在花店。因此如果你在本书的某些字里行间读到花香，那可能只是因为黄小邪正在"红的花店"搞"花式写作"。大好青春，她就铺几张报纸，睡在花店地板上，在演艺圈和文艺圈双向游走的她自然地玩起了图文直播。说这桩"私事"实在大有必要：唯其如此，你才能体味何以黄小邪性冷范儿的笔下潜藏的是脉脉温情。黄小邪有胶原蛋白饱满的美好脸蛋和身体，可她就是要在专业性上较真。游戏人生？她还真不知道这几个字怎么写。

黄小邪的"邪"邪在下笔直、冷，她写康松："'我快20年没有和我爸爸联系过了。至于我妈，她大概眼里只有自己吧，她从来那么自私。我死了大概也和他们没关系。不过，人！生而孤独，即便是你的父母，他们也不能代替你去生活吧。我欠他们养育之恩，但并不欠他们感情。'长草离离，在强风中如海浪起伏，康松掐灭未燃尽的烟头，将烟蒂甩得老远，淡淡甩出这么几个字，仿佛一切和他没关系。'我很讨厌别人问这些，挺烦的。'……'很多事情你不明白，看到的未必是人生。别问太多了。'"这样的角色会不会是误入黄小邪以"深情"统摄的片场了？绝不。黄小邪对于文字的分寸感把握之精确如同她的人生，感性的肌理不排除以理性打底。却原来"面似张飞，心似琼瑶"的康松有着"心口不一的爱和恨"，唯有醉倒，才会抱着"我"和瘦猴哭："我不是不想回去，我是回不去，我没有家，没有可以给我家的人。"相信我，黄小邪深谙故事哲学，或者说读者的接受心理学，笔锋一转是"黄昏之后，日落之前，风景从各个方向拥到我们的天台。直到一个电话响起，打破这些意味深长的美景"。故事转向被瘦猴斥为"破女人"的爱情段落：

> "为了这么个破女人，该搭上的都搭上了。"
>
> 错落的村镇，少有灯火。有些河床已干涸，大块的石头裸露在外，通往暹粒的黑夜仿佛格外漫长，仿佛永无止境。
>
> "放点音乐吧！瘦猴。"我蜷在副驾驶。瘦猴一动不动，看似满腔怒火。
>
> "你别这样，我真的不是康松女朋友。他做什么都是他的事，我们只是普通朋友，我来这里他教我，收留我，你也很照顾我，你们对我已经仁至义尽。"我安慰。
>
> "他是这个世上最大的离经叛道者！"

"我"的反应可以有多种解读，各随各便，都能成立。黄小邪怎么编排她笔下的人物的？两个月后，康松在博客上写了一句："对不起，欠你一个日落，还不上了。保重！"15个字4个标点，算是对于"我"的回应。而在告别的当时，康松说"讲不出再见"："生命不需要那些乱七八糟的仪式感啦。世途茫于鸟道，人情浮比鱼蛮，好好活着才是王道啦！哈哈哈哈。"对于瘦猴所称康松"该搭上的都搭上了"的董小姐，康松唯一的爱情，以董小姐怀抱旁落而告终。康松最后"搭"上的是自己的命，他将肾换给母亲，抽烟酗酒，安静离开，因为"欠下的，都还清了"。小说是艺术化的现实或者说极端的现实，可生活中总免不了相似、形似、神似的以命或其他代价祭奠爱情或其他命的宿主以为值得献祭的物什、以命或其他代价还心债的"桥段"。他们不一定有康松生动，康松一定是在他们的合集中得以提纯。如斯伤神却洗心的故事和桥段在本书中比比皆是，我就不再一一剧透，留待你去捡拾发现、印证的乐趣。

其实我与黄小邪的"交集"可以追溯到更远：我的老学长季羡林病中，我曾偕解志熙教授探看。我给季老带去我编选的清华九十年校庆献礼书《清华九十年美文选》和微薄稿费，书中选了季老清华时代写的一篇散文，我对季老说，他晚年散文虽天下称誉，散文其质还数他早年所作殊胜。季老首肯，随即表示"诚惶诚恐"。季老此话不可谓不真，因为同列书中的除了特意选入的当时在校的葛兆光、蓝棣之诸名师及学生，主体还是梁启超、陈寅恪、钱锺书、杨振宁等人格、学问、文字俱佳的巨擘。与季老的另一渊源是，我至今仍然以社长身份"霸"在手上的《清华文刊》，即由季老题写刊名。黄小邪与我私交，谈及她曾私淑于季老，"文渊"就是这么神奇。季老曾给黄小邪作了一首诗，惜乎毁于 2013 年的一场大水，但四句五言已经生进她的骨子里："天生不改节，怀才无傲慢。端庄伴潇雅，丽质淡淡香。"诗不算好诗，情却是真情。季老以此称许黄小邪是"幽兰花"般的女孩，并因此为"幽兰花姑娘"赐笔名黄小邪——在此之前，黄小邪是黄霖；在此之后，黄小邪才成为黄小邪。

与读者诸君说这么多"题外话"，深意其实是意在言外。文字大拿钱锺书可以告诉世人吃"蛋"（文字）就好，何须去深入了解"下蛋的母鸡"（作者），那是他的才情和性情使然。如今的读者早进化（蜕变）到将蛋与鸡倒了个个儿了。尽管如此，我还是希望诸位借由我的描摹爱上写下这些淡淡忧伤却尽皆美好的故事的黄小邪，也因此更加眷爱美好、丰富、敏锐、善感、"底层心态"的黄小邪拿青春写就的每一个故事，每一个人物，每一个桥段，每一段金句，每一个字。如果我问，幽兰花，今夜谁以青春温热？我希望答案不光是黄小邪和我，也可以是数以万计的你们。